Wolf S. Dietric

Der dritte Patient

Göttingen Krimi

Prolibris Verlag

Der Autor

Wolf S. Dietrich studierte Germanistik und Theologie und arbeitete als wissenschaftlicher Mitarbeiter an der Universität Göttingen. Dann war er Lehrer und Didaktischer Leiter einer Gesamtschule. Er lebt und arbeitet heute als freier Autor in Göttingen.
Der dritte Patient ist sein vierzehnter Krimi im Prolibris Verlag und der sechste, der in Göttingen spielt. Der Autor ist Mitglied im Syndikat, der Autorengruppe deutschsprachiger Kriminalliteratur.

Ich danke

Jutta Donsbach, Christine Parr und Dr. Lili Seide für die kritische Durchsicht des Manuskripts, Kriminalhauptkommissar Michael Artmann und Oberstaatsanwalt Dr. Wilfried Ahrens für fachliche Beratung in polizeilichen und ermittlungstechnischen Fragen, letzterem auch für wertvolle inhaltliche Anregungen. Nicht zuletzt danke ich meiner Frau Kristine für Unterstützung und Geduld mit dem schreibend abwesenden Ehemann.

Wolf S. Dietrich

Ich danke

Prolog

Mit atemberaubender Geschwindigkeit rauschte der Zug in Richtung Norden. Hanau, Fulda, Kassel-Wilhelmshöhe hießen die Stationen. Mit müden Augen, aber fasziniert von der ungewohnten Umgebung, betrachtete er abwechselnd die vorbeifliegende Landschaft und den eleganten Innenraum des Waggons. In seiner Heimat war er auch schon gelegentlich mit der Eisenbahn gefahren. Gemächlich rumpelnd und mit einer lauten Sirene hatte sich das Gefährt den Weg durch die Hüttenwelt der Vorstadt gebahnt. Die hölzernen Sitzbänke waren von Menschen mit Bündeln, Pappkartons und Haustieren besetzt, die Gänge mit weiteren Gepäckstücken und Fahrgästen gefüllt gewesen. Mit lautstarken Unterhaltungen hatten sie gegen die Fahrgeräusche und den kaum abreißenden Ton der Hupe angeredet.

Hier saßen nur wenige Menschen in seiner Nähe. Sie schwiegen, beschäftigten sich mit Smartphones, unterhielten sich nur gelegentlich und sprachen leise.

Sein Freund hatte den Kopf gegen die Polster gelehnt und schlief. Auch ihm machte die Müdigkeit zu schaffen. Seit zwei Tagen waren sie unterwegs, der Flug von Manila über Abu Dhabi nach Frankfurt war anstrengend gewesen, sie hatten kaum schlafen können. Aber jetzt näherten sie sich ihrem Ziel. Eine Stadt mit einem schwer auszusprechenden Namen. Göttingen.

Er schloss die brennenden Augen und überließ sich den Erinnerungen an die seltsame Verkettung von Ereignissen, die ihn und seinen Freund in dieses Land auf dem europäischen Kontinent geführt hatten.

1

»Bewegt euch!«, rief der Fotograf, gab Danilo ein Zeichen und hob die Nikon ans Auge. Einer der Jungen warf den Ball über das Netz, sofort begann ein lebhaftes Spiel. Sie hatten es mehrmals geübt, und nun gelang der Ballwechsel auf Anhieb. Routiniert richtete Danilo den Reflektor aus und beleuchtete die jungen Spieler. Gleichzeitig begann neben ihm eine Videokamera zu surren, die von einem älteren Mann bedient wurde, der offensichtlich nicht auf den Philippinen zu Hause war. Während er das Objektiv auf die hüpfenden Kinder richtete und näher an deren Körper heranzoomte, murmelte er Unverständliches und stieß in einer unbekannten Sprache kaum hörbare Laute des Entzückens aus. Englisch oder Spanisch hätte er verstehen können, mit beiden Sprachen war er aufgewachsen. Offenbar stammte der Fremde nicht aus Amerika. Wahrscheinlich ein Europäer. Dafür, dass er hier selbst filmen durfte, musste er sicher viel Geld bezahlen. Danilo vermutete, dass die Summe dem Jahreseinkommen einer ganzen Familie aus seinem Dorf entsprach.

»Pass auf, Idiot!«, zischte der Fotograf und deutete auf zwei Jungen, die regelwidrig um den Ball rangen, ihre Körper mit Armen und Beinen ineinander verschlungen hatten und sich im Sand wälzten. Danilo war gehalten, solche Rangeleien sofort auszuleuchten, anscheinend waren sie ein beliebtes Motiv. Rasch richtete er den Reflex des Sonnenlichts auf die Szene. Dabei erschien ihm der Lichtschein schwächer, als er eben noch gewesen war. Unwillkürlich richtete er den Blick zum Himmel. Dessen eben noch klares Blau wurde von einem milchigen Schleier bedeckt, der sich von Osten her ausbreitete. Gleichzeitig bemerkte er das Rauschen des Windes, der um die hohen Mauern des Grundstücks strich und die Wipfel der Bäume in sanfte Bewegung versetzte.

Der parkähnliche Garten gehörte zur Villa Salita, dem Besitz eines Geschäftsmannes aus Manila. Das Anwesen eignete sich gut für diese Art Aufnahmen. Es lag im besten Viertel der Provinzhauptstadt Batangas City, war üppig bepflanzt und von nirgendwoher einsehbar. Selbst wenn es jemandem gelungen wäre, die Mauer zu erklimmen, ohne von einem der Wächter mit den scharfen Hunden daran gehindert worden zu sein, hätte er nur auf eine undurchdringliche Wand von Kokospalmen, Mangroven und Bambushölzern blicken können.

Der Apparat in den Händen des Fotografen klickte, die Videokamera surrte, Danilo konzentrierte sich auf seine Aufgabe. Dass er diesen Job bekommen hatte, war ein Glücksfall für ihn und seine Familie. Die Bezahlung für einen Arbeitstag von drei bis vier Stunden entsprach dem Monatseinkommen, das sein Vater mit der Herstellung von Weidenkörben erzielte. Während die Jungen von Rizaldo, dem Fotografen, von ihren Heimatdörfern abgeholt wurden, ließ Danilo sich von Honesto, der ein zweisitziges Moped besaß, an jedem Wochenende zur Villa Salita fahren. Nach dem Shooting brachte der Freund ihn wieder nach Hause. Für diese Gefälligkeit musste Danilo ein wenig von seinem Verdienst abzweigen. Aber erstens blieb noch genug übrig, zweitens war Honesto sein bester Freund und drittens war er zuverlässig. Auch heute würde er draußen vor der Mauer auf ihn warten.

Mehrere Jahre trug Danilo nun schon auf diese Weise zum Familieneinkommen bei. Anfangs hatte er zu den Jungen gehören sollen, die im Garten der Villa Salita fotografiert und gefilmt wurden. Doch nach einigen Wochen war er nicht mehr in der Lage gewesen, unbefangen im Sand oder auf dem Rasen herumzuspringen. Als sie sich einmal gegenseitig mit einem Wasserschlauch hatten abspritzen müssen, war der lauwarme Strahl auf seinem Penis gelandet, und dieser hatte sich unvermutet aufgerichtet. Der Fotograf hatte es bemerkt und war in schallendes Gelächter ausgebrochen. Danilo hatte sich zu Tode geschämt und war blindlings ins nächste Gebüsch gekrochen. Später hatte Rizaldo ihm vorgeschlagen, an einem anderen Tag zu kommen. Allein, ohne die anderen Jungen. Sie würden dann Aufnahmen in den Innenräumen der Villa machen. Mit anderen, ebenfalls erwachsenen Männern. Fotos und Videos würden an Agenturen in Amerika, Kanada und Europa verkauft werden. Niemand auf den Philippinen würde sie je zu Gesicht bekommen. Und sein Verdienst würde das Zehnfache betragen. Er müsse allerdings bereit sein, mehr zu tun, als nur mit einem Wasserschlauch zu hantieren, hatte er grinsend hinzugefügt. Danilo hatte keine Vorstellung, was das bedeuten konnte, und sich angesichts des Betrages, den Rizaldo genannt hatte, zögernd bereit erklärt, zu einer solchen Verabredung zu erscheinen. Nicht zuletzt, weil er zu den erwachsenen Männern gehören wollte.

Danilo schüttelte die Erinnerung ab, als er Übelkeit in sich aufsteigen fühlte. Die Erwartungen des Fotografen hatte er nicht erfüllen können. Er sollte … und mit anderen Männern … Nein, er wollte daran nicht mehr denken. Er war nur froh, dass es keinen Ärger gegeben hatte. Rizaldo war natürlich wütend gewesen, aber dann hatte er ihm den Job als Beleuchter angeboten. Aus Mitleid, hatte Danilo zunächst geglaubt. Inzwischen wusste er, dass Rizaldo damit sein Schweigen erkaufte.

»Wir brechen ab«, rief der Fotograf und deutete zum Himmel. Der Europäer ließ einen Laut der Enttäuschung vernehmen, doch Rizaldo trieb bereits die Jungen zu einem abgelegenen Nebengebäude. »Zieht euch an! Wir fahren in zehn Minuten los.«

Mit bedauerndem Ausdruck verstaute der Hobbyfilmer seine Videokamera in einer Umhängetasche. Doch dann wandte er sich Danilo zu und entblößte ein kräftiges Gebiss mit vorstehenden Schneidezähnen, zwischen denen ein auffälliger Spalt klaffte. »Du machst das gut«, sagte er auf Englisch. »Wie heißt du?«

Danilo zuckte mit den Schultern. »Spielt das eine Rolle?«

Prüfend glitten die Augen des Mannes an Danilo herab. »Bist ein hübscher Junge. Können wir uns vielleicht mal privat treffen?« Seine Handbewegung umfasste das Grundstück der Villa Salita. »Ohne das hier. Und ohne den da.« Er deutete in Richtung des Fotografen. »Nur für ein paar Fotos. Ich würde dich besser bezahlen als er.«

Danilo schüttelte den Kopf. Inzwischen konnte er sich vorstellen, was der Europäer von ihm wollte. »Kein Interesse.«

»Du willst kein Geld verdienen?«

»Schon.« Danilo sah den Fremden skeptisch an. »Aber nicht so.«

»Gut. Das kann ich verstehen. Ist für mich auch nur ein Nebengeschäft. Aber ich kann dir eine andere, eine ganz große Chance bieten. Dafür müsstest du allerdings dein Land verlassen. Hast du Familie?«

»Ich muss jetzt gehen.« Danilo deutete auf eine kleine Tür in der Mauer. »Meine Eltern und meine Geschwister warten auf mich.«

Bedauernd verzog der Mann das Gesicht und murmelte etwas in einer fremden Sprache. Trotzdem nickte er ihm freundlich zu und gesellte sich dann zu dem Fotografen, der seine Ausrüstung zusammenpackte. Nacheinander sahen die Männer zu ihm hinüber. Während er sich fragte, ob sie über ihn sprachen, verließ er das Grundstück durch die Pforte, die nur von innen geöffnet werden konnte.

Honesto saß auf seinem Moped und presste ein kleines Radio ans Ohr. »Es gibt Sturm«, sagte er und deutete in Richtung Osten. »Vielleicht sogar einen Taifun. Sie nennen ihn Gottes Donner.« Er lachte. »Warum Gott seinen Donner schon wieder zu uns schickt und nicht nach Amerika oder Europa, sagen sie nicht.«

Außerhalb der Mauern war böiger Wind zu spüren. Danilo deutete auf das Moped. »Lass uns fahren! Taifun Haiyan hat ziemlich viel Unheil angerichtet. Warum sollte es diesmal anders sein?«

»Die machen immer so viel Wind um den Sturm«, grinste Honesto. »Wird schon nicht so schlimm werden.«

Danilo dachte an seine kleinen Schwestern. Die Zwillinge hatten große Ängste ausgestanden, als der letzte Orkan über das Land gezogen war. Das Dorf war glimpflich davongekommen. Außer ein paar entwurzelten Bäumen und zwei abgedeckten Hüttendächern war kein größerer Schaden entstanden. Aber an das Heulen des Windes und den peitschenden Regen, an jenen Tag in stundenlanger beunruhigender Finsternis, konnte er sich gut erinnern. Lailani und Mayumi würden sich auch jetzt wieder ängstigen, es wäre besser, bei ihnen zu sein. »Lass uns fahren!«, wiederholte er.

Sein Freund schob die Antenne in das Radio und ließ das Gerät in der Tasche verschwinden. Wenig später waren sie auf dem Weg nach Bawayan.

Sie hatten den Wind im Rücken, und Honesto erreichte mit dem Moped eine nie zuvor erlebte Geschwindigkeit. Danilo rechnete sich aus, in weniger als zwei Stunden zu Hause zu sein. Rechtzeitig vor dem Eintreffen des Sturmes, so dass er seinen Eltern noch helfen konnte, Fenster und Türen zu sichern. Das Geld, das er durch seinen Job in der Villa Salita verdiente, hatte wesentlich dazu beigetragen, aus der Holzhütte ein Haus aus gemauerten Wänden zu machen. Mit einem abgeteilten Schlafzimmer für die Eltern, einem Raum für die Zwillinge und einer Küchenecke. Damit gehörte seine Familie zu den besser gestellten Bewohnern des Dorfes, die überwiegend zu mehreren in einfachen Holz- oder Wellblechhütten hausten.

Danilo war entschlossen, der Armut zu entkommen. Eines Tages würde er ein Haus in der Stadt besitzen und seinen Eltern und den Zwillingen ein besseres Leben ermöglichen. Noch musste er sich dem Willen seines Vaters beugen und ihm bei der Verarbeitung von Flechtweide zu Körben und Schalen helfen. Aber er hatte bereits etwas Geld beiseitegelegt und sich vorgenommen, sobald es ausreichte, einen Weg zu suchen, der ihn aus dem Elend der Mittellosigkeit in den Wohlstand städtischen Lebens führen würde. Auch ohne das zweifelhafte Angebot des Europäers.

Ein heftiger Schlenker des Mopeds riss ihn aus seinen Gedanken. Hätte er sich nicht instinktiv blitzschnell an Honesto festgeklammert, wäre er vom Sitz gerutscht. Sein Freund stieß unverständliche Flüche in den Fahrtwind und verringerte die Geschwindigkeit. »Der Wind hat gedreht«, rief er schließlich und deutete mit einem Kopfnicken auf die Bäume am Straßenrand. Die Zweige neigten sich tief, Blätter fegten über die Fahrbahn.

Er hat auch zugenommen, ergänzte Danilo für sich und wandte den Blick rückwärts. Hinter ihnen war der Himmel schwarz geworden. Dunkelgraue Wolkenungetüme rasten über das Land. Das nachlassende Knattern des Mopeds wurde von einem Lärmteppich aus Heul- und Pfeiftönen überdeckt. Danilo spürte, wie der Wind an ihnen zerrte und Honesto zum Fahren von Schlangenlinien zwang.

Wir müssen Schutz suchen, dachte er. Gleichzeitig sah er die verängstigten Gesichter seiner Schwestern vor sich. Nein, er wollte nach Hause, er *musste* nach Hause.

Honesto verlangsamte das Tempo weiter. Er schien Danilos Gedanken zu ahnen. »Wir fahren erst mal weiter«, rief er über die Schulter. »Solange es nicht regnet, kann ich einigermaßen die Spur halten. Zum Glück ist kein Verkehr.«

Danilo klopfte ihm zur Bestätigung auf den Rücken. Vielleicht zog der Sturm an ihnen vorbei oder ließ wieder nach. Um dem Wind möglichst wenig Angriffsfläche zu bieten, schmiegte er sich dicht an seinen Freund und umklammerte dessen Oberkörper. Die starre Verbindung mit dem Fahrer schien das Lenken zu erleichtern. Seitliche Ausschläge wurden geringer, und Honesto beschleunigte vorsichtig. Noch hatten sie fast die Hälfte des Weges zu bewältigen. Danilo betete zum Gott des Wetters, ein Einsehen zu haben und ihn rechtzeitig zu Hause ankommen zu lassen.

Obwohl er die Strecke genau kannte, wusste er nicht mehr, wo sie sich befanden. Die Sicht war eingeschränkt, der Himmel hatte sich weiter verfinstert und vor einigen Minuten hatte Regen eingesetzt. Der Wind peitschte die Tropfen nahezu waagerecht über das Land, im Nu war seine Kleidung durchnässt. Honesto reduzierte wieder die Geschwindigkeit. »Ich kann nicht mehr viel erkennen!«, schrie er. »Wir müssen uns irgendwo unterstellen.« Danilo wollte widersprechen, doch in dem Augenblick, in dem er den Mund öffnete, gab es einen heftigen Schlag. Das Moped schoss quer über die Fahrbahn, schwankte bedrohlich, landete in einem Graben und blieb mit dem Vorderrad stecken. Wie von einem bockenden Pferd wurden die Freunde abgeworfen und fanden sich in einem schlammigen Rinnsal wieder, das rasch anschwoll. Das Geräusch des Motors erstarb. Aus dem Regen war eine Sturzflut geworden, in dicken Tropfen prasselte er vom Himmel. Der weitere Verlauf der Straße war kaum noch zu erkennen.

»Meine Maschine«, rief Honesto, rappelte sich mühsam auf und packte Danilos Handgelenk. »Wir müssen sie da rausholen. Bevor der Motor voll Wasser läuft.«

Mit vereinten Kräften zerrten sie das Moped aus dem Graben und schoben es zur Straße. Einige Speichen des Hinterrades waren verbogen. Offenbar war ein abgebrochenes Aststück in das Rad geraten. Zuversichtlich trat Honesto auf den Kickstarter. »Sie hat mich noch nie im Stich gelassen«, brüllte er gegen Sturm und Regen an. Danilo betrachtete den mit Schlamm bedeckten Antrieb und registrierte das strömende Wasser auf Zündkerze und -kabel. Der Anblick machte wenig Hoffnung, dass sich der Motor zum Leben erwecken lassen könnte. Während Honesto sich mit zunehmender Ungeduld abmühte, sah Danilo sich um. Schemenhaft erkannte er den Bahndamm, der hier neben der Straße entlangführte. Nun wusste er wieder, wo sie waren. Zwei oder drei Kilometer weiter kreuzte die Bahnlinie die Straße. Dort, in der Unterführung, konnten sie Schutz suchen.

»Wir schieben bis zur Bahnbrücke«, schlug er vor. »Da haben wir wenigstens so was wie ein Dach über dem Kopf.«

Honesto zögerte.

»Es ist nur ein Kilometer«, log Danilo. »Unter der Brücke kann deine Maschine abtrocknen. Vielleicht fährt sie dann wieder.«

Noch einmal versuchte sein Freund, den Motor zu starten, schließlich willigte er ein. Er schwang sich auf den Sitz. »Du schiebst zuerst«, bestimmte er. »Wir wechseln uns ab.«

Ein Teil der Strecke erwies sich als leicht abschüssig, so dass sie die Unterführung schneller erreichten, als Danilo vermutet hatte. Außerdem hatten Sturm und Regen nachgelassen. Erleichtert überschlug er die restliche Fahrzeit. Vielleicht würden sie ihr Dorf doch noch erreichen. Mit deutlicher Verspätung, aber vor Einbruch der Nacht.

»Das war aber mehr als ein Kilometer«, schimpfte Honesto erschöpft, als er das Moped abstellte.

»Stimmt«, bestätigte Danilo. »Ich habe mich geirrt. Aber ich dachte, wir wären schon weiter.« Honesto winkte ab und wandte sich seinem Fahrzeug zu. »Hoffentlich kriege ich sie in Gang.« Er hockte sich vor die Maschine und zog den Zündkerzenstecker ab. »Ich brauche etwas Trockenes. Zum Abwischen.«

»Morgen vielleicht«, erwiderte Danilo bitter. Er hob den Kopf und lauschte. War es Donnergrollen, das inzwischen eingesetzt hatte, oder hatte er gerade einen Motor gehört? Auf dem Weg waren ihnen kaum Fahrzeuge begegnet, überholt hatte sie niemand. Auf der Strecke gab es auch sonst wenig Verkehr, aber dass nicht ein einziger Lastwagen oder Transporter auf dem Weg in ihr Dorf war, erschien ihm seltsam. Angestrengt versuchte er, den Regenschleier zu durchdringen und das Motorengeräusch noch einmal aus dem Getöse des Windes herauszuhören. Allmählich, aber immer deutlicher, geriet der vage Ton zu einem dumpfen Brummen. »Ein Lastwagen«, rief Danilo. »Vielleicht kann er uns mitnehmen.«

Honesto erhob sich und neigte den Kopf. »Das wäre die Rettung. Das Moped …« Er unterbrach sich, als in der grauen Suppe gelbliche Lichter auftauchten, die langsam näherkamen.

Danilo winkte heftig, der Fahrer stoppte und kurbelte die Scheibe runter. Ein vernarbtes Gesicht mit grauen Haaren und Bartstoppeln erschien. »Was ist los?«

»Wir kommen nicht weiter«, rief Danilo und zeigte auf das Moped. »Können Sie uns mitnehmen?«

»Euch schon. Aber für das Moped ist kein Platz.« Er deutete zur Ladefläche, auf der Betonrohre gestapelt waren.

Fragend sah Danilo Honesto an. Der steckte den Zündkerzenstecker in die Hosentasche und nickte. »Ich komme mit. Mein Moped holen wir morgen ab.«

Die Jungen kletterten ins Führerhaus und quetschten sich auf den Beifahrersitz.

Trotz der schweren Ladung schwankte der Lastwagen, als sie aus dem Schutz der Unterführung auf freies Feld kamen und der Sturm mit offenbar neu entfesselter Kraft das Fahrzeug erfasste. »Gut, dass ich Beton geladen habe«, knurrte der Fahrer. »Sonst hätte mich der Wind schon in den Graben gedrückt.«

Kilometer um Kilometer quälte sich das schwere Gefährt voran. Der Weg war kaum noch zu erkennen, Wasser floss über die Fahrbahn oder vermischte sich mit Erde, schwemmte Sand, Steine und Schlamm auf die Straße. Blitze zuckten über das Land und erleuchteten für Sekundenbruchteile die Gegend. Donner krachte ohrenbetäubend, übertönte kurzzeitig den dröhnenden Motor. Sie erreichten die Wegkreuzung, von der aus man die Lichter des Dorfes hätte sehen müssen. Doch so sehr Danilo sich auch bemühte, seine Augen konnten die Finsternis nicht durchdringen. Eine diffuse Angst stieg in ihm auf. Was war dort geschehen? Stromausfall?

Auch Honesto schien beunruhigt. Er deutete nach vorn. »Kann doch nicht sein, dass schon alle schlafen. Zumindest Joselitos Laden müsste noch beleuchtet sein.«

»Da komme ich mit meinen Rohren wohl zu spät«, murmelte der Fahrer.

»Wie meinen Sie das?«, fragte Danilo.

»Wahrscheinlich ist alles überschwemmt, und das Wasser hat den Transformator erreicht. Kurzschluss. Paff! Ende. Die Ecke, wo der steht, sollte trockengelegt werden. Eigentlich schon vor drei Jahren. Aber mein Chef hat erst in diesem Sommer den Auftrag gekriegt.«

Danilo schüttelte den Kopf. »Unser Bürgermeister hat gesagt, es kann nichts passieren. Die Rohre würden nur vorsorglich verlegt.«

Der Fahrer zog geräuschvoll den Rotz hoch und spuckte zwischen seinen Beinen auf den Boden des Führerhauses. »Na, der muss es ja wissen.«

*

Das Dorf lag vollständig im Dunkeln. Als sie die ersten Hütten erreichten, hielt Danilo es nicht mehr aus. »Ich muss aussteigen«, rief er. »Können Sie bitte anhalten.«

Der Fahrer stoppte, die Jungen kletterten aus dem Führerhaus und standen sofort bis zu den Knöcheln im Wasser. Sie stemmten sich gegen den Wind, der um Hütten und Häuser heulte. Während der schwere Lastwagen im Schritttempo über die Dorfstraße rumpelte, versuchten Danilo und Honesto, den Weg zu erreichen, der zu ihren Elternhäusern führte. Vor ihnen tauchte ein Licht auf.

Es schwankte und flackerte. Ein Mann mit einer Handlampe hangelte sich an einem Zaun entlang. Als sie näherkamen, erkannten sie Joselito. Er schrie etwas gegen den Sturm, das sie nicht verstanden. Erst als sie ihn erreichten, wurden aus den Sprachfetzen Worte.

»Ihr müsst umkehren! Wir müssen ins Oberdorf. Hier ist es zu gefährlich. Alles überschwemmt. Einige Häuser sind schon eingestürzt.« Wie zum Beweis krachte es neben ihnen. Die Wand eines Holzhauses knickte weg, das Dach polterte herab, Schindeln und Bretter segelten durch die Luft, irgendwo jaulte ein Hund.

Entsetzt starrten die Jungen auf die Trümmer. »Wir haben ein Steinhaus«, murmelte Danilo. »Da kann so schnell nichts passieren.«

Joselito zuckte mit den Schultern. »Bei Ismeldas Eltern ist eine Mauer umgefallen. Der Fluss ist über die Ufer getreten und fließt mitten durchs Unterdorf, sein Wasser weicht den Boden auf und schwemmt die Erde weg. Dem hält nichts stand, auch die Steine nicht.« Er schwenkte seine Lampe. »Kommt mit! Eure Familien sind bestimmt auch schon oben.«

Danilo schüttelte den Kopf. »Ich muss erst nachsehen, ob meine Eltern … Meine Schwestern … Vielleicht brauchen sie Hilfe.« Er wandte sich um und stemmte sich erneut gegen den Wind. Honesto blieb zurück. »Ich gehe mit Joselito«, rief er. Danilo war mit seinen Gedanken schon bei seiner Familie. Die Angst trieb ihn an, er versuchte, schneller zu laufen, doch Sturm und Regen ließen ihm keine Chance.

Als das Haus in Sicht kam, registrierte Danilo erleichtert, dass Dach und Wände unversehrt waren. Die alte Hütte, die nur noch als Werkstatt und Lager für die Weidenkörbe diente, schien reichlich windschief. Weil nirgends Licht brannte, wirkte das Grundstück verlassen. So rasch der Wind es erlaubte, strebte er vorwärts, erreichte schließlich die Tür. Er öffnete und rief erst nach Lailani und Mayumi, dann nach seinen Eltern, doch drinnen rührte sich niemand.

Ein beängstigendes Geräusch von draußen ließ ihn zurückschrecken und das Haus umrunden. Angstvoll verharrte er vor dem Schuppen. Die Wände bewegten sich im Rhythmus der Windböen, Holz knarrte, Balken ächzten. Krachend schlug die offene Tür gegen den Rahmen. Erst jetzt erkannte Danilo, was passiert war. Eine Kokospalme war auf die Hütte gestürzt und hatte das Dach eingedrückt. Einige der Wellblechplatten fehlten, andere waren ins Innere der Hütte gefallen und bewegten sich scheppernd im Wind. Ungehindert prasselte der Regen auf das Lager. Der Schaden wäre unermesslich. Oder hatte Vater die Körbe rechtzeitig in Sicherheit gebracht? Vorsichtig näherte er sich der Tür, ergriff ein herumliegendes Brett und verkeilte sie damit. Im Inneren der Hütte herrschte Dunkelheit. Dennoch wusste Danilo sofort, dass die Ware verdorben war, denn er roch die Feuchtigkeit in der Flechtweide. Zögernd betrat er den Raum. Er stieß auf einen nachgebenden Widerstand und hockte sich nieder, um nach dem Hindernis zu tasten.

Füße. Sie waren nackt, darüber umgekrempelte Hosenbeine. Danilo schrie auf. »Nein! Nein! Nein!« Sein Gehirn weigerte sich, die Wahrheit aufzunehmen. Während er den vom Wasser umspülten Körper nach einem Lebenszeichen befühlte, hoffte er auf ein Wunder. »Gib mir meinen Papa wieder!«, betete er und zerrte an der leblosen Gestalt. Sie ließ sich nicht bewegen. Danilo kroch zum Oberkörper seines Vaters. Quer über der Brust lag ein Balken, im Hals steckte ein Stück Wellblech. Schwindel erfasste Danilo, und ihn überfiel die Sehnsucht, sich neben seinem Vater dem gurgelnden Wasser zu ergeben. Die Kälte brachte ihn zur Besinnung. Er musste Helfer holen. Den Vater befreien, wiederbeleben, ins Krankenhaus bringen. Er sprang auf und rannte aus der Hütte.

Vor dem Haus hielt er inne. Wo waren seine Mutter und die Mädchen? Im Inneren des Hauses stand ebenfalls das Wasser. Es war dunkel, aber in der Küche musste eine Taschenlampe sein. Er fand die Schublade, schaltete das Licht ein und erstarrte erneut. Seine Mutter saß vornübergebeugt in ihrem Sessel. Er hastete zu ihr und stieß sie an. »Mama! Was ist …?« Ihr Körper kippte nach vorn und platschte ins Wasser. Erst jetzt bemerkte er den Geruch nach erkaltetem Feuer. Wasser tropfte auf halb verkohltes Holz im Kamin. Der Sturm musste die Verkleidung auf dem Dach fortgerissen haben. Wind und Regen hatten das Feuer erlöschen lassen und gleichzeitig den Abzug des Rauchs verhindert. Danilo zerrte den toten Körper seiner Mutter auf den Sessel zurück, damit er nicht im Wasser lag. Dann stürzte er ins Zimmer der Zwillinge.

Mayumi lag auf dem Bauch in ihrem Bett, presste den Kopf in die Armbeuge und wimmerte leise vor sich hin. Den anderen Arm hatte sie um Lailani gelegt, die dicht neben ihr lag. Deren Blick war starr, reagierte nicht auf den Lichtstrahl der Taschenlampe, Mayumi dagegen hob den Kopf. Obwohl ihm die Beine wegzuknicken drohten, packte Danilo seine Schwester und zog sie hoch. Mühsam löste er ihre Hand vom Hals der Zwillingsschwester. Lailanis Körper war kalt. »Was ist passiert?«, fragte er atemlos. Doch Mayumi schluchzte nur und bekam kein Wort heraus. Noch einmal ließ er den Strahl der Taschenlampe über Lailanis bleiches Gesicht huschen, dann wandte er sich um und trug seine Schwester aus dem Haus.

Der Sturm peitschte ihm Regen ins Gesicht, und Mayumis Gewicht lastete schwer auf seinem Arm, aber er wusste, dass sie und er nur überleben würden, wenn sie das Oberdorf erreichten.

2

Anna Lehnhoff schreckte aus dem Schlaf und starrte auf die Leuchtziffern des Radioweckers. Halb sechs. Viel zu früh. Im Traum hatte ein Bär sie verfolgt. Ein kräftiger Braunbär mit dem Gesicht von Markus Wille, ihrem Chefredakteur. Er war von einem riesigen Sockel auf dem Bahnhofsvorplatz geklettert und hatte ihr zugerufen, sie solle auf ihn warten. Um seinen Pranken zu entgehen, rannte sie im Slalom um die Säulen der Pergola, die das Bahnhofsgelände zur Stadt hin abgrenzten. Doch plötzlich stand er vor ihr, statt eines Fells trug er nun jenen geräumigen Cordanzug, in dem sie ihn vor vierzehn Jahren kennengelernt hatte, als sie zur Vorstellung beim Tageblatt nach Göttingen gekommen war. In dem Augenblick, in dem Wille den Mund geöffnet hatte, um ihr etwas Bedeutendes mitzuteilen, war sie aufgewacht.

Weil ihre Blase sie drängte, verließ sie das Bett und wankte benommen ins Bad. Während sie auf der Toilette saß, versuchte sie die Traumbilder zu verscheuchen. Gleichzeitig wusste sie um deren reale Hintergründe. Seit Wochen beschäftigte sie sich mit einem in der Stadt geplanten Denkmal, das aus einem tonnenschweren Sockel bestehen würde, der nichts zu tragen hätte als eine Inschrift mit den Namen der Göttinger Sieben und dem der Künstlerin. Der Entwurf war umstritten, und die Diskussion darum füllte die Leserbriefspalten ihrer Zeitung. Obwohl es bereits das von Günter Grass geschaffene Denkmal am Campus gab, fand Anna es richtig, auch auf dem Bahnhofsplatz an die Göttinger Professoren zu erinnern, die 1837 gegen die Aufhebung der Verfassung im Königreich Hannover protestiert hatten und darum vom Landesherrn geschasst worden waren. Nicht nachvollziehen konnte sie den Wunsch der Künstlerin, ihren Namen dort einzureihen, als gehörte sie dazu.

Anna spülte. Während sie die Hände wusch und trocknete, betrachtete sie sich im Spiegel über dem Waschbecken. Bis zu ihrem neunundzwanzigsten Geburtstag hatte sie nicht ans Älterwerden gedacht. Doch inzwischen war sie der Vierzig näher als der Dreißig, und die Jahre hatten unübersehbare Spuren hinterlassen. Die Krähenfüße an den Augen waren noch zu ertragen, aber um den Mund hatten sich Falten gebildet, die sich von Jahr zu Jahr weniger kaschieren ließen. Sie streckte ihrem Spiegelbild die Zunge heraus und kehrte ins Bett zurück.

Heute stand ihr ein wichtiges Gespräch mit Markus Wille bevor. Der Chefredakteur würde bald in Pension gehen und hatte angedeutet, vorher noch ein paar Weichen für die Besetzung der Ressorts stellen zu wollen. Anna wusste, dass sie im Gespräch für »Lokales« war. Sie rechnete damit, sich heute entscheiden zu müssen, war aber immer noch unsicher, ob sie die Verantwortung übernehmen wollte. Mehr Freiheit hatte sie mit ihrem jetzigen Status als Redakteurin ohne eigenes Ressort auch. Und die würde sie ungern aufgeben. Vielleicht sollte sie ihre Entscheidung vom Verlauf des Gesprächs abhängig machen.

Markus Wille hatte sie seinerzeit in Empfang genommen, als sie sich nach erfolgreicher Bewerbung in der Redaktion vorgestellt hatte. Sie hatten sich gut verstanden, später hatte sie mit der einen oder anderen journalistischen Eskapade seine Geduld und Nachsicht bis an die Grenzen strapaziert. Sie musste unwillkürlich lächeln, als sie sich an die Geschichte der Göttinger Feldhamster erinnerte. Was ihr zunächst als Satire erschienen war, hatte sich als reales Göttinger Phänomen entpuppt. Die Stadtverwaltung hatte einen Baustopp verfügt, nachdem das Bauland für ein Forschungsinstitut von einer Hamsterfamilie besiedelt worden war. Investitionen von fünfzig Millionen hätten auf der Kippe gestanden. Nach heftigem Streit zwischen Naturschützern, Stadt und Universität waren die Nagetiere umgesiedelt und die Bauarbeiten wieder aufgenommen worden. Aber dann waren die Hamster zurückgekehrt. Drei der possierlichen Steppentiere waren im Universitätsgelände herumspaziert. Man hatte sie eingefangen, und die Diskussion hatte von Neuem begonnen.

Göttingen war immer für eine Provinzposse gut. Zuletzt hatte ein Streit um Fußmatten in der Fußgängerzone für deutschlandweite Belustigung gesorgt, nachdem die Verwaltung einen Geschäftsinhaber - wohl wegen Gefährdung der öffentlichen Sicherheit - aufgefordert hatte, einen Türvorleger zu entfernen.

Um die Sechs-Uhr-Nachrichten nicht zu verpassen, schaltete sie das Radio ein. Noch lief Musik. »Atemlos durch die Nacht« trällerte die Stimme dieser Kräuterbutter-Tchibo-Goldschmuck-Schlagersängerin.

»Der Kragenbär, der holt sich munter einen nach dem andern runter«, sang Anna laut auf die Schlagermelodie und schlug die Bettdecke zurück. Schlafen würde sie doch nicht mehr können. Vielleicht sollte sie die Zeit nutzen, der Herrichtung ihres Äußeren ein wenig mehr Aufmerksamkeit zu widmen als sonst. Sorgfältiger schminken und die Kleidung farblich abstimmen. Markus

Wille war, was das weibliche Geschlecht anging, jenseits von Gut und Böse, aber Mann blieb Mann.

Summend schlüpfte sie aus dem Nachthemd, ging wieder ins Bad und begutachtete erneut ihr Spiegelbild.

Eigentlich schade, dass Ingo mich so nicht sieht, dachte sie, nachdem sie die aufwändige Prozedur beendet hatte. Ihr Freund befand sich auf einer Fortbildungsveranstaltung für Lehrer, darum hatte sie nicht bei ihm übernachtet. Übermorgen wäre er wieder da. Vielleicht sollte sie sich dann die Zeit nehmen, um sich noch einmal so zu schminken? War nur die Frage, ob er es überhaupt bemerken würde. Ingo war ein liebevoller und umsichtiger Partner, dazu ein wunderbarer Liebhaber. Aber meistens war er so auf seine Arbeit konzentriert, dass Anna gelegentlich den Eindruck hatte, er müsse sich erst an sie und den Rest der Welt erinnern.

Obwohl Ingos Wohnung groß genug für sie beide wäre, hatte sie ihr Apartment in Nikolausberg behalten. Einerseits wegen der Phasen, in denen Ingo intensiv arbeitete und sie ihn besser in Ruhe ließ, andererseits wegen der Unabhängigkeit, die sie sich so erhielt. Nach abendlichen Terminen oder einem Zug um die Häuser mit Freundinnen schlief sie lieber allein. Der Nachteil bestand darin, dass sie sich ihr Frühstück selbst machen und dafür einkaufen musste. Aber es gefiel ihr, ihren Kaffee mit einem frischen Croissant und Vollkornbrötchen mit selbstgemachter Marmelade, die ihr eine mütterliche Freundin aus dem Haus geschenkt hatte, in aller Ruhe genießen und dabei die Zeitung studieren zu können.

Vor der Verkaufstheke der Bäckerei Küster in dem kleinen Edeka-Einkaufszentrum traf sie die Kollegin aus dem Feuilleton, die ebenfalls zu früher Stunde Brötchen kaufte. »Habe um acht den ersten Interviewtermin«, erklärte sie. »Reinhard Mey. Gestern war das Konzert, um neun fahren er und seine Leute schon wieder weiter. Nach Bochum.«

Anna wünschte ihr viel Glück und machte sich auf den kurzen Rückweg. In allen Ressorts gab es mehr Arbeit für weniger Leute als noch vor vierzehn Jahren. Ihre Kollegin war vom Lokalen zum Magazin gewechselt, um es etwas ruhiger angehen zu können. Doch die Rechnung war offenbar nicht aufgegangen.

Im Hausflur zog sie das Tageblatt aus dem Briefkasten und eilte die Stufen zu ihrer Wohnung hinauf. Schon auf der Treppe überflog sie die Schlagzeilen der ersten Seite. Oben prangte eines dieser schrecklichen Unfallfotos von der A 7. Wieder einmal hatte man die Autobahn sperren müssen, weil ein Transporter in die Leitplanke gefahren und dann mit einem Lkw kollidiert war. Der war umgekippt und hatte seine Ladung – lebende Hähnchen – auf der Fahrbahn verteilt. Unwillkürlich schüttelte Anna den Kopf. Seit Jahren verging kaum ein Monat ohne schweren Unfall auf der A 7 im Raum Göttingen. Sie fragte sich, ob das eine zufällige Häufung sein konnte oder ob auf anderen Abschnitten und anderen Autobahnen genauso viel passierte.

Der Blick auf die Lokalseite ließ sie schmunzeln. Mehrere Göttinger wollten am Abend in Geismar einen Schwarm unbekannter Flugobjekte gesichtet haben, die leuchtend und blinkend ihre Bahn gezogen hätten. In Göttingen gab es UFO-Gläubige, die sogar einen Landeplatz für fliegende Untertassen von fernen Galaxien kreiert hatten. Kollege Georg Jäkel hatte sich mit Vergnügen auf die Aufgabe gestürzt, dem Phänomen auf den Grund zu gehen. Klarheit über mögliche Ursachen hatte es jedoch nicht gegeben. Auch keinen Kontakt zu Außerirdischen.

Als Anna ihr Frühstücksgeschirr abräumte, stellte sie fest, dass sie mehr Zeit vertrödelt hatte, als sie nach ihrem Gefühl zur Verfügung gehabt hatte. Nun wurde es schon wieder knapp. Sie steckte ihr Smartphone in die Handtasche, nahm ihre Schlüssel und verließ die Wohnung.

*

In der Redaktion herrschte eine eigentümliche Stimmung. Trotz der frühen Stunde gab es bereits Hektik, aber alle Aktivitäten verliefen seltsam lautlos. Auf dem Weg zum Newsdesk begegnete ihr Tom. »Was ist hier eigentlich los?«, fragte sie.

Er antwortete leise mit einer Gegenfrage. »Hast du nicht heute einen Termin mit Markus?«

Anna nickte. »Ja, noch vor der Blattkritik.«

»Die Verabredung fällt aus«, flüsterte ihr Kollege. »Wille kommt nicht.«

»Wieso nicht?« Anna schüttelte verständnislos den Kopf. Ihr Chefredakteur war zweifellos stark übergewichtig und sah nicht besonders gesund aus. Aber er war nie ernsthaft krank gewesen und hatte in all den Jahren kaum einmal gefehlt.

Tom neigte den Kopf und sprach noch leiser. »Er ist gestern Abend mit dem Notarztwagen ins Klinikum gebracht worden. Wir wissen nicht, weshalb. Aber offenbar ist es ziemlich ernst.«

*

»Sie können es sich in Ruhe überlegen! Nur denken Sie nicht zu lange nach! Es gibt noch andere Kliniken und andere Transplantationschirurgen. Aber wir würden gern mit Ihnen zusammenarbeiten. Wir sind sicher, in Ihnen den richtigen Partner gefunden zu haben.« Der gut gekleidete Besucher mit den streng nach hinten gegelten dunklen Haaren, die er im Nacken etwas zu lang trug, hatte sich als Janosch Brodsky vorgestellt. Er erinnerte an den ehemaligen Vorstandsvorsitzenden einer Norddeutschen Landesbank, der wegen des Vorwurfs der Veruntreuung von Bankvermögen vor Gericht gestanden hatte. Schon als er durch die Tür gekommen war, hatte Professor Fabricius ihn als halbseiden empfunden. Eigentlich empfing er am Nachmittag niemanden mehr. Der Besucher musste sich irgendwie am Vorzimmer vorbeigemogelt haben. Nun zog er ein Blatt Papier aus der Innentasche seines Jacketts, faltete es auseinander und schob es über den Tisch.

Fabricius warf einen Blick auf die Seite. Und entdeckte das vertrauliche Zahlenwerk zur finanziellen Zukunft seiner Abteilung. »Woher haben Sie das?«

Brodsky lächelte nachsichtig. »Wir machen uns kundig, bevor wir unsere Geschäftspartner auswählen.« Er deutete auf das Papier. »Wir wissen beide, dass Sie in den nächsten Jahren mehr Operationen brauchen, wenn Sie Ihre Abteilung und Ihren Ar… äh … Posten retten wollen. Sie müssen auch an Frau und Kinder denken. Töchterchen Franziska beispielsweise benötigt für ihr Studium Unterstützung. Und wir wollen doch beide, dass ihr die gute Gesundheit erhalten bleibt, die sie von Mutter Constanze geerbt hat. Oder doch von Ihnen beiden? Vom Junior sprechen wir vielleicht lieber nicht. Obwohl - selbst einen missratenen Sohn möchte man nicht verlieren. Oder?«

»Lassen Sie meine Familie aus dem Spiel!«, knurrte Fabricius wütend. Zugleich registrierte er erschrocken, über welche Informationen der Besucher verfügte.

»Wie Sie wollen.« Brodsky hob die Hände. »An mir soll es nicht liegen. Ganz allein Ihre Entscheidung, Herr Professor. Sie zeigen sich kooperativ, und nichts wird sich ändern. Allenfalls zum Positiven.« Er deutete auf das Papier. »Denken Sie an die Zahlen!«

»Wie stellen Sie sich das vor?«, presste Fabricius heraus. »Ich kann hier nicht allein entscheiden.«

»Das findet sich«, erklärte Brodsky mit einer großzügigen Geste. »Es gibt Erfahrungen. Wir sind Ihnen gerne mit ein paar Tipps behilflich. Entscheidend ist der Wille zum Erfolg. Wir bringen Ihnen die Patienten. Natürlich nur Persönlichkeiten mit entsprechendem finanziellem Hintergrund. Im Bedarfsfall auch Spender. Sie, verehrter Herr Professor, sorgen dafür, dass zeitnahe Operationen stattfinden und rechnen großzügig ab. Dabei sind Ihren Privatliquidationen nach oben keine Grenzen gesetzt. Sie sehen, es gibt nur Gewinner. Ihre Abteilung gewinnt an Aufschwung und Reputation, die Finanzverwaltung freut sich über steigende Einnahmen, der Stiftungsrat der Universität ist begeistert, Ihre persönlichen Einkommensverhältnisse verbessern sich. Kurzum: Alle sind glücklich und zufrieden. Mal ganz abgesehen von den Patienten, denen Sie das Leben retten.«

»Das ginge auf Kosten anderer Patienten«, empörte sich Fabricius. »Wenn OP-Termine verschoben würden, könnte das für den ein oder anderen kritisch werden.«

Brodsky lehnte sich zurück und breitete die Arme aus. »Die Welt ist nun mal nicht gerecht. In Afrika sterben massenhaft Leute am Ebola-Virus, woanders schlachten sich die Menschen gegenseitig ab. Früher hätten Ihre Patienten auch keine Chance gehabt. Wenn sich die nun im Einzelfall ein klein wenig verringert – so what?«

Fabricius schüttelte den Kopf. »Mein ärztliches Ethos erlaubt mir nicht …«

»Das sollten Sie uns ersparen, Herr Professor!« Brodskys verbindlicher Ton bekam plötzlich Schärfe. »Von Ethos zu sprechen, macht sich nicht gut vor dem Hintergrund eines Todesfalls, für den Sie die Verantwortung tragen.« Er zog einen Stapel Blätter hervor und warf ihn auf den Tisch. »Als Sie noch in der Unfallchirurgie waren, hatten Sie einen Notfall-Patienten, der mit starken Schmerzen im Brustbereich eingeliefert worden ist. Sie haben unterstellt, dass die Beschwerden auf die Einklemmung eines Nervs im Bereich der Halswirbelsäule zurückzuführen seien, weil dieser Verdacht vom Patienten selbst geäußert worden war. Daraufhin haben Sie eine Wirbelblockade und Muskelverspannungen diagnostiziert, keine weiteren Untersuchungen eingeleitet und den Mann nach Hause geschickt. Dort ist er wenige Stunden später an einem Herzinfarkt verstorben. Weitere Einzelheiten finden Sie in diesem Dossier.«

Der Arzt spürte, wie ihm das Blut aus den Wangen wich und sein Puls sich beschleunigte. »Das ist … war … eine Verkettung unglücklicher Umstände«, stieß er hervor. »Das Gericht hat die Klage abgewiesen und die Staatsanwaltschaft das Ermittlungsverfahren eingestellt.«

»Ja, ja. Wie sagte Platon? *Die schlimmste Art der Ungerechtigkeit ist die vorgespielte Gerechtigkeit.*« Brodsky beugte sich vor und tippte auf die Unterlagen. »Das Gericht ist Ihren Gutachter-Kollegen gefolgt. Aber wie die Sache ausgeht, wenn man das Verfahren heute noch einmal aufrollt, steht in den Sternen. Die Witwe hat seinerzeit verzichtet. Aber inzwischen wäre der Sohn bereit, noch einmal vor Gericht zu ziehen.« Er sah sich um und umfasste mit einer Geste das gesamte Büro des Professors. »Mit all diesem hier wäre jedenfalls Schluss. Nach dem Prozess gegen Ihren Kollegen wegen der dubiosen Lebertransplantationen wird sich kein Gutachter mehr finden, der Ihnen einen Persilschein ausstellt.«

Fabricius' Hand zuckte, er war versucht, zum Telefon zu greifen und den Sicherheitsdienst anzurufen. Und anschließend Oberstaatsanwalt Wegemann, den er aus dem Golfclub kannte. Doch gleichzeitig schreckte er vor dem Gedanken zurück, den Erpressungsversuch und damit die Geschichte von damals öffentlich zu machen oder gar seine Familie zu gefährden. Dieser Janosch Brodsky war nicht dumm, hatte sich gut informiert und schien ohne Skrupel zu sein. Und mit Sicherheit arbeitete er nicht allein. Auch der zweite Impuls - ihn umzubringen - war wohl keine Erfolg versprechende Option. Er musste nachdenken. In Ruhe. Auf das Angebot eingehen würde er jedenfalls nicht. Dafür würde die Reihenfolge der Organvergabe manipuliert werden müssen. Undenkbar. Obwohl ... wenn Franziska etwas geschah, würde er seines Lebens nicht mehr froh werden. An seinen Sohn dachte er erst in zweiter Linie. Er war immer schwierig gewesen und bereitete als Einundzwanzigjähriger mehr Probleme als je zuvor. Lennart war unberechenbar und konnte die verrücktesten Dinge tun, wenn er in Bedrängnis geriet.

»Ich sehe«, meldete sich Brodsky - nun wieder in konziliantem Ton - nach einigen Sekunden des Schweigens, in denen man den Zeiger der großen Uhr an der Bürotür ticken hörte, »Sie müssen nachdenken, Herr Professor. Das ist völlig in Ordnung. Wir geben Ihnen Zeit. Gehen Sie in sich, wägen Sie ab und kommen Sie zu einer Entscheidung!« Er zog einen kleinen Karton in Form einer Visitenkarte aus der Tasche und warf ihn auf den Schreibtisch. Darauf stand nicht mehr als eine handgeschriebene Mobilfunknummer. »Und dann rufen Sie hier an! Wenn Sie die letzten beiden Ziffern vertauschen, erreichen Sie mich im Auto. Ich bin zuversichtlich, dass wir zu einem für beide Seiten gewinnbringenden Ergebnis kommen.«

Der Besucher erhob sich. Fabricius sprang auf. Brodsky hob abwehrend die Hände. »Ich finde allein hinaus. Auf Wiedersehen, Herr Professor.«

Die Tür blieb offen. Sekunden später erschien das Gesicht der Vorzimmersekretärin Marion Kleinert. »Ist alles in Ordnung?«

Fabricius vernahm die Stimme wie durch einen Nebelschleier, ohne ihre Worte wirklich aufzunehmen.

»Herr Professor?«

Er zuckte zusammen, und es gelang ihm mit Mühe, in die Welt zurückzukehren. Dennoch hatte er das Gefühl, neben sich zu stehen. Hastig schob er ein paar Unterlagen auf seinem Schreibtisch hin und her. »Ja, Frau Kleinert, was gibt es denn?«

»Sie wollten sich den Patienten auf der Intensiv ansehen. Professor Brunner meinte, er sei ein Fall für Sie. Früher oder später.« Sie hob die Stimme. »Männlich, vierundsechzig, adipös. Exsikkose, Dyspnoe, Ataxie, beidseits leichte Ptose, künstliche Beatmung, Dialyse wegen akuten Nierenversagens bei Rhabdomyolyse, absolute Arrhythmie bei Vorhofflimmern Reanimation nach Asystolie. Röntgen-Thorax zeigt ein deutlich vergrößertes Herz.«

Fabricius spürte, wie ihn die Routine des Klinikbetriebes zurückholte. Der bedauernswerte Mensch hätte wohl kaum überlebt, wenn er nicht sofort ins Klinikum eingeliefert worden wäre. »Rufen Sie bitte drüben an, dass ich komme. Wäre gut, wenn Professor Brunner dabei sein könnte.«

»Wird sofort erledigt, Herr Professor.« Die Sekretärin schloss die Tür.

Mit einem Seufzer ließ Fabricius sich auf seinen Sessel fallen und starrte auf die Visitenkarte. Er schrieb Brodskys Namen neben die Nummer und legte die Karte in die Schale zu den anderen, die von Pharmavertretern und anderen Besuchern hinterlassen worden waren. Von einem Augenblick zum anderen war nichts mehr wie vorher. Für den Patienten nicht, den er gleich besuchen würde, weil sich eine ungesunde Lebensweise oder eine unglückliche Veranlagung, wahrscheinlich aber beides zusammen, plötzlich in einem Zusammenbruch manifestiert hatten. Und für ihn nicht, weil ein ihm bis dahin unbekannter Mann namens Janosch Brodsky ihn mit einem unmoralischen Angebot konfrontiert hatte, dem er nicht einfach ausweichen konnte.

Er schob den Gedanken beiseite und versuchte, sich gedanklich auf den Patienten zu konzentrieren, den er sich ansehen wollte.

Von der Sekretärin ließ er sich die Unterlagen geben und verließ eilig das Büro.

*

Es war September und schon herbstlich. Kalter Nebel, der zeitweise in Nieselregen überging, machte aus der Innenstadt eine trübe Waschküche, in der man gerade noch die Fassaden der nächsten Häuser ausmachen konnte. Unentschlossen drückte sich der junge Mann weit nach Mitternacht in der Turmstraße herum. Er hatte einen Scheißtag und einen genauso beschissenen Abend hinter sich, besaß weder Shit noch brauchbares Speed, selbst seine eiserne Reserve Tilidin war verbraucht. Wenn ihm jemand Crystal Meth angeboten hätte, wäre er bereit gewesen, das gefährliche Gift einzuwerfen. Zur Not musste er den Alten um ein Rezept für Benzo angehen. Der hatte das Zeug schließlich früher selbst genommen. Der Gedanke, seinen Vater um etwas bitten zu müssen, verursachte ihm Übelkeit. Aber ihm fehlte Kohle, um Dope einkaufen zu können. Sogar sein Smartphone hatte er vertickt und benutzte nun wieder ein altes Handy. In der Clique konnte er keinen mehr anpumpen. So lange er Geld hatte oder Stoff mitbrachte, waren alle mit ihm befreundet. Die Gruppe hatte ihn aufgenommen wie einen Bruder, ihm das Gefühl gegeben, eine Art Familie zu haben. Aber mit der Ebbe in seiner Kasse war auch die Zuneigung auf dem Nullpunkt angekommen. Missmutig betrachtete er den Hauseingang, durch den noch gedämpfte Techno-Beats nach außen drangen und hinter dem die anderen Joints durchzogen und Pillen einwarfen.

Plötzlich öffnete sich die Tür, gleichzeitig drangen die Rhythmen der *Chemical Brothers* in voller Lautstärke heraus. Ein großer hagerer Mann mit zotteligen Haaren trat auf die Straße, stieß den Rauch eines Joints in die Luft. In der Clique nannten sie ihn »Kies«. Zum einen, weil er immer flüssig war, zum anderen weil sein Äußeres an Keith Richards von den Rolling Stones erinnerte. Sein Alter war schwer zu schätzen, er behauptete achtundvierzig zu sein, sah aber aus wie achtundsechzig. Kies warf einen Blick in

Richtung Nikolaistraße, dann registrierte er ihn. »Warum kommste nich rein? Gutes Feeling, gutes Dope, gutes Karma.«

»Ich weiß nicht«, murmelte Lennart. Er wollte Kies nicht auf die Nase binden, dass er blank war.

»Scheiße drauf?«, fragte der Hagere und zog an seinem Joint. »Dagegen lässt sich was machen. Komm, ich geb dir was.«

Lennart schüttelte den Kopf. »Keine Möge heute.«

»Schlecht. Aber das kann sich ändern. Komm erst mal rein! Heute hat einer nach dir gefragt. Der roch nach Schotter. Sah aus wie 'n Banker. Will noch mal vorbeikommen. Vielleicht bringt der dir, was du brauchst. Kennst du so einen?«

Lennart hob die Schultern. »Keine Ahnung.« Womöglich hatte sein Alter einen Detektiv beauftragt, um ihn aufzuspüren. Und um dann wieder einmal seine Litanei vom verpfuschten Leben, verpassten Chancen und Verantwortung gegenüber der Familie und sich selbst vom Stapel lassen zu können. Unbewusst schüttelte er den Kopf. Nein, sein Alter hatte ihn längst aufgegeben. Vielleicht die Mutter. Aber hinter dem Rücken ihres Mannes? Auch unwahrscheinlich.

Kies schob ihn ins Haus und schloss die Tür hinter sich. Dann drückte er ihm einen Joint in die Hand. »Schenk ich dir. Wenn der Typ heute Nacht wirklich noch einmal hier auftauchen sollte, und du nicht allein mit ihm reden willst, melde dich bei mir. Bei solchen Vögeln sind vier Ohren besser als zwei.«

»Okay.« Lennart rollte den Joint zwischen den Fingern und suchte in seiner Hosentasche nach dem Feuerzeug. Die Aussicht auf ein paar kräftige Züge aus der Tüte verbesserte seine Stimmung schlagartig. »Falls er kommt, sag ich Bescheid.«

3

Drei Wochen waren seit jener Nacht vergangen. Der Taifun hatte schwere Verwüstungen hinterlassen. Das Unterdorf war vollständig überschwemmt worden, fast alle Hütten waren Opfer einer Flutwelle geworden, die sich durch den Ort gewälzt hatte. Wasser und Schlamm hatten aber nicht nur Bretterbuden und Verschläge zerstört, sondern auch Einrichtungsgegenstände und Haustiere mitgerissen. Neben Danilos Eltern und seiner Schwester waren sieben weitere Tote zu beklagen, darunter eine Tante und ein Onkel von Honesto. Alle anderen hatten Bawayan rechtzeitig verlassen oder sich ins Oberdorf retten können. Hier waren lediglich einige Dächer abgedeckt, ein paar Bäume und Leitungsmasten umgeknickt worden. Es hatte fast eine Woche gedauert, bis das Dorf wieder mit Strom versorgt werden konnte. In dieser Zeit gelang es der Hebamme, ohne heißes Wasser und ohne sterile Instrumente drei Kindern auf die Welt zu helfen, ein viertes Kind wurde tot geboren.

Danilo war mit seiner kleinen Schwester bei Verwandten untergekommen. Marichú und Joseph. Dort schlief er mit Mayumi gemeinsam in einem Verschlag hinter dem Wohnhaus der Familie. Das Mädchen fand jedoch keinen Kontakt zu den Verwandten und in deren Kindern keine Spielkameraden. In der Nacht, in der ihre Zwillingsschwester und ihre Eltern ums Leben gekommen waren, war sie verstummt und hatte seitdem kein einziges Wort gesprochen.

Obwohl Danilo sich bemühte, sie aufzumuntern und am Familienleben teilhaben zu lassen, zeigte sie kaum Reaktionen, aß und trank wenig und magerte zusehends ab. Es schmerzte ihn, sich nicht den ganzen Tag um Mayumi kümmern zu können, denn Bürgermeister Romualdez hatte sofort nach dem Ende des Sturms begonnen, den Wiederaufbau zu organisieren. Alle jungen Männer waren zur Hilfe verpflichtet worden. Nachdem die Toten beerdigt worden waren, mussten die Kadaver der ertrunkenen Ziegen, Schafe und Schweine vergraben werden, deren Verwesungsgeruch bereits über dem Dorf schwebte.

Sie arbeiteten den ganzen Tag, dennoch fanden Danilo und Honesto eine Gelegenheit, nach dem Moped zu sehen, das sie unter der Eisenbahnbrücke zurückgelassen hatten. Sie durften einen Transport begleiten, mit dem Hilfsgüter aus der Provinzhauptstadt abgeholt werden sollten. Medikamente, Baumaterial, Werkzeug, Lebensmittel und Trinkwasser waren für die Menschen in Bawayan bereitgestellt worden, konnten aber nicht zu ihnen gebracht werden. Der Bürgermeister hatte den Lastwagen, mit dem die Betonrohre gekommen waren, für die Fahrt nach Batangas City beschlagnahmt. Voller Zuversicht kletterten Danilo und Honesto in die Fahrerkabine und quetschten sich neben den Chauffeur.

Auf dem Rückweg wollten sie das Moped mitnehmen. Doch unter der Brücke stand es nicht mehr, und obwohl sie die Gegend absuchten, bis der Fahrer drohte, ohne sie weiterzufahren, konnten sie es nicht auftreiben.

Honesto kämpfte mit den Tränen. Danilo fühlte mit ihm und fragte sich insgeheim, wie er in Zukunft zur Villa Salita gelangen sollte. Denn er war fest entschlossen, Geld zu verdienen. So viel, dass er das Haus seiner Eltern wieder herrichten, für Mayumi sorgen und sie zu den besten Ärzten nach Manila bringen konnte.

*

Eine gute Woche nach der Versorgungsfahrt in die Provinzhauptstadt, kam der Vizegouverneur von Batangas nach Bawayan. Der Lastwagenfahrer hatte, während sein Fahrzeug beladen worden war, ein wenig großspurig von den Aufbauarbeiten in dem Dorf berichtet. Offenbar war die Kunde vom zupackenden Bürgermeister auch höheren Ortes angekommen, so dass sich der Präsident des Provinzrates auf den Weg gemacht hatte, um sich die Instandsetzungsarbeiten anzusehen. In seinem Gefolge hatte er Zeitungsleute, Rundfunkreporter und ein Fernsehteam. Danilo wurde ausgewählt und dem Vizegouverneur als Musterbeispiel des uneigennützigen und unermüdlichen Helfers vorgestellt. Obwohl er seine Familie verloren habe, sagte Romualdez, sei der junge Mann pausenlos für die Gemeinschaft im Einsatz. Meine Schwester Mayumi lebt aber noch, wollte Danilo einwenden, doch er kam nicht zu Wort. Der Bürgermeister schob ihn auf den Vizegouverneur zu, dieser ergriff seine Hand, schüttelte sie kräftig und setzte ein Lächeln auf, mit dem er in die Runde der Zuschauer und vor allem in die Objektive strahlte. Die Kamera surrte, Fotoapparate klickten, Reporter hielten dem hohen Besucher Mikrofone hin. Dieser sprach von beispielhaftem Gemeinsinn, von einer hoffnungsvollen Jugend und sagte weitere Hilfslieferungen und finanzielle Unterstützung für das Dorf und für die obdachlos gewordenen Familien zu. Dann verschwand er so schnell, wie er gekommen war.

Als Danilo an diesem Tag zum Haus seiner Verwandten zurückkehrte, empfing ihn die Familie mit gesenkten Blicken. Eine böse Ahnung beschlich ihn, und sein Herz verkrampfte sich schmerzhaft. Marichú und Joseph ergriffen seine Hände und führten ihn ins Haus. Mayumi lag auf dem Familiensofa, die Hände unter der Brust gefaltet, das Gesicht bleich und schmal, die Augen geschlossen. Danilo stürzte zu seiner Schwester und zog sie in die Arme. Ihre Haut war glatt und kalt.

*

Die folgenden Tage verbrachte Danilo in einer Art Trance. Honesto hatte *Shabu* besorgt und ihn überredet, das Rauschmittel zu probieren, es würde ihm helfen. Doch statt innerer Ruhe überfiel ihn eine aggressive Unrast, er konnte nicht schlafen, mochte weder essen noch trinken und fühlte sich nach einigen Stunden der Euphorie plötzlich schwach und niedergeschlagen. Nach Mayumis Beerdigung verzichtete er auf weitere Versuche mit der Droge, verfiel aber in stumpfsinniges Grübeln. Seine Gedanken kreisten um die Zukunft. Bis zum Tag des Taifuns hatte er ein Ziel gehabt. Er wollte so viel Geld verdienen, dass er Bawayan verlassen und sich in der Provinzhauptstadt, vielleicht sogar in Manila, eine Existenz aufbauen und seinen Schwestern ein besseres Leben bieten konnte. Nun war er allein, hatte niemanden, für den es sich lohnte, in der Stadt nach einem besseren Leben zu suchen.

Wenn die Gemeinschaftsarbeiten im Dorf beendet waren, arbeitete er am Haus seiner Eltern. Mehr aus Pflichtgefühl, wie er sich eingestehen musste, als aus innerem Antrieb. Auf der Suche nach herrenlosen Balken für die Reparatur des Daches traf er Honesto auf der Hauptstraße des Unterdorfes. Sie tauschten Informationen über Fundstellen für brauchbares Baumaterial und Werkzeug aus.

»Besonders eilig scheinst du es mit den Reparaturen nicht zu haben«, stellte sein Freund fest. »Du wirkst so … ich weiß nicht … als hättest du gar keine Lust mehr.«

Danilo hob die Schultern. »Du weißt ja, was passiert ist. Wahrscheinlich hast du Recht. Es ist alles so sinnlos.«

Honesto erinnerte ihn an die andere Seite seines Daseins. »Der Verlust deiner Eltern und deiner Schwestern ist ein großes Unglück. Aber jetzt bist du nur noch für dich selbst verantwortlich. Du bist frei, kannst tun und lassen, was du willst. Du kannst gehen, wohin du willst. Wie oft hast du dich darüber beklagt, dass dein Vater von dir verlangt, die Korbflechterei zu übernehmen. Sturm und Regen haben alles zerstört. Ware und Material sind vernichtet. Du müsstest ganz von vorn anfangen.«

»Ich weiß«, erwiderte Danilo. »Aber was soll ich deiner Meinung nach tun?«

Sein Freund sah sich nach allen Seiten um und senkte die Stimme. »Ich glaube, Joselito interessiert sich für dein Haus. Ich habe ihn beobachtet. Er hat es sich sehr genau angesehen. Verkauf es ihm! Und dann gehen wir nach Manila.«

»Wir?«

»Ich will hier weg«, erklärte Honesto. »Bei uns ist alles kaputt, das Vieh ist verschwunden oder ertrunken. Wir brauchen Monate, um alles wieder aufzubauen. Nur Arbeit, kein Geld. Und dann kommt vielleicht schon der nächste Taifun.« Er seufzte. »Alles was ich hatte, um hier rauszukommen, war mein Moped, und das ist jetzt auch weg.«

Mit verschwörerischer Miene zog er ein zerknittertes Blatt aus der Tasche. »Wenn wir uns das kaufen, können wir damit viel Geld verdienen. Beim Fahren wechseln wir uns ab und … Schau es dir an!«

Danilo griff nach dem Papier und betrachtete das Foto. Ein knallrotes Tuk Tuk. Das motorisierte Dreirad war mit einer überdachten Fahrerkabine und einem zweisitzigen Abteil für Fahrgäste ausgestattet, hatte chromglänzende Scheinwerfer und Zierleisten, getönte Windschutzscheiben mit goldenen Rahmen und war mit bunten Fähnchen verziert. Auf dem Dach leuchtete ein weißes Schild mit schwarzen Buchstaben: TAXI.

»Wie sollen wir so was bezahlen? Das kostet doch bestimmt mehr als wir zusammenbekommen können.«

»Tausendfünfhundert Dollar.« Honesto schien sich bereits informiert zu haben. Und er begeisterte sich an der Idee. »Viertaktmotor mit drei Zylindern, sechshundertfünfzig Kubikzentimeter, Wasserkühlung, Vierganggetriebe, Rückwärtsgang. Dafür ist das ein guter Preis. Am Anfang reicht bestimmt eine Anzahlung. Den Rest können wir aus den Einnahmen bestreiten.«

Vor seinem inneren Auge sah Danilo sich und seinen Freund mit dem Tricycle durch den Stadtverkehr kurven. Die Vorstellung gefiel ihm. Dennoch überwog Skepsis. »Bist du sicher, dass wir damit genug Geld für uns beide verdienen würden? Das Leben in der Stadt ist teuer.«

Honesto zuckte mit den Schultern. »Ganze Familien leben von so einem Taxi«, behauptete er. »Und da fährt nur einer. Wir könnten jeden Tag zwanzig Stunden unterwegs sein.«

Danilo gab die Seite an seinen Freund zurück. »Klingt nicht schlecht. Ich werde darüber nachdenken.«

»Aber nicht zu lange.« Honesto faltete das Blatt sorgfältig zusammen und steckte es in die Tasche. »Sonst ...« Er unterbrach sich und starrte die dunkle Limousine an, die auf der Dorfstraße entlanggekrochen kam. Einen solchen Wagen hatten sie in Bawayan noch nicht gesehen. »Mercedes Benz 350«, flüsterte Honesto ehrfurchtsvoll. »Aus Alemanya. Sechszylinder, 230 PS, 7-Gang-Automatikgetriebe.«

»Royal Philippines Limousines« las Honesto halblaut den Schriftzug auf der Heckscheibe, als der schwere Wagen sie passiert hatte. Plötzlich stoppte er und setzte zurück, eine Seitenscheibe verschwand surrend nach unten. »Wir suchen den Jungen«, ertönte eine Stimme auf Tagalog aus dem Inneren, »der kürzlich im Fernsehen war. Dessen Familie durch den Taifun gestorben ist. Der Vizegouverneur hat ihm die Hand geschüttelt.«

Honestos Augen leuchteten auf, er stürzte zum Wagen. »Sie haben ihn gefunden. Er ist hier.«

Nun erschien das Gesicht eines Amerikaners oder Europäers im hinteren Fenster. Der Mann schüttelte stumm den Kopf. »Du bist es nicht«, ertönte die Stimme erneut in der Landessprache.

»Nein«, rief Honesto. »Natürlich nicht. Aber er ist hier. Danilo.« Er deutete hinter sich. »Mein Freund Danilo Vinuya. Er ist es.«

Im Inneren des Wagens erklang ein Befehl auf Englisch, dann öffnete sich die hintere Tür, der Fremde stieg aus. Danilo zuckte zusammen. Den Mann hatte er schon einmal gesehen.

»Hello«, sagte er und kam auf ihn zu. Auf Englisch fuhr er fort. »Wir kennen uns aus der Villa Salita. Ist gar nicht so lange her. Ich bin Mister Simon, from Germany, äh Alemanya. Alemán from Alemanya.«

Danilo antwortete nicht. An die Begegnung erinnerte er sich, aber sie schien in einer anderen Zeit, in einem anderen Leben stattgefunden zu haben. Unschlüssig zuckte er mit den Schultern.

»Kannst du dich nicht erinnern?« Der Fremde blieb vor Danilo stehen und musterte ihn zufrieden. »Egal. Hauptsache, ich habe dich gefunden. Verstehst du Englisch?«

Honesto antwortete an seiner Stelle. »Danilo spricht Spanisch. Und Englisch. Er ist nur gerade ein wenig … Schließlich hat er kürzlich seine Familie verloren.«

»Ja, ich weiß«, nickte der Alemán. »Es tut mir sehr leid.« Für einen Moment zeigte sein Gesicht Betroffenheit, dann fuhr er fort. »Aber ich habe eine gute Nachricht für dich. Du wolltest doch Geld verdienen.«

»Mit meinem Körper?« Danilo winkte ab.

»Gute Frage.« Der Fremde lachte kurz auf. »Irgendwie schon. Aber nicht so, wie du dir das vorstellst. Schon gar nicht wie in der Villa Salita. Ich denke an etwas ganz anderes.« Er schüttelte energisch den Kopf. »Du bist jung und gesund, hast keine Familie mehr. Das eröffnet dir neue Möglichkeiten. Für das ganz große Geld.«

»Ich glaube«, mischte sich Honesto ein, »mein Freund braucht ein paar Tage Bedenkzeit. Und etwas genauere Informationen. Über das, was Sie *etwas ganz anderes* nennen und was *das ganz große Geld* genau bedeutet.«

Der Blick des Alemán wanderte ein paar Mal zwischen ihm und Danilo hin und her. Dann nickte er. »Also gut. Wenn du deinen Freund überzeugen kannst, soll das dein Schaden nicht sein.« Er deutete auf die offene Wagentür. »Ich habe einen Vertrag vorbereitet. Da steht alles drin. Du kannst ihn dir in Ruhe durchlesen. Und dann deinem Freund alles erklären. In drei Tagen komme ich wieder. Bis dahin muss er sich entschieden haben.«

»Fünf Tage«, forderte Honesto.

Der Alemán grinste. »Cleveres Bürschchen. Also gut: vier Tage.« Er kehrte zum Wagen zurück, zog einen Umschlag aus einer Aktentasche und reichte ihn Honesto.

*

Wenig später rollte die Limousine die Dorfstraße hinunter. Honesto wedelte mit dem Umschlag. »Man muss im Leben auch mal Glück haben. Du hast das große Los gezogen. Ausgleichende Gerechtigkeit. Das ist unsere Chance. Vielleicht bekommst du so viel Geld, dass wir ein richtig großes Taxi kaufen können. Oder wir gründen eine Autovermietung.« Er sah dem Wagen nach. »Mit solchen Luxuskarren. Und Stretchlimousine. Mit Chauffeur. Und …«

»Weißt du auch«, unterbrach ihn Danilo, »was ich dafür tun muss?« Er deutete auf den Umschlag. »Schau du da erst mal rein! Ich mag das gar nicht lesen. Wenn es um solche Sachen geht wie bei Rizaldo, mache ich nicht mit.«

Honesto öffnete den Umschlag und zog ein Blatt Papier heraus. Mit zusammengezogenen Brauen überflog er den Text. »Du sollst nach Alemanya fliegen. Vorher musst du zu einer medizinischen Untersuchung. In Alemanya kommst du für zwei Wochen in ein Krankenhaus. Dort wirst du noch einmal untersucht. Dann gibt es eine Operation, danach kannst du wieder nach Hause fliegen. Du bekommst dreißigtausend Dollar und das Flugticket.«

Verständnislos starrte Danilo seinen Freund an. »Dreißigtausend für zwei Untersuchungen und eine … Operation? Das verstehe ich nicht. Wofür genau wird so viel bezahlt? Was wird operiert?«

»Das wird hier nicht erklärt.« Honesto wendete das Blatt und zuckte mit den Schultern. »Ich verstehe es ja auch nicht.« Doch dann leuchteten seine Augen auf. »Ich habe eine Idee. Wir fragen Joselito. Er ist Geschäftsmann. Er kann uns das bestimmt erklären. Dann kannst du ihn auch gleich fragen, ob er sich für dein Haus interessiert.«

Danilo winkte ab. »Mach du das! Ich habe keine Lust. Außerdem muss ich das Dach reparieren. Dafür brauche ich noch Balken. Du kannst mir helfen, nachdem du mit Joselito gesprochen hast.«

*

Der Inhaber des kleinen Dorfladens war ein rundlicher Mann mit frühzeitig ergrauten Haaren. Nachdem er sich lange über das Blatt gebeugt und den Text studiert hatte, trat er vor die Tür, warf Blicke in alle Richtungen und kehrte dann zu Honesto zurück. Mit bedenklicher Miene zog er den Jungen näher zu sich heran und senkte die Stimme. »Sie wollen eine Niere von dir. Ich bin ziemlich sicher. Jeder Mensch hat zwei Nieren. Man braucht aber nur eine. Manchmal werden Menschen so krank, dass man sie herausnehmen muss. Dann brauchen sie eine neue. Erstaunlich ist nur …«

»Das glaube ich nicht«, unterbrach Honesto den Kaufmann. »Für eine Niere gibt es höchstens zweitausend Dollar. Ich weiß das, weil mein Cousin Gani eine verkauft hat. Er hat tausendsiebenhundert bekommen. Sein Bruder achtzehnhundert.«

Joselito nickte. »Das ist der übliche Preis. Ich kenne vier oder fünf Leute, die ihre Niere verkauft haben. Mein Schwager konnte sich mit dem Geld immerhin ein Haus leisten, eine Waschmaschine und einen Fernseher; andere ein Motorrad oder ein Tuk Tuk, oder sie haben ihre Schulden bezahlt.«

»Aber die sind doch nicht nach Alemanya oder sonst wohin geflogen. Die Operationen waren in Batangas City, oder?«

»Vielleicht will oder kann der Freund vom Alemán nicht hierher reisen?«, vermutete Joselito. Er sah auf und musterte Honesto kritisch. »Willst du dich darauf einlassen?«

»Nein. Es ist auch gar nicht für mich. Ich wollte nur wissen … Warum will der Alemán so viel Geld bezahlen?«

»Vielleicht haben die in Europa andere Preise«, vermutete Joselito. »Oder es geht gar nicht um eine Niere. Aber andere Organe kann man nicht abgeben, ohne mit dem Leben dafür zu bezahlen.« Er gab Honesto den Zettel zurück. »Du musst den Alemán fragen. Und wenn er dir keine Antwort gibt, solltest du die Finger davon lassen. Beziehungsweise derjenige, um den es geht.«

Honesto nickte stumm und verstaute das Blatt. »Ich habe noch eine andere Frage«, sagte er dann. »Suchst du ein Steinhaus?«

*

Danilo hatte zwei geeignete Balken gefunden und sie zum Haus geschleppt. Nachdem er den ersten auf die passende Länge geschnitten hatte, schob er ihn an den vorgesehenen Platz und verkeilte ihn. Während er mechanisch seine Arbeit verrichtete, kreisten in seinem Kopf die Gedanken. Der Besuch des Alemán hatte Spuren hinterlassen. Er hatte das Gleiche gesagt wie Honesto. Dass er jetzt frei sei und gehen könne, wohin er wolle. Über Europa wusste Danilo wenig, schon gar nichts über Alemanya. Von Amerika hatte er schon manchmal geträumt, sich ausgemalt, wie es wäre, dort ein erfolgreicher Geschäftsmann zu sein. Aber es waren Träume gewesen, ohne konkreten Hintergrund, ohne jede Chance auf Verwirklichung. Hatte er, wie sein Freund meinte, das große Los gezogen? War das Schicksal gnädig und schenkte ihm nun, da er seine Familie verloren hatte, die Chance auf ein neues Leben? Dreißigtausend Dollar. Eine astronomische Summe. In Bawayan gab es niemanden, der so viel Reichtum auch nur gesehen hatte. Dafür bekäme man zwanzig Tuk Tuk. Er musste unwillkürlich lächeln, als er sich eine Parade dieser Fahrzeuge aus Honestos Prospekt vorstellte. Das wäre natürlich Unsinn. Aber ein Geschäft gründen konnte man allemal mit einem solchen Betrag. Nur nicht in einem Dorf wie seinem. Aber in Batangas City. Oder Manila. In vier Tagen würde er sich entscheiden müssen.

*

»Ich habe einen Vorschlag«, sagte Honesto, nachdem er von seinem Besuch bei Joselito berichtet hatte.

Danilo sah ihn fragend an.

»Du überlässt ihm das Haus, und wir gehen gemeinsam nach Alemanya. Zusammen kann uns nichts passieren. Jeder passt auf den anderen auf. Und wir verlangen das Doppelte. Wenn der Alemán nicht einverstanden ist, verzichten wir auf das Geschäft. Was hältst du davon?«

»Und wenn Joselito Recht hat?« Danilo verzog das Gesicht. »Wenn Sie mir eine Niere ... herausoperieren wollen?«

»Warum nicht? Jeder hat zwei, eine davon brauchst du nicht. Wahrscheinlich rettest du damit sogar einem anderen Menschen das Leben. Mein Cousin hat vor zwei Jahren eine Niere gespendet. Wir könnten zu ihm gehen. Nach Nasugo, das sind nur ein paar Kilometer. Frag ihn, wie es war und schau seine Narbe an. Du wirst sehen, es geht ihm gut. Joselito kennt übrigens auch einige Leute, die das gemacht haben. Alle sind gesund und munter. Also kann die Operation nicht gefährlich sein. Außerdem machen die das in Alemanya bestimmt besser als in Batangas City.«

Nachdenklich betrachtete Danilo seinen Freund. Einen Menschen zu treffen, der eine seiner Nieren hergegeben hatte, erschien ihm als geniale Idee. Die Menschen erzählten viele Geschichten, von denen man nie wusste, ob sie glaubhaft waren, besonders in Joselitos Laden. Aber aus dem Mund eines Betroffenen würden sie die Wahrheit über die Operation erfahren. Er nickte. »Also gut, fragen wir deinen Cousin. Am besten gleich morgen.«

Er deutete auf den zweiten Balken, der an der Hauswand lehnte. »Fasst du mal mit an? Der muss aufs Dach.«

Bis zum Einbruch der Dunkelheit arbeiteten die Freunde am Haus, ohne das Thema, das sie bewegte, noch einmal anzusprechen. »Ich leihe mir morgen das Motorrad von Joselito«, kündigte Honesto zum Abschied an. »Am Abend fahren wir dann nach Nasugo.«

*

Bani Mindanao war schon über dreißig Jahre alt und etwas rundlich. Sein Begrüßungslächeln entblößte eine vollständige Reihe weißer und gesunder Zähne. Er trug ein buntes Tuch auf dem Kopf, wirkte fröhlich und zufrieden, zeigte voller Stolz sein Haus und die Einrichtungsgegenstände. Es war nicht zu übersehen, dass er es zu Wohlstand gebracht hatte. Honesto kam rasch zur Sache. »Mein Freund Danilo interessiert sich für deine ... Geschichte. Die Sache mit der Operation, du weißt schon.«

»Willst du die Narbe sehen?« Bani lachte und hob sein T-Shirt hoch. Dann drehte er sich vor den Besuchern. Eine fingerbreite dunkle Linie zog sich vom Rücken zur Seite abwärts bis zum Bauch. »Kannst sie ruhig anfassen. Ich spüre dort nichts.«

Danilo streckte die Hand aus, zog sie aber wieder zurück. »Nicht nötig«, murmelte er. »Hast du viel Schmerzen gehabt?«

»Kaum.« Bani schüttelte den Kopf. »Die Operation wird mit Narkose durchgeführt, da merkst du nichts. Anschließend bleibst du eine Woche im Krankenhaus. Da geben sie dir Tabletten. Danach darfst du nicht arbeiten. Musst viel trinken und dich ein paar Wochen schonen. Dann ist alles wie vorher.«

»Und du hast zweitausend Dollar dafür bekommen?«

Erneut schüttelte Bani den Kopf. »Sie sagen dir, du bekommst zweitausendzweihundert Dollar. Aber dann ziehen sie fünfhundert Dollar ab. Für die Organhändler. Ich habe tausendsiebenhundert bekommen. Aber es hat gereicht. Für das Haus, Waschmaschine, Fernseher und einen gebrauchten Kleinlastwagen. Damit mache ich Geschäfte. Es geht mir gut.«

»Weißt du, wer deine Niere bekommen hat?«

»Ein reicher Amerikaner. Mehr weiß ich nicht.«

»Würdest du es wieder tun?«

Bani lachte wieder. »Ich habe nur noch eine Niere. Aber wenn ich zwei hätte, würde ich eine davon verkaufen. Es war ein gutes Geschäft, und es hat mir Glück gebracht.«

»Was sagst du?«, fragte Honesto, als sie auf das Motorrad stiegen, um nach Bawayan zurückzukehren.

»Dein Cousin hat mich überzeugt. Wir machen es. So wie du gesagt hast. Zusammen. Für das Doppelte. Es kann ja nur um eine Niere gehen. Aber mein Haus verkaufe ich erst, wenn das Geschäft mit dem Alemán besiegelt ist.«

4

Nach dem letzten Zug aus dem Joint hatte Lennart sich besser gefühlt und war im Club eingeschlafen. Als er erwachte, kroch die Frage in sein Bewusstsein, woher er den nächsten Stoff bekommen sollte. Oder die Kohle dafür. Um die nächsten Tage überstehen zu können, brauchte er mindestens zwei Gramm Stoff. Oder hundert Euro. Seine Überlegungen wurden unterbrochen, als das Handy in seiner Tasche brummte. Er zog es hervor und fand eine SMS. *Wenn du was brauchst, komm zum Wall. Jetzt. Bin vorm Juzi.*

Ob das der Typ war, von dem Kies gesprochen hatte? Aber woher hatte er seine Handynummer? Und woher kannte er ihn überhaupt? Lennarts Blick wanderte durch den Raum. Einige schliefen, andere bewegten kaum merklich die Köpfe mit geschlossenen Augen im Rhythmus der Musik. Niemand schien sich für ihn zu interessieren. Kies war nicht da. Aber was auch immer der unbekannte Absender der SMS von ihm wollte – er würde schon mit ihm fertig werden.

Lennart verließ das Haus in der Turmstraße und wanderte über den Parkplatz zum Wall. Um diese Zeit war auf den Straßen der Innenstadt wenig los. Auf der Bürgerstraße war ein Polizeiwagen mit Blaulicht und Sirene in Richtung Geismar Tor unterwegs. Die Bullen erschreckten ihn schon lange nicht mehr. Mehrmals hatten sie ihn bei Razzien mitgenommen, aber stets wieder laufen lassen, weil er keinen oder nur geringe Mengen Stoff für den Eigenbedarf bei sich getragen hatte.

Auf dem Wall sah er sich um, konnte aber niemanden entdecken. Langsam ging er in Richtung Juzi. Plötzlich trat ein Mann hinter einem Baumstamm hervor. Instinktiv tastete Lennart nach dem Klappmesser, das er immer bei sich trug, um sich zu verteidigen. Denn einige Junkies waren so übel drauf, dass sie versuchten, anderen den Stoff zu klauen. Doch dieser Typ sah weder wie ein Drogenabhängiger aus, noch wie ein Dealer. Er kam auch nicht auf ihn zu, sondern blieb im Schatten des Baumes stehen.

»Hallo, junger Mann«, sagte er. »Wie wär's mit zehn Gramm Schnee? Saubere Ware, nicht gestreckt.«

»Hab keine Kohle«, antwortete Lennart und sah sich um. War das eine Falle?

»Brauchst du auch nicht. Müsstest uns nur einen kleinen Gefallen tun.«

»Was für einen? Und wer ist *uns*?«

Der Fremde lachte leise. »Das brauchst du nicht wissen. Und was wir von dir wollen, sagen wir dir später. Es ist nicht besonders schwierig und nicht gefährlich. Du kannst dabei nur gewinnen. Danach gibt's noch mal zehn Gramm.«

Das Angebot war verlockend, aber irgendwie auch unglaubwürdig. Zwanzig Gramm Schnee für einen kleinen Gefallen?

»Ich möchte wissen, was ich dafür tun soll. Und die Ware will ich vorher testen.«

Erneut lachte der Mann. »Du riskierst 'ne ziemlich dicke Lippe. Aber du hast hier keine Bedingungen zu stellen. Probieren darfst du gern.« Rasch griff er in die Tasche und warf Lennart ein Päckchen zu. Er fing es auf und befühlte den Inhalt. Ein Briefchen in einer Plastikfolie. Darin konnten gut und gerne zehn Gramm sein.

Die Umhüllung ließ sich leicht öffnen. Er entnahm das Papier und faltete es auseinander. Dann leckte er eine Fingerspitze an, schob sie hinein und probierte das Pulver auf der Zunge. Es war astreiner Stoff. Kaum zu glauben. Er schüttelte leicht den Kopf.

»Ich sehe, du bist beeindruckt. Also machen wir den Deal? Das Päckchen darfst du behalten. Als eine Art Anzahlung. Wir melden uns bei dir, wenn wir dich brauchen.«

Lennart war unschlüssig, wusste aber, dass er es nicht schaffen würde, das Briefchen zurückzugeben. Sorgfältig faltete er es zusammen und ließ es in seiner Tasche verschwinden. »Okay.«

Als er aufsah, war der Mann verschwunden.

Achselzuckend wandte Lennart sich zum Gehen. In die Turmstraße würde er nicht zurückkehren, denn dort würde man seine Beute förmlich riechen, ihn anbetteln und bedrängen. Mit dieser Kostbarkeit würde er sich in sein WG-Zimmer in der Angerstraße zurückziehen und einen wunderbaren Tag beginnen. Außerdem musste er seinen Schatz aufteilen. Bei der Menge würden die Bullen Eigenbedarf nicht akzeptieren. Sie nannten das »eine nicht geringe Menge«. Damit erwischt zu werden, bedeutete Knast. Während er auf dem Wall in Richtung Westen wanderte, begann der Himmel im Osten rötlich zu leuchten.

Am Bismarckhaus verließ er den Wall und folgte dem Lohmühlenweg in Richtung Angerstraße. Aus der Innenstadt näherte sich ein Fahrzeug. Lennart wartete, um den Wagen vorbeizulassen. Als er auf seiner Höhe war, verringerte er die Geschwindigkeit und stoppte plötzlich. Beide Türen öffneten sich, zwei Gestalten sprangen heraus und kamen auf ihn zu. Instinktiv tastete er nach dem Messer. Seine Zehn-Gramm-Tüte würde er gegen Räuber verteidigen. Im nächsten Augenblick erkannte er seinen Irrtum. Diese Typen sahen nicht nach Dieben oder Abstaubern aus, eher nach Bullen. Blitzschnell drehte er sich um und begann zu rennen. Die Männer folgten ihm, ihre Schritte hallten in der leeren Straße. Im Laufen zog er die Kokain-Tüte aus der Tasche, um sie in den nächsten Gully zu werfen. Doch bevor er eine Möglichkeit fand, den Schnee loszuwerden, packte ihn eine Hand am Ärmel und riss ihn herum. Lennart geriet ins Straucheln und schlug aufs Pflaster. Das Päckchen landete auf der Straße.

»Was haben wir denn da?«, keuchte einer der Bullen, packte ihn und stellte ihn auf die Füße. Der andere fesselte seine Hände mit einem Kabelbinder auf dem Rücken. »Sieht nach Backpulver aus«, antwortete der Kollege und lachte. »Wir backen uns einen Rausch.«

Lennart spuckte aus. »Fickt euch, ihr Wichser!«

*

»Ein Gespräch für dich.« Constanze Fabricius hielt die Sprechmuschel zu und das Telefon hoch. »Dein Freund Wegemann, der Staatsanwalt. Was mag der um diese Zeit schon wollen?«

Fabricius, der bereits in der Haustür stand, um ins Klinikum zu fahren, kehrte in die Wohnung zurück, nahm seiner Frau das Telefon ab und zog sich in sein Arbeitszimmer zurück.

»Guten Morgen, Viktor«, begrüßte ihn der Oberstaatsanwalt, nachdem Fabricius sich gemeldet hatte. »Wir haben ein Problem. Du wirst es dir denken. Diesmal können wir Lennart nicht davonkommen lassen. Er hatte zehn Gramm Kokain dabei. Vom Wirkstoffgehalt her wahrscheinlich eine *nicht geringe Menge*. Und dann wäre es sogar ein Verbrechen. Eine Anklage ist damit unausweichlich, zumal er ein Messer mit sich geführt hat. Aber bis zum Prozess bleibt er auf freiem Fuß.«

»Was kommt dabei raus?«, fragte Fabricius. »Ein Jahr?«

»Wenn er Glück hat, etwas weniger. Aber diesmal führt kein Weg daran vorbei, dass er seine Strafe absitzt, weil er unter Bewährung steht.«

»Vielleicht ist ihm das eine Lehre«, seufzte Fabricius. »Wie lange wird es dauern, bis er seine Strafe antreten muss?«

»Sicher nicht so bald. Lennart könnte bei einer Verurteilung noch Rechtsmittel einlegen.«

Warum buchtet ihr ihn nicht sofort ein, hätte Fabricius gern gefragt, doch er unterdrückte den Impuls. Gegenüber Wegemann musste er den Anschein des Vaters wahren, der um das Wohl seines Sohnes besorgt ist. »Danke, dass du angerufen hast. Ich werde unseren Anwalt informieren.«

»Ich empfehle dir die Kanzlei Dr. Seibold, Seibold und Partner in der Theaterstraße. Die haben eine junge Strafverteidigerin, Bettina Badenhoop, die ist richtig gut. Dein alter Freund Holtkemper in allen Ehren, aber der hat doch eher andere Qualitäten.«

Fabricius bedankte sich und beendete das Gespräch. Statt das Haus zu verlassen, ließ er sich an seinem Schreibtisch nieder. Die Frist für seine Entscheidung betrug nur ein paar Tage. Lennart wäre ein geeignetes Opfer für die Machenschaften eines Brodsky. Franziska hingegen war ein kluges und selbstbewusstes Mädchen. Sie würde sich nicht so leicht ins Bockshorn jagen oder aus dem Gleichgewicht bringen lassen. Trotzdem wäre es besser, sie ebenfalls an einem sicheren Ort zu wissen. Möglichst weit weg. Amerika wäre gut. Ein Auslandssemester. Er würde ihr einen Studienplatz in Philadelphia besorgen. Bei seinem Freund William R. Johnson. Er war immerhin Dekan und für den Bereich Design and Engineering verantwortlich und hatte schon mehr als einmal angedeutet, dass gegen deutsche Designstudentinnen an seiner Uni nichts einzuwenden wäre. Noch am Abend würde er ihn anrufen.

»Was ist denn?« Seine Frau hatte die Tür geöffnet und sah ihn fragend an.

»Sie haben Lennart mit Kokain erwischt. Diesmal wird er nicht mit Bewährung davonkommen.«

»Du meinst, er muss ... ins Gefängnis?« Ungläubig starrte Constanze ihn an.

»Vielleicht bringt ihn das zur Vernunft. Dein Sohn ist ja rationalen Argumenten gegenüber nicht besonders aufgeschlossen.«

»Er ist auch dein Sohn«, zischte seine Frau und verschwand.

Fabricius seufzte und notierte die Namen *Seibold* und *Badenhoop* auf einem Zettel. Am liebsten hätte er Lennart seinem Schicksal überlassen. Aber das könnte sich herumsprechen und seinem Ruf schaden. Er würde Marion Kleinert bitten, in der Kanzlei anzurufen.

Wenig später lenkte er seinen Mercedes über Ebertstraße und Kreuzbergring in Richtung Klinikum. Unterwegs wählte er Franziskas Nummer. Ihre Stimme klang noch ein wenig verschlafen aus dem Lautsprecher, als sie sich meldete.

»Was hältst du von einem Semester oder einem Jahr in Amerika?«, fragte er, nachdem er seine Tochter begrüßt und sich nach ihrem Befinden erkundigt hatte. »In Philadelphia gäbe es eine Möglichkeit für dich. An der *School of Design and Engineering*.«

»Das wäre total cool, Papa. Kommt aber etwas überraschend. Können wir das besprechen, wenn ich wieder in Göttingen bin? Ich würde gern zuerst mit Chris darüber reden.«

Fabricius war sich nicht sicher, ob er den Kommilitonen seiner Tochter kannte. Franziska hatte ihm zwar den ein oder anderen jungen Mann vorgestellt, aber welcher von ihnen nun Christoph oder Christian war, hätte er nicht sagen können. »Selbstverständlich, rede mit ihm, mein Stern«, antwortete er rasch. »Aber du müsstest dich bald entscheiden. Eine solche Chance gibt's so schnell nicht wieder. Kommst du am Wochenende? Wir, also deine Mutter und ich, würden uns sehr freuen. Außerdem ...« Er brach ab, weil ihm plötzlich Zweifel kamen, ob es richtig wäre, seiner Tochter von den Problemen zu berichten, in denen ihr Bruder steckte. »Außerdem«, fuhr er fort, »warst du lange nicht hier.«

»Das stimmt«, pflichtete Franziska bei. »Ich werde es mir überlegen. Vielleicht komme ich am Wochenende. Oder eine Woche später, das würde doch sicher auch reichen.«

»Besser wäre es schon, wenn wir uns so schnell wie möglich entscheiden.«

»Ich überleg es mir. Und melde mich morgen oder übermorgen bei dir. Grüß Mama. Und arbeite nicht zu viel! Tschüss, Papa!«

*

Franziska Fabricius ließ den Hörer sinken. In ihrem Kopf kreisten Bilder und Fragen. Schon lange war es ihr Traum, für ein Jahr in die USA zu gehen, um dort Graphic Design zu studieren. Viele Universitäten mit klangvollen Namen boten die Fachrichtung an. Den ein oder anderen Campus hatte sie schon im Internet angesehen und sich ausgemalt, dort interessante Leute kennenzulernen. Aber bisher hatten ihre Eltern es immer abgelehnt, auch nur darüber zu diskutieren. Woher kam der plötzliche Sinneswandel? Sie wusste, wie sehr ihr Vater an ihr hing. Seine geradezu närrische Zuneigung war zeitweise zur Belastung geworden, zumal ihr Bruder vom Vater deutlich zurückgesetzt worden war. Inzwischen schien er nicht einmal mehr ernsthaft an eine Zukunft für seinen Sohn zu glauben. Sie dagegen hatte er stets umsorgt. Und jetzt beschlich sie das verrückte Gefühl, dass er sie zu einer Entscheidung für Amerika regelrecht drängen wollte. Noch vor einem Dreivierteljahr hätte sie sofort und mit Freude zugesagt. Jetzt aber war sie mit Chris zusammen, und eine längere Trennung von ihm erschien ihr unvorstellbar. Sie müssten zusammen für ein Jahr in die USA gehen können, das wäre die Lösung. Aber ob das gelingen konnte? Sicher nicht so kurzfristig.

Sie legte den Hörer auf das alte Telefon und nahm ihr Smartphone zur Hand. Rasch sprach sie eine SMS für Chris hinein. »Wir sollten so bald wie möglich telefonieren, es gibt interessante Neuigkeiten.«

Nachdem die Nachricht versandt war, streifte sie das Nachthemd ab und ging ins Bad, um mit der Morgentoilette zu beginnen. Während sie mit Waschen und Zähneputzen beschäftigt war, ging sie in Gedanken noch einmal das Gespräch mit ihrem Vater durch. Sie fragte sich, was sie an seinem Vorschlag beunruhigte. Es kam äußerst selten vor, dass er anrief, meistens beauftragte er ihre Mutter, sich diskret nach ihren Studienfortschritten zu erkundigen. Als sie einmal ihrer Mutter deutlich gemacht hatte, dass ihre Kontrollanrufe sie nervten, hatte sie Franziska verraten, dass ihr Vater dahintersteckte. Und nun hatte er am frühen Morgen, noch vor Dienstbeginn im Klinikum, selbst zum Telefon gegriffen, um ihr diesen erstaunlichen Vorschlag zu unterbreiten. Irgendwie seltsam. Und nicht recht zu erklären. Vielleicht wusste Lennart mehr.

Sie verließ das Bad, schlüpfte in ihre Kleidung und nahm erneut das Smartphone, um die Nummer ihres Bruders zu wählen. Seltsamerweise meldete sich sofort die Mailbox, also war sein Handy ausgeschaltet. Sie hatte erwartet, es lange klingeln lassen zu müssen, weil er um diese Zeit noch pennte. Vielleicht auch erfolglos, weil er nicht wach wurde. Aber niemals schaltete er sein Handy aus. Zum zweiten Mal an diesem Morgen spürte sie eine leichte Unruhe. Sie würde es später noch einmal versuchen. Und heute Abend ihren Vater zurückrufen, um ihn nach den Beweggründen für seinen Vorschlag zu fragen.

Sie verzichtete auf ein Frühstück und verließ die kleine Wohnung im Dachgeschoss eines Hauses aus dem neunzehnten Jahrhundert. Den Campus konnte sie in gut zwanzig Minuten zu Fuß erreichen. Unterwegs würde sie sich einen Becher Kaffee und ein belegtes Brötchen holen. Das war zwar weder ökonomisch noch ökologisch sinnvoll, ersparte ihr aber die Mühe, sich selbst Frühstück zu machen und den Frust, allein vor Teller und Tasse zu sitzen. Chris war auf Exkursion, sonst hätten sie sich verabredet.

Vor dem Haus parkte ein unauffälliger Mittelklassewagen, in dem zwei Männer saßen. Einer stieg aus, musterte sie flüchtig und wandte sich dann dem Hauseingang zu. Franziska machte sich auf den Weg und vergaß im nächsten Augenblick bereits die kurze Begegnung. Ihre Gedanken eilten voraus, ins Seminar. Es ging um ein Planungsgespräch zur Vorbereitung des Semesters. Experimentelle Gestaltung und Malerei, auf die neuen Inhalte war sie ebenso gespannt wie auf den neuen Dozenten.

Als sie mit Brötchen und Kaffeebecher aus der Bäckerei kam, glaubte sie, das Auto zu erkennen, das vor ihrem Haus gestanden hatte. Sie war sich aber nicht sicher, zumal nur eine Person darin saß. Sie nahm einen Schluck Kaffee und wandte sich zum Gehen.

Vor dem Campus hatte sie das Gefühl, verfolgt oder beobachtet zu werden. Sie verharrte kurz, schob den letzten Bissen des Brötchens in den Mund und sah sich unauffällig um. Doch um sie herum waren inzwischen so viele Menschen unterwegs, dass sie niemanden ausmachen konnte, der sich für sie interessierte. Wahrscheinlich hatte sie sich geirrt, und sie fragte sich, ob der Anruf ihres Vaters und das abgeschaltete Handy ihres Bruders sie so irritiert hatten, dass sie schon Gespenster sah.

*

Bis zum Abend hatte sie mehrfach vergeblich versucht, Lennart zu erreichen. Schließlich hatte sie ihre Mutter angerufen und erfahren, dass ihr Bruder von der Polizei festgenommen worden war. Auf dem Weg von der Uni zu ihrer Dachwohnung hatte sie dann den Entschluss gefasst, so schnell wie möglich nach Göttingen zu fahren. Ihr Vater würde sich nicht um seinen Sohn bemühen, und ihre Mutter war überfordert. Ohnehin würde sie sich wahrscheinlich um ihr Pferd mehr Sorgen machen als um Lennart – was immer ihm auch zugestoßen sein mochte. Man würde mit den Behörden reden und einen Anwalt einschalten müssen. Ihren Eltern traute sie, aus unterschiedlichen Gründen, nicht zu, die naheliegenden Schritte für ihren Sohn in die Wege zu leiten. Nichts würde geschehen, wenn sie, Franziska, sich nicht darum kümmern würde.

Schon früh hatte sie Verantwortung für ihren jüngeren Bruder übernommen. Als Kind hatte sie ihn vor Angriffen gleichaltriger Jungen geschützt. Später, in der Schulzeit, war ihr wie selbstverständlich die Aufgabe zugefallen, seine Schulaufgaben zu kontrollieren und mit ihm zu üben. Sie war eine gute Schülerin gewesen, während Lennart sich von Jahr zu Jahr durchs Gymnasium gequält und nur mit knapper Not das Abi bestanden hatte. Während der Vater ihr jeden Wunsch von den Augen abgelesen hatte, war das Verhältnis zu seinem Sohn in dem Maße schlechter geworden, wie dieser hatte erkennen lassen, wie wenig ihn die väterlichen Vorstellungen von Erfolg in Schule, Studium und Beruf interessierten. Manches hatte Franziska ausbügeln können, aber immer öfter hatte es zwischen Vater und Sohn heftig gekracht. Bis Lennart schließlich ausgezogen war.

Auf der letzten Treppe zu ihrer Wohnung kam ihr eilig ein Mann entgegen, der seine schwarze Basecap tief ins Gesicht gezogen hatte. Sie stellte sich ihm in den Weg. »Wollten Sie zu mir?«

Der Fremde schüttelte stumm den Kopf und versuchte, sich an ihr vorbeizudrängen. Franziska hielt ihn am Ärmel fest. »Hallo? Da oben wohne nur ich. Zu wem wollten Sie?«

Er riss sich los und stieß sie gegen das Geländer. Franziska verlor das Gleichgewicht und geriet ins Taumeln. Fast wäre sie die

Stufen hinabgestürzt, aber sie konnte sich an einer der hölzernen Streben festklammern.

»Arschloch!«, schrie sie dem Unbekannten nach.

Wütend setzte sie ihren Weg fort. Doch mit jeder Stufe wich der Ärger einem unguten Gefühl. In ihrer Wohnung gab es keine Wertsachen, sie war kein lohnendes Ziel für Einbrecher. Das Wertvollste und Wichtigste, ihren Laptop, trug sie bei sich. Als sie den oberen Treppenabsatz erreichte, erstarrte sie dennoch. Die Wohnungstür stand offen. Das Schloss – aufgebrochen. Hastig stürzte sie in den kleinen Flur, warf erst einen Blick ins Wohn- und Schlafzimmer, dann in die Küche, schließlich ins Bad. Nichts schien zu fehlen. Was konnte der Mann mit der Basecap in ihren Räumen gesucht haben?

Franziska legte ihren Laptop ab, zog ihre Jacke aus und ließ sich in den altmodischen Sessel fallen. Noch einmal wanderte ihr Blick durch den Raum. Es sah nicht danach aus, als hätte der Fremde Schränke und Schubladen durchwühlt. Lediglich das alte Telefon auf der Kommode war ein wenig verrutscht. Vielleicht hatte sie es heute morgen selbst verschoben, als sie mit ihrem Vater telefoniert hatte. Wer achtete schon auf so was? Eine der Kommodenschubladen war nicht ganz geschlossen. Möglicherweise ging auch das auf ihr Konto, sie konnte es nicht sagen, denn sie hatte sich nach dem Telefongespräch in ihren Gedanken schon mit Chris im Flugzeug nach Philadelphia gesehen und nicht recht auf ihre Umgebung geachtet. Trotzdem stand sie auf und öffnete das Schubfach. Hier bewahrte sie allerlei Krimskrams auf. Stifte, Scheren, Tesaroller, Locher, Kerzen, Streichhölzer, alte Fotos. Nichts Wichtiges. Dennoch hatte sie das Gefühl, dass etwas fehlte, sie wusste nur nicht, was.

Als sie zum Sessel zurückkehrte, fiel ihr Blick auf die Parfümflasche auf der Kommode. Sie gehörte nicht dorthin. War sie am Morgen so in Gedanken gewesen, dass sie den Flakon dort abgestellt hatte? Oder war der ungebetene Besucher ein Perverser gewesen, der sich am Duft einer jungen Frau hatte berauschen wollen?

Sie schob die Fragen beiseite und griff zum Telefon, um den Hausbesitzer zu informieren. Der Mann war Handwerker und würde das Türschloss rasch erneuern.

»Soll ich die Polizei informieren?«, fragte sie, nachdem sie dem Vermieter den Sachverhalt geschildert hatte. »Wegen der Versicherung?«

»Lohnt sich nicht«, antwortete er. »Es gibt nur einen Haufen Fragen und Schreibkram, und am Ende kommt nichts dabei raus. Das Schloss bringe ich selbst in Ordnung.«

Franziska legte auf und stellte das Fläschchen ins Bad zurück. Wahrscheinlich hatte der Hauseigentümer Recht. Sie sollte versuchen, den Vorfall so schnell wie möglich zu vergessen. Ohnehin gab es jetzt Wichtigeres zu tun. Chris informieren, die Verabredung zu einer Arbeitsgruppe an der Uni absagen, eine Fahrkarte buchen. Übermorgen war Samstag, sie würde den ersten Zug nach Göttingen nehmen.

Wenig später erschien der Hauseigentümer mit einem Werkzeugkasten und besah den Schaden. »Keine große Sache. In einer halben Stunde habe ich das gerichtet.«

Dankbar nickte Franziska ihm zu. »Das beruhigt mich. Ich hätte ungern die Nacht …« Das Klingeln ihres Smartphones unterbrach sie. »Das ist mein Freund. Bitte entschuldigen Sie!«

Der Vermieter stellte sein Werkzeug ab. »Telefonieren Sie ruhig! Ich komme schon zurecht.«

Chris klang besorgt. »Ich habe die Anruferliste gesehen. Fast alle von dir. Konnte aber bis jetzt nicht telefonieren. Ist etwas passiert?«

Franziska verschwieg den Einbruch, um ihren Freund nicht zu beunruhigen. »Nichts Schlimmes – glaube ich jedenfalls. Ich muss nach Göttingen. Mein Bruder ist verhaftet worden. Angeblich Besitz größerer Mengen Kokain. Dabei hat er nie … Egal, ich muss mich um ihn kümmern, weil meine Eltern … du weißt ja, wie sie sind. Außerdem ist Vater plötzlich der Meinung, ich sollte ein Jahr in den USA studieren. Wie er jetzt darauf kommt, weiß ich auch nicht. Ich gehe natürlich nur, wenn du mitkommst. Was hältst du davon?«

»Mit dir nach Amerika zu gehen, fände ich super. Stelle es mir allerdings nicht so leicht vor, einen Studienplatz zu finden. Und alles andere …«

»Mein Vater will mich nach Philadelphia schicken«, unterbrach Franziska ihren Freund. »Er kennt einen der Dekane. Ich hab schon mal gegoogelt, dein Fach gibt es da auch. Vielleicht lässt sich was machen. Aber das frage ich ihn, wenn ich zu Hause bin. Übermorgen fahre ich nach Göttingen. Und wenn ich mehr weiß, melde ich mich.«

»Und wenn nicht?«

»Dann natürlich auch.« Franziska lachte. »Außerdem komme ich so schnell wie möglich zurück. Ich habe Sehnsucht nach dir.«

»Ich auch nach dir.«

5

»Das ist von einem Boten abgegeben worden.« Die Sekretärin deutete durch die offene Tür zum Schreibtisch ihres Chefs.

Fabricius nickte und warf einen Blick auf das Päckchen. Die Sendung war an ihn *persönlich* adressiert, aber der Absender *Medioptal* sagte ihm nichts. Er nahm es in die Hand, es hatte nur ein geringes Gewicht. Er vermutete Ärztemuster einer neuen Pharmafirma. Darum sollte sich Frau Kleinert kümmern. Schon wollte er es ihr durch die geöffnete Tür zuwerfen, doch im letzten Augenblick hielt er in der Bewegung inne und legte die Sendung ab. Mit einem Brieföffner schlitzte er die Verpackung auf. Sofort stieg ihm ein vertrauter Geruch in die Nase. Er brauchte nur eine Sekunde, um ihn zuzuordnen. Dieses Parfüm hatte er Franziska geschenkt. Aber das konnte nicht sein, war unmöglich. Hastig zerfetzte er das Papier, dem der Duft entströmte. Plötzlich hielt er ein Foto in den Händen. Es zeigt ihn und Constanze mit Franziska und Lennart.

Er spürte, wie ihm der Schweiß ausbrach. Rasch stopfte er alles wieder in den Karton und sprang auf. »Ich muss telefonieren«, rief er seiner Sekretärin zu. »Bitte in der nächsten halben Stunde nicht stören!« Dann schloss er rasch die Tür zum Vorzimmer.

*

Die Entscheidung war gefallen. Nachdem der Kulturausschuss sich mehrheitlich für das Denkmal entschieden hatte, musste die Finanzierung gesichert werden; dann konnte auch der Rat der Stadt formell dem Antrag zustimmen. Göttingen würde den onanierenden Kragenbären bekommen. Anna schmunzelte, während sie ihren Text für einen Kommentar tippte. Der Vorschlag, Robert Gernhardt auf diese Weise zu ehren, hatte heftige Diskussionen ausgelöst. Auf Facebook war in kurzer Zeit eine Gruppe mit mehr als tausend Befürwortern entstanden. Und beim GT waren zustimmende, aber auch kritische Leserbriefe eingegangen. Am Ende hatten im Kulturausschuss alle dafür gestimmt, die einzige Gegenstimme war von der Ratsfrau der Grünen gekommen.

Anna fügte ihren Text ins Layout der Seite ein und sah auf die Uhr. Gerade noch rechtzeitig erledigt. Und wenn sie sich beeilte, würde sie es auch noch vor Geschäftsschluss in die Stadt schaffen. In einem Schuhgeschäft hatte sie ein Paar königsblaue Stiefeletten von Lisa Tucci gesehen. Die waren ihr seitdem nicht mehr aus dem Kopf gegangen. Eigentlich brauchte sie keine neuen Schuhe, aber anprobieren musste sie diese traumhaften Exemplare, auch wenn sie sündhaft teuer waren. Nur mal anschauen, anfühlen und ein paar Schritte gehen, sagte sie sich, während sie die Treppe hinunter und zum Parkplatz eilte. Es wäre ja unvernünftig, aber … Vielleicht gab es ihre Größe nicht, dann hätte sich das Problem schon erledigt.

Sie startete ihren Twingo und lachte laut auf, als im Radio Ina Müllers Stimme erklang: »… nur Schuhe enttäuschen dich nie.«

Ja, mit ihrem Schuhtick war sie nicht allein. Nicht wenige Frauen besaßen hundert Paar oder mehr. Sie würde wohl auf dreißig kommen. Wobei, wenn man es genau nahm, einige schon nicht mehr mitgezählt werden durften. Dabei gehörten weder Metallstiletti von Givenchy noch Pumps aus goldenem Brokat oder Stella McCartneys Schnürschuhe mit neun Zentimeter hohen Plateausohlen zu ihrer Ausstattung. Aber dass hohe Absätze zu einer anderen Körperhaltung führten und dem Gang etwas Erotisches gaben, war nicht zu bestreiten. Und manchmal hatte sie einfach das Bedürfnis, sich in High Heels zu präsentieren. Sven Petersson, ihr früherer Freund, fuhr, genau wie viele andere Männer, total darauf ab. Ingo weniger. Meistens bemerkte er ihre Neuerwerbung nicht einmal. Frauen hingegen registrierten sofort, wenn sie in neuen Schuhen aufkreuzte. Diese leidige Konkurrenz unter Frauen. Oder war es Neid? Anna seufzte. Warum nur konnte sie sich nicht mit dem zufriedengeben, was sie hatte? Warum geriet sie beim Anblick bestimmter Schuhe in Verzückung, obwohl sie bereits mehr als genug besaß? Und warum reizte es sie gelegentlich, einen bestimmten Mann zu verführen, obwohl Ingo in jeder Beziehung ein Goldstück war? War das so etwas wie Torschlusspanik?

Sie schob die unangenehmen Fragen beiseite und konzentrierte sich auf den Verkehr. Auf der Kasseler Landstraße war die Höchstgeschwindigkeit von sechzig auf fünfzig Stundenkilometer herabgesetzt worden. Sie war davon überzeugt, dass die Lärmbelästigung für Anwohner selbst dann nicht geringer würde, wenn sich die Autofahrer an die neue Regel halten würden. Geplant war bereits der nächste Schritt. Nachts sollte die Höchstgeschwindigkeit auf dreißig reduziert werden. Anna hielt das für einen Schildbürgerstreich.

In der Neustadt fand sie eine Parklücke, verzichtete auf einen Parkschein und hastete an der Marienkirche vorbei und über die Brücke am Leineufer in Richtung Fußgängerzone. Kurz vor dem Schuhgeschäft klingelte ihr Handy. Hoffentlich ist es nicht die Redaktion, betete sie. Auf der Stelle umzukehren und zurückzufahren, um für einen ausgefallenen Kollegen den Spätdienst zu übernehmen, hätte ihr nicht gefallen. Vor allem nicht jetzt, so kurz vor dem Ziel ihrer Wünsche.

Es *war* die Redaktion. Tom Heinzelmann. »Wille hat angerufen. Genauer gesagt, seine Frau. Markus möchte dich sehen.«

»Aber ich *wollte* ihn doch schon besuchen, heute Mittag. Man hat mir aber gesagt, dass noch niemand …«

»Nicht heute. Aber ab morgen«, unterbrach ihr Kollege sie. »Und in den nächsten Tagen. Ich wollte es dir nur gleich sagen, damit ich es nicht vergesse und du besser planen kannst. Am besten setzt du dich mit Gabi in Verbindung. Hast du Willes Privatnummer?«

»Ja, danke, Tom.« Erleichtert und beunruhigt zugleich beendete Anna die Verbindung und ließ das Smartphone in ihre Handtasche gleiten. Inzwischen hatte sie das Schaufenster des Schuhgeschäfts erreicht, die Tucci-Modelle leuchteten aus der Menge der schwarzen und braunen Schuhe hervor. Zum Glück musste sie nicht noch einmal in die Redaktion. Dennoch kreiste die Frage in ihrem Kopf, warum Markus Wille mit ihr sprechen wollte, während sie den Laden betrat und – durch magische Kräfte angezogen – auf die königsblauen Stiefeletten zusteuerte.

6

Natürlich hatte keiner der Bullen ihm die Geschichte abgenommen. Der Typ, der ihn vernommen und seine Personalien erfasst hatte, hatte sogar gelacht. »Ja ja, das erzählen sie alle. *Der große Unbekannte hat mir das Tütchen in die Tasche gesteckt. Wann und wo weiß ich nicht. Sonst hätte ich es selbstverständlich sofort zurückgegeben*. Glaubt ihr eigentlich, wir sind bescheuert?« Und dann hatten sie ihn in diese Zelle gesteckt. Während er Stunde um Stunde heftiger gegen den Entzug anzukämpfen versuchte, wurde ihm allmählich klar, dass er schlechte Karten hatte. Sein Erlebnis klang sogar in seinen eigenen Ohren wenig glaubhaft.

Für Überraschung sorgte dann der Auftritt dieser coolen Rechtsanwältin in der Polizeidienststelle. Sehr bestimmt und mit Überzeugung wies sie darauf hin, wie leichtfertig es sein könne, eine Darstellung als falsch anzusehen, nur weil sie dem eigenen Erfahrungs- und Erlebnishorizont nicht entspreche. Dabei gelang es ihr, durch Tonfall und Mimik zugleich ihre Zweifel am geistigen Horizont des Beamten anklingen zu lassen. Missmutig musste er zur Kenntnis nehmen, dass Lennart nicht länger festgehalten werden konnte, da weder Flucht- noch Verdunkelungsgefahr bestand. An der Seite der attraktiven Anwältin verließ er das Polizeigebäude. Zum Abschied gab sie ihm die Hand und lächelte ihn an. »Wir sehen uns bald wieder.«

Obwohl Lennart sie gern gefragt hätte, mit welcher Strafe er würde rechnen müssen und ob er tatsächlich in den Knast wandern würde, gelang ihm nicht mehr als ein unbeholfenes »Dankeschön«. Er starrte ihr nach, während sie in ihr schwarzes Beetle-Kabrio stieg und davonbrauste.

*

Bettina Badenhoop machte sich Gedanken um den seltsamen Auftrag. Seibold hatte angedeutet, dass ihr Mandant nicht unbedingt vor einer Haftstrafe bewahrt werden sollte. Dem Vater des jungen Mannes schien daran zu liegen, seinem Sohn eine Lektion zu erteilen. Möglicherweise erhoffte er sich eine heilsame Wirkung durch das Knasterlebnis. Nach Bettinas Erfahrungen würde er damit Schiffbruch erleiden. Drogenabhängige wurden so gut wie nie durch ein paar Monate Gefängnis von ihrer Sucht befreit. Wer über ausreichende Mittel verfügte, kam auch dort an seine Ware. Andere konnten sich durch gewisse Dienstleistungen gelegentlich ein wenig Stoff erarbeiten. Im Übrigen war die Gefahr, sich im Bau durch unsauberes Besteck oder gestreckte Rauschmittel gesundheitliche Schäden zuzuziehen, eher größer als draußen. Lennart Fabricius machte allerdings nicht den Eindruck, als hinge er schon an der Nadel.

Dummerweise gab es bereits eine Verurteilung, deshalb hatte sie ihm den kurzen Aufenthalt in der Polizeizelle nicht ersparen können. Falls es ihr dennoch gelingen würde, das Gericht im Verfahren von seiner Glaubwürdigkeit zu überzeugen oder zumindest weiter Zweifel an der Einstufung seiner Version als Lügengeschichte zu säen, ließe sich vielleicht doch noch einmal eine Bewährungsstrafe erreichen. Sie müsste ihn zu einer Therapie bewegen. Wenn sie das nicht zumindest versuchte, setzte sie ihren Ruf als Strafverteidigerin aufs Spiel.

Und dann gab es da noch etwas. Die Polizei hatte ihren Mandanten nur wenige Minuten nach dessen Begegnung mit dem großzügigen Unbekannten gestellt. Da Lennart nicht als Dealer bekannt war, musste schon ein außergewöhnlicher Zufall die Beamten zu diesem Zeitpunkt zu ihm geführt haben. Die Aussage, sie seien ohne konkreten Anlass unterwegs gewesen und der junge Mann sei ihnen verdächtig erschienen, klang kaum glaubhafter als Lennarts Geschichte. Ungünstig war nur, dass er ein Messer dabeigehabt hatte.

*

Auf dem Weg von der Polizeidienststelle an der Groner Straße zu seinem WG-Zimmer in der Angerstraße schaltete Lennart sein Handy ein. Kurz darauf signalisierte es ihm eine Reihe verpasster Anrufe. Sie waren alle von Franziska und lösten zwiespältige Gefühle in ihm aus. Einerseits empfand er Freude und Dankbarkeit darüber, dass seine Schwester ihn sprechen wollte, andererseits fürchtete er sich vor ihrer Reaktion, wenn sie von seiner Festnahme und der drohenden Gefängnisstrafe erfuhr.

Noch während er überlegte, ob er sie zurückrufen sollte, klingelte das Mobiltelefon erneut. Es war wieder Franziska. Um dem Verkehrslärm zu entgehen, strebte er rasch ein paar Schritte nach rechts, folgte dem Leinekanal neben der Apotheke, und meldete sich.

»Hallo, Lennart«, ihre Stimme klang fröhlich. »Ich bin auf dem Weg nach Göttingen. Der Zug rauscht gerade durch den Jühnder Bahnhof. Hast du Zeit? Können wir uns sehen?«

»Ich kann dich abholen«, antwortete Lennart erleichtert. Von der Festnahme schien sie nichts zu wissen. »Bin gerade am Groner Tor.«

*

Franziska kam ihm in der Bahnhofshalle entgegen. Sie ließ ihre Reisetasche fallen und umarmte ihn. »Wie schön, dich zu sehen.

Hatte nicht damit gerechnet, dass mich jemand abholt.« Lennart roch ihr Parfüm und spürte augenblicklich ein beglückendes Gefühl von Nähe und Vertrautheit. »Was treibt dich nach Göttingen?«, fragte er.

Seine Schwester winkte ab. »Das erzähle ich dir später. Sag du mir, wie es dir geht!« Sie schob ihn von sich, hielt seine Schultern fest und sah ihn prüfend an.

Lennart wich ihrem Blick aus. »Wie soll's mir schon gehen?«

»Gibt es nichts Neues? Hast du dich eingeschrieben? Arbeitest du?«

»Lass uns gehen!« Lennart war ein Mann mit einer Basecap aufgefallen, der hinter Franziska gegangen und in dem Augenblick stehen geblieben war, als sie sich begrüßt hatten. Er griff nach Franziskas Tasche. »Willst du gleich nach Hause? Oder wollen wir erst einen … Kaffee trinken?«

»Einmal durch die Fußgängerzone«, entschied Franziska. »Ich war so lange nicht in der Stadt. Und dann lade ich dich zu … irgendwas ein. Kannst du dir aussuchen. Vielleicht ins Café am Botanischen Garten?«

»Ali Baba, okay«, murmelte Lennart und dachte, dass seine Schwester ihn zwar gefragt, dann aber die Entscheidung schon vorgegeben hatte. Aber wie immer hatte er nichts dagegenzusetzen. Ein anständiger Kaffee nach der Plörre in der Zelle wäre jedenfalls nicht zu verachten. Er griff nach ihrer Tasche und sah sich um. Der Mann mit der Basecap telefonierte. »Also gut. Erst Stadtbummel, dann Café Botanik.«

Auf dem Weg über den Bahnhofsvorplatz begegneten sie der Attrappe eines riesigen Betonmonuments, die von einigen Männern gehoben, abgesetzt, gedreht und schließlich weitergetragen wurde, auf die andere Straßenseite. Eine ältere Frau dirigierte die von einigen Fotografen begleitete Aktion.

»Was ist das?«, fragte Franziska und blieb stehen.

»Keine Ahnung.« Lennart hob die Schultern.

»Neues Denkmal«, antwortete statt seiner ein Passant. »Das ist nur ein Modell. Die suchen den richtigen Platz für den Klotz.«

»Und was kommt da drauf?«

»Nichts.« Der Mann grinste. »Das ist ja gerade der Clou.«

Franziska sah ihren Bruder fragend an. »Und du weißt wirklich nicht …«

Lennart schüttelte den Kopf. »Bei uns in der WG hat mal einer erzählt, dass sie hier für 'ne knappe halbe Million irgendwas hinstellen wollen. Hab aber vergessen, was. Frag den Alten, der weiß das bestimmt.«

»Okay. Göttingen war schon immer für Schildbürgerstreiche gut. Über den Streit zwischen Stadtverwaltung und Kaufleuten in der Fußgängerzone um die Farbe von Sonnenschirmen und um ausgelegte Fußmatten haben wir uns schlappgelacht.« Franziska zog an Lennarts Ärmel und wandte sich zum Gehen. »Komm weiter!«

Nach einem Blick zurück beeilte er sich, zu seiner Schwester aufzuschließen. Den Typen mit der Mütze hatte er nicht mehr gesehen.

»Bin schon gespannt, was sich alles geändert hat.« Franziska beschleunigte ihren Schritt. »Als ich euch das letzte Mal besucht habe, war in der Fußgängerzone alles aufgerissen. Eine einzige Großbaustelle. Inzwischen müsste das neue Pflaster verlegt sein.«

»Ist mir gar nicht so aufgefallen«, gestand Lennart. »Aber du hast Recht. Sieht seit letztem Jahr anders aus. Aber irgendwie ist das alles an mir vorbeigerauscht.«

Ihn traf ein besorgter Blick. Blöde Wortwahl, dachte er. Ich muss Franzi ja nicht unbedingt darauf stoßen. Früher oder später würde sie sowieso fragen, ob er noch was nahm. Vor diesem Augenblick fürchtete er sich. Er wusste, dass er ihr nichts vormachen konnte. Gleichzeitig hätte er sie gern davon überzeugt, mit dem »Zeug« nichts mehr zu tun zu haben.

Beim Überqueren der Berliner Straße vernahm er Schritte hinter sich und sah sich um. Eine Gestalt folgte ihnen, er war sicher, doch im Gegenlicht war nicht zu erkennen, ob es der Typ vom Bahnhof war. An der Ecke zur Unteren Masch, vor Gebhards Hotel, blieb Lennart abrupt stehen und fuhr herum.

Franziska sah ihn an. »Ist irgendwas?«

Lennart schüttelte den Kopf. »Nichts. Ich hatte nur einen Moment lang das Gefühl, dass uns jemand folgt. Wäre aber auch merkwürdig. Ich habe mich wohl geirrt.«

Wieder traf ihn dieser besorgte Blick. Er rechnete schon mit einer kritischen Frage, doch dann wandelte sich Franzis Ausdruck zu tiefer Nachdenklichkeit. »Ich hoffe, dass du dich geirrt hast. An Merkwürdigkeiten habe ich keinen Bedarf. Vor ein paar Tagen ist bei mir eingebrochen worden. Es ist aber nichts geklaut worden. Das Ganze fand ich auch seltsam.« Sie wandte sich in Richtung Innenstadt. »Lass uns weitergehen!«

In dem Augenblick, in dem sie den Fuß auf die Fahrbahn setzte, schoss ein weißer Transporter heran, die seitliche Schiebetür öffnete sich, zwei Männer in blauen Overalls sprangen heraus, packten Franziska, warfen sie in den Wagen und verschwanden ebenfalls darin. Im nächsten Moment gab der Fahrer Gas. Mit quietschenden Reifen bog das Fahrzeug nach rechts in die Goetheallee. Lennart spurtete ihm nach, doch es verschwand rasch im Verkehr auf der Berliner Straße. Keuchend und mit rasendem Puls stand er am Wall und fragte sich, was er tun sollte. Die erste Eingebung, die Polizei anzurufen, verwarf er. Die Bullen wollte er sich fernhalten, und sie würden ihm wohl auch nicht glauben. Der Alte würde wissen, was zu tun war. Er wusste immer, was richtig war. Während er wählte, wunderte er sich, dass er die Nummer seines Vaters noch immer im Kopf hatte.

*

Auf dem Rückweg von der Station kam ihm Marion Kleinert auf dem Flur entgegen. »Ihr Sohn ist am Telefon, Herr Professor. Er sagt, es ist dringend. Ließ sich nicht auf später vertrösten.«

Ein ungutes Gefühl machte sich in Fabricius breit. Lennart wollte ihn sprechen? Was hatte das zu bedeuten? »Legen Sie das Gespräch auf meinen Apparat!« Eilig strebte er auf das Büro zu, die Sekretärin versuchte, mit ihm Schritt zu halten. »Außerdem hat noch jemand angerufen. Er wollte seinen Namen nicht sagen. Wird sich wieder melden.«

»Danke, Frau Kleinert. Bitte in der nächsten halben Stunde keine Störungen und keine Anrufe.« Er schloss die Bürotür hinter sich, öffnete sie wieder und steckte den Kopf hindurch. »Außer von meiner Tochter.«

Er ließ sich auf seinen Bürostuhl fallen und nahm den Hörer auf. »Ja, Lennart. Was gibt es?«

»Franziska! Jemand hat sie gekidnappt. Gerade eben. Ich habe sie vom Bahnhof abgeholt, und in der Goetheallee … Plötzlich war da ein Transporter. Sie haben sie geschnappt und sind losgefahren. Ich konnte überhaupt nichts …«

Fabricius ließ den Hörer sinken. Eine riesige Faust schien seinen Magen und seine Eingeweide zusammenzupressen. Gleichzeitig spürte er einen dumpfen Schmerz hinter dem Brustbein. Er schnappte nach Luft, tastete in der Tasche seines Kittels nach den Bisoprolol-Tabletten. Die Betablocker hatten ihm schon oft über den Tag geholfen. Seit dem Besuch dieses Janosch Brodsky nahm er sie regelmäßig. Außerdem hatte er sich Diazepam besorgt. Deren süchtig machende Wirkung hatte er schon einmal kennengelernt. Und sich davon befreit. Das würde ihm auch diesmal wieder gelingen. Aber vorerst brauchte er das Zeug. Um die Krise durchzustehen. Die Tropfen beruhigten und entspannten ihn und nahmen ihm die Angst.

»Bist du noch dran?« Lennarts Stimme klang dünn aus dem Telefonhörer.

»Einen Moment. Bin gleich wieder da.« Fabricius stand auf, schob die Tablette in den Mund und ging zum Waschbecken. Mit ein paar Schlucken Wasser aus dem Hahn spülte er die Pille hinunter und kehrte zum Schreibtisch zurück. »Ich kümmere mich darum«, sagte er kurzatmig in die Sprechmuschel. »Danke, dass du angerufen hast.« Er wollte schon auflegen, doch dann fiel ihm noch etwas ein. »Du bist in der Stadt? Hat die Polizei dich laufen lassen?«

Lennart antwortete nicht. Fabricius rief noch ein paar Mal »Hallo? Lennart?« Dann zuckte er mit den Schultern, legte auf und starrte auf den Apparat. Vor seinem inneren Auge erschien Franziska. Sein Kind. In den Händen skrupelloser Verbrecher. Gefesselt und geknebelt, in einem schmutzigen Keller. Ohnmächtige Wut stieg in ihm auf. Janosch Brodsky, dachte er. Der und seine

Leute müssen hinter der Entführung stecken. Klar, sie wollen mich erpressen. Soll ich die Polizei anrufen? Oder erst Wegemann um Rat fragen? Besser stillhalten? Wird alles gut, wenn ich auf die Forderung eingehe?

*

Franziska keuchte. Sie hatte geschrien und getreten, sich gegen die Umklammerung gewehrt und ihre Peiniger beschimpft. Doch die beiden Männer waren stärker als sie und hatten ihr schließlich Hände und Füße zusammengebunden. Nun hockte sie auf der Ladefläche des Kastenwagens und versuchte, trotz der Dunkelheit im Inneren des Transporters mehr als jene schemenhaften Gestalten zu erkennen, mit denen sie es zu tun hatte. Durch irgendwelche Ritzen fiel ein wenig Licht herein, und ihre Augen gewöhnten sich langsam an die Dämmerung. Die Männer trugen blaue Overalls und Motorrad-Sturmhauben.

Während sie die Entführer musterte, registrierte sie neben dem Dröhnen des Dieselmotors den Verkehrslärm auf den Straßen. Der Wagen schien sich zügig, aber nicht sonderlich schnell zu bewegen. Offenbar waren sie noch in der Stadt.

Einer der Männer nutzte die Atempause. »Es tut uns leid, verehrte Frau Fabricius, dass wir Ihnen diese Unannehmlichkeit bereiten müssen. Es ist nur eine … Demonstration. Wahrscheinlich sind Sie in einer Stunde schon wieder frei und können sich mit Ihrem Herrn Vater beraten.« Die Stimme klang höflich und ernsthaft bedauernd.

Irritiert musterte Franziska die dunkle Gestalt. »Was soll das? Und wieso soll ich mich mit meinem Vater beraten?«

»Er wird es Ihnen erklären«, antwortete der Mann. »Ich bin sicher, wir kommen zu einer vernünftigen Einigung.«

»Einigung?«, zischte Franziska. »Worüber? Über ein Lösegeld? Sie täuschen sich, wenn Sie glauben, meine Eltern verfügten über Vermögen. Mein Vater verdient gut, aber wir sind nicht reich.«

»Das wissen wir«, bestätigte der Vermummte. »Das Vermögen Ihres Vaters liegt in der Tat nicht auf der Bank. Aber wie gesagt, wir werden uns schon einigen. Sobald Ihr Vater unserem Vorschlag zugestimmt hat, können wir Sie aus dieser misslichen Lage entlassen. Sie werden nicht länger unser Gast sein als unbedingt erforderlich.«

Franziska verstummte. Wenn es nicht um Geld ging, musste die Arbeit ihres Vaters eine Rolle spielen. Sollte mit der Aktion eine Organtransplantation erreicht werden? Die lief doch über Eurotransplant in Holland. Wie sollte ihr Vater das bewerkstelligen?

Plötzlich war der Verkehrslärm verstummt. Der Wagen stoppte, die Tür wurde geöffnet, kräftige Hände griffen nach Franziskas Oberarmen. Sie zerrten sie aus dem Transporter und stießen sie auf den Rücksitz einer Limousine mit abgedunkelten Fenstern. Das ging so schnell, dass sie nicht realisieren konnte, wo sie waren. Sie konnte nach vorn durch die Windschutzscheibe blicken, sah aber nur eine Wand und einen der Männer, der aus seinem Overall schlüpfte, darunter kam ein eleganter grau gestreifter Anzug zum Vorschein. Er umrundete den Wagen und setzte sich neben sie. »Mein Name ist Brodsky. Ich bitte noch einmal um Nachsicht für diese Umstände! Bitte geben Sie mir Ihr Mobiltelefon! Wir rufen jetzt Ihren Vater an. Wenn er sich kooperativ zeigt, sind Sie schnell wieder frei.«

*

Gabriele Wille war Ende fünfzig und deutlich schlanker als ihr Mann. Sie trug ein Kleid in gedeckten Herbstfarben und bewegte sich aufrecht und selbstbewusst auf dazu passenden Schuhen mit leicht erhöhten Absätzen. Im Vergleich zu Markus, der nicht sonderlich auf sein Äußeres achtete, war seine Frau das, was man eine elegante Erscheinung nannte. Anna hatte sie schon bei einigen offiziellen Anlässen erlebt und fand sie sympathisch. Für den Besuch hatten sie sich verabredet und in der Empfangshalle des Klinikums getroffen. Anna war ein paar Minuten zu spät gekommen, weil sie die Schwierigkeit, einen Parkplatz in der Nähe zu bekommen, unterschätzt hatte. Ein wenig außer Atem begrüßte sie die Frau ihres Chefredakteurs.

Sie lächelte verhalten und gab Anna die Hand. »Schön, dass Sie kommen konnten. Bis jetzt wollen sie nur Angehörige zu ihm lassen, aber zusammen können wir ihn besuchen.«

»Wie geht es ihm?«, fragte Anna, während sie nebeneinander dem Gang zum Bettenhaus folgten.

Gabriele Wille hob die Schultern. »Schwer zu sagen. Er behauptet, es ginge ihm gut. Aber die Diagnose ist ziemlich katastrophal. Nierenversagen und Herzinsuffizienz. Er hängt an Maschinen, die ihn am Leben erhalten, und braucht wahrscheinlich eine neue Niere. Der Professor ist zwar optimistisch, weil Markus' Blutgruppe recht verbreitet ist und sich daher leichter ein passendes Organ für ihn finden lässt, aber konkrete Hoffnungen konnte er mir auch nicht machen.«

»So schlimm?« Anna war entsetzt, gleichzeitig bewunderte sie die Haltung der Frau, deren Mann so plötzlich aus dem Alltag gerissen worden war. Sie sah Markus Wille vor sich. Obwohl er unter erheblichem Übergewicht litt, hatte er immer Lebensfreude und Energie ausgestrahlt. Mit seiner Beweglichkeit hätte er trotz seiner Leibesfülle im Verlagshaus manchen jüngeren Kollegen ausstechen können.

»Ja«, bestätigte Gabriele Wille. »Aber nicht hoffnungslos. Ein halbes Jahr kann man mit Dialyse gut überleben. Und im Frühjahr, wenn die Motorradsaison beginnt, sagt der Professor, kommen wieder frische Organe rein. Allerdings hatte ich das Gefühl, dass er mich beruhigen wollte. Ein Bekannter sprach von mehreren Jahren, die man heute auf ein Organ warten muss.«

Sie hatten den Fahrstuhl erreicht, Willes Frau drückte den Knopf für die Station. Wegen der vielen Menschen um sie herum unterbrachen sie ihr Gespräch. Aber Anna hätte auch nicht recht gewusst, was sie hätte sagen sollen.

Als sie wenig später das Krankenzimmer betraten, brauchte Anna einen Moment, um ihren Kollegen zu erkennen. Sein Gesicht wirkte schmal, grau und zusammengefallen. Aber dann breitete sich sein typisches Grinsen darauf aus. »Schön, dass du gekommen bist, Anna.« Seine Stimme war ungewohnt schwach und heiser. Er räusperte sich mühsam und fuhr fort: »Willkommen in der Endstation für ausgediente Redakteure. – Nehmt Platz!« Er deutete auf den Stuhl direkt neben dem Bett. »Setz dich hierhin, Anna! Ich habe dir etwas zu sagen.«

*

Es war kaum zu begreifen, alles erschien unwirklich. Und ein bisschen unheimlich. Aber auch spannend und aufregend. Vor ein paar Tagen waren sie noch in Bawayan gewesen, hatten sich von Honestos Eltern, von Joselito und Danilos Verwandtschaft verabschiedet. Versehen mit vielen guten Wünschen, aber wenig Gepäck, waren sie nach Batangas City gereist. Am Busbahnhof hatte sie der Aléman in Empfang genommen und zum Hotel Ponte-Fino begleitet. Voller Ehrfurcht bestaunten sie die luxuriöse Einrichtung.

Noch am selben Tag fuhren sie in eine kleine Privatklinik. Dort untersuchte man sie und nahm ihnen Blut ab. Am Abend des darauf folgenden Tages erschien der Aléman wieder im Hotel. Mit dem Ergebnis der Untersuchungen schien er sehr zufrieden zu sein. Er lobte ihren Entschluss und händigte ihnen Geld und Flugtickets für die Reise aus.

Mit Air Asia flogen sie einen Tag später nach Manila und von dort mit Etihad Airways über Abu Dhabi nach Frankfurt. Der Ninoy Aquino International Airport hatte sie schon tief beeindruckt, aber er war nichts gegen den Frankfurter Flughafen. Fasziniert beobachteten sie die unzähligen Menschen aller Hautfarben, lauschten der Geräuschkulisse und bewunderten die Auslagen der Geschäfte. Honesto interessierte sich für Mobiltelefone und Computer, Danilo hätte sich gern bei BOSS ganz neu eingekleidet. Aber alles war teuer. Am Ende kauften sie gar nichts, weil das Angebot allzu verwirrend und die Unsicherheit darüber, wie lange ihr Geld reichen würde, groß war.

Zur vereinbarten Zeit waren sie am *Meeting Point* von einer Frau in Empfang genommen und zu einem Zug gebracht worden, der sie an ihr Ziel bringen sollte, dieser Stadt mitten in Alemanya.

Auf dem Bahnsteig kam ohne Zögern ein Mann auf sie zu und begrüßte sie auf Englisch. »Hallo, ich bin Janusz. Ihr seid Danilo und Honesto, stimmt's?«

Die Jungen nickten. Skeptisch und erwartungsvoll zugleich musterten sie den Fremden. Er war groß und schlank, trug einen sichtlich teuren, grau gestreiften Anzug. Sein Haar war streng nach hinten gekämmt und glänzte schwarz. Aus blassblauen Augen musterte er sie abschätzend, dann erschien ein schwer zu deutendes Lächeln auf seinem Gesicht.

»Ich bringe euch jetzt ins Hospital. Dort werdet ihr untersucht. Wann und wie es dann weitergeht, entscheiden wir, wenn die Ergebnisse vorliegen. Was die Doctores in Batangas City herausgefunden haben, ist vielversprechend. Aber wir müssen das hier überprüfen. Wenn sich die Werte bestätigen, werdet ihr nicht lange warten müssen.«

Er wandte sich zum Gehen. »Kommt!«

*

Anna war verblüfft, als Markus Wille ihr eröffnete, dass die Weichen für die Ressortleitung bereits gestellt worden waren. Sie könne damit rechnen, Lokalchefin zu werden, sobald die Nachfolgefrage für den Chefredakteur geklärt sei.

»Willst du nicht wiederkommen?«, fragte sie und fügte unsicher hinzu: »Ich meine, wenn das hier … vorbei ist.«

Nach einigem Zögern schüttelte Wille kaum merklich den Kopf. »Es geht nicht darum, was ich möchte. Wenn das hier vorbei ist, ist es auch mit mir vorbei, Anna. Herz *und* Nieren sind hinüber. Kardiorenales Syndrom. Wenn ich Glück habe, findet sich eine Spenderniere für mich. Dann muss ich nicht in die Dialyse, und das Herz wird entlastet. Immerhin dürfte ich dann wohl nach Hause. Aber arbeiten werde ich nicht mehr können.«

Er hielt erschöpft inne. In dem Augenblick der Stille öffnete sich die Tür. Ein Mann im weißen Kittel betrat den Raum. »Entschuldigung! Könnten Sie einen Moment draußen warten? Ich muss kurz mit dem Patienten sprechen.«

»Soll ich auch …?«, fragte Willes Frau.

»Ich wäre Ihnen dankbar, wenn ich ganz kurz unter vier Augen mit Ihrem Mann sprechen könnte, danach können Sie gern wieder hereinkommen.«

Gemeinsam verließen sie das Krankenzimmer. »War das der behandelnde Arzt?«, fragte Anna auf dem Flur.

»Das ist Professor Doktor Fabricius. Er ist hier der Chef. Inzwischen hat er eingeräumt, dass Markus nur eine Chance hat, wenn sich rechtzeitig eine Spenderniere findet.«

Anna merkte, dass es Gabriele Wille nicht nach einem Gespräch war, und ihr selbst gingen viele Fragen und Gedanken durch den Kopf. Mit dem Thema Transplantation hatte sie sich noch nicht ernsthaft befasst. Ingo besaß einen Organspenderausweis. Doch sie war nicht darauf eingegangen, als er ihr davon erzählt hatte. Das Thema war ihr unangenehm gewesen, denn bei der Vorstellung, die eigenen Organe für einen anderen Menschen freizugeben, schwang die Unsicherheit mit, dass den Ärzten damit die Feststellung des Todes leichter fallen könnte. War die medizinische Definition von Hirntod wirklich eindeutig? Wurden gespendete Organe gerecht verteilt? Konnten die Angehörigen damit leben, dass dem Verstorbenen möglicherweise sämtliche Organe entnommen wurden? Auf dem Flur vor Markus Willes Krankenzimmer hatte sie entschieden, sich dem Thema zu stellen und all diesen Fragen auf den Grund zu gehen.

Sie wurde aus ihren Gedanken gerissen, als sich die Tür öffnete und der Professor aus dem Zimmer trat. Er nickte den Frauen zu und eilte mit schnellen Schritten den Gang hinunter. Anna wurde bewusst, dass der Inhalt des Gesprächs sicher nicht für ihre Ohren bestimmt war. Sie wandte sich an Gabriele Wille. »Ich werde nur noch kurz einmal hineingehen. Sie möchten sicher mit Markus …«

Anna verabschiedete sich von ihrem Chefredakteur und dessen Frau. Während sie den Raum verließ, drang noch Gabrieles hastig und dringend geflüsterte Frage bis zu ihr. »Was hat er gesagt?« Rasch schloss sie die Tür hinter sich.

Während sie gedankenvoll durch das unübersichtliche System von Fluren und Gängen irrte, übersah sie einen jungen Mann, der ihr entgegengekommen war. In letzter Sekunde sprang er zur Seite und verschüttete dabei eine braune Flüssigkeit aus einem Trinkbecher.

»Entschuldigung!«, entfuhr es ihr. »Ich habe geträumt. Den Kaffee oder die Cola ersetze ich Ihnen natürlich.«

Der Junge hatte eine hellbraune Hautfarbe, volles schwarzes Haar und ein überirdisch schönes Gesicht. Er trug eine enge Jeans und ein knappes T-Shirt. »Sorry. I am so sorry, madam.«

Der tiefe Blick aus seinen schwarzen Augen, die in einem Kontrast zu seinen geraden schneeweißen Zähnen standen, verwirrte Anna, löste spontan ein angenehmes Prickeln in ihrem Bauch aus. »Sprechen Sie Deutsch? Do you speak German?« Ein nicht kontrollierbares Strahlen war in ihre Augen getreten.

Mit einem leichten Zögern erwiderte er es. »No German. English yes. Y Español.« Dann streckte er die Hand aus. »Mi nombre es Danilo. My name is ...«

Anna fasste sich und ergriff die Hand. »Anna. Ich heiße … my name is Anna.«

»Anna«, wiederholte Danilo. »Un nombre hermoso para una mujer hermosa. A beautiful name for a beautiful woman.«

Das hatte schon lange niemand mehr zu ihr gesagt. Um ihre Verlegenheit zu überspielen, fragte sie rasch: »Kommst du … Kommen Sie aus ... I mean, do you come from Spain? Or Latin America?«

Danilo schüttelte den Kopf. »Philippines. Bawayan, District of Batangas.«

Annas berufliche Neugier erwachte. Was machte ein Junge von den Philippinen im Göttinger Klinikum? Außerdem rührte er in ihr etwas an, das irgendwo zwischen Hirn und Herz angesiedelt war. Dieses Kribbeln im Bauch … Aber gleich würde jeder seiner Wege gehen, und sie würden sich nie wieder sehen. Das Bedürfnis, die Begegnung in die Länge zu ziehen, mehr über den ungewöhnlich gut aussehenden jungen Mann zu erfahren, ließ sie nach einem Vorwand suchen, mit dem sie ihn in ein Gespräch verwickeln konnte. Sie deutete auf den Becher in seiner Hand, in dem ein kleiner Rest Flüssigkeit schwappte. »Do you come with me? To the cafeteria? I would like to offer you a drink.«

Danilo warf einen Blick auf den Becher und nickte. »Okay. Wherever you want to go – I come with you, madam.«

*

Der Monitor beleuchtete Annas Gesicht. Ganz still saß sie davor, ihre Gedanken waren von dem Artikel abgeschweift, den sie für die morgige Ausgabe schreiben musste. Sie waren zurückgekehrt zu ihrem Besuch bei Markus Wille. Was mochte der Professor gesagt haben? Wille war nicht anzusehen gewesen, ob der Arzt ihm eine gute oder eine schlechte Nachricht übermittelt hatte. Den Gedanken, Gabriele Wille anzurufen, verwarf sie gleich wieder. So gern sie die Antwort in Erfahrung gebracht hätte, war ihr doch klar, wie unangemessen sie die Frage empfinden musste. Selbst wenn es ihr schwerfiel, sie würde sich gedulden, bis Willes Frau sich bei ihr oder in der Redaktion melden würde. Vielleicht würde sie das auch gar nicht tun. Die Ungewissheit über die Zukunft ihres Chefredakteurs konnte noch lange anhalten.

Auch das Schicksal des hübschen Filipinos bewegte sie. Nicht nur beruflich. Während sie in der Cafeteria des Klinikums Cola getrunken hatten, war ihr Blick immer wieder an seinen Augen hängen geblieben. Als er gestikulierend von seiner Heimat und der großen Reise erzählt hatte, die er und sein Freund hinter sich gebracht hatten, waren in ihrem Kopf eindrückliche Bilder einer fremden Welt entstanden. Szenen aus einem völlig anderen Leben. Die Geschichte des jungen Mannes berührte sie.

Bevor Danilo die Frage nach dem Grund seines Aufenthalts in Göttingen beantworten konnte, war ein Pfleger erschienen und hatte ihn mit sanfter Gewalt aus der Cafeteria geführt. »Wir müssen zur Untersuchung«, hatte er Anna erklärt. »Der Doktor wartet schon.«

Eine plötzliche Eingebung hatte sie rasch zahlen und dem Pfleger und seinem Patienten folgen lassen. Über zahlreiche Gänge und Etagen war sie schließlich zu jener Abteilung gelangt, in der auch Markus Wille untergebracht war. Dort waren sie hinter einer Tür mit der Aufschrift »Zutritt verboten« verschwunden. Sie hatte sich gefragt, was ein offensichtlich gesunder junger Mann in der Transplantationsabteilung machte.

Sie würde sich also noch einmal ins Klinikum begeben und nach dem Filipino suchen müssen. Aus rein professionellen Gründen natürlich.

Seufzend öffnete Anna die Augen und kehrte in die Gegenwart und zu ihrer Arbeit zurück. Die Auseinandersetzung um die Gestaltung des Denkmals auf dem Bahnhofsvorplatz ging weiter. Ein Kommentar war fällig.

7

»Ich habe es mir anders überlegt. Meine Zusage von gestern haben Sie erpresst. Weil Sie meine Tochter in Ihrer Gewalt hatten, bin ich auf Ihre Forderung eingegangen. Daran fühle ich mich nicht mehr gebunden.« Erregt knallte Fabricius den Hörer auf den Apparat. Er war keineswegs sicher, die richtige Entscheidung getroffen zu haben. Aber Franziska war in Sicherheit. Es war nicht leicht gewesen, sie zu bewegen, im Haus seiner Schwiegereltern Unterschlupf zu suchen, nachdem Brodsky sie aufgrund seiner Zusage freigelassen hatte. Ihre Großeltern hatten sie voller Freude aufgenommen. Zu ihnen gab es keine öffentlich sichtbare Verbindung, so dass Brodsky und seine Leute sie nicht finden würden. Sollte dennoch jemand auftauchen, der sich verdächtig benahm, würde er Oberstaatsanwalt Wegemann anrufen und um Personenschutz bitten. Dann würde die ganze Geschichte ohnehin auffliegen, und der Erpresser müsste sich aus dem Staub machen.

Nun musste er nur noch dafür sorgen, dass Lennart von der Bildfläche verschwand. Leider hatte die Polizei ihn wieder laufen lassen. In deren Gewahrsam wäre er gut aufgehoben gewesen. Aber auch für ihn würde es eine Lösung geben. Er könnte ihn in der Jagdhütte eines Freundes im Harz verstecken. Dafür musste er ihn allerdings erst einmal finden. Sein Anruf war mit unterdrückter Nummer erfolgt, eine Adresse, einen Telefonanschluss oder eine Handynummer hatte er seinen Eltern nie genannt. Aber vielleicht wusste Franziska, wie man ihren Bruder erreichen konnte. Er wählte ihre Nummer.

»Wäre es nicht besser, wenn ich ihn anrufe?«, fragte seine Tochter, nachdem er ihr erklärt hatte, dass er Lennart sprechen musste.

Fabricius zögerte, dann erläuterte er Franziska, wie er seinen Sohn in Sicherheit zu bringen gedachte. »Er soll sich bei uns melden. Am besten wär's, wenn er sofort nach Hause käme. Oder erst mal zu dir, ich meine zu Oma und Opa. Ich würde ihn abholen und nach Wildemann fahren.«

»Aber warum, Papa? Warum soll Lennart sich verstecken? Ich verstehe das alles nicht.«

»Hab ein wenig Geduld, mein Schatz! Ich erkläre es dir später. Jetzt ist keine Zeit dafür.«

»Und was ist mit Mama? Ist sie nicht in Gefahr?«

»Deine Mutter fährt morgen zu ihrer Schwester in die Schweiz.«

»Aber …« Franziska klang unglücklich.

»Bitte ruf deinen Bruder an«, drängte Fabricius, während ihn der Gedanke an die Zumutungen quälte, die er seiner Familie aufbürdete, ohne sie ihr erklären zu können.

»Also gut.« Franziska schien zu resignieren. »Ich versuche es und melde mich dann.«

Sobald Franziska herausgefunden haben würde, wo Lennart war, würde er sich auf den Weg machen. Wahrscheinlich trieb sein Sohn sich in der Innenstadt herum. Als er die letzten Male nach ihm hatte suchen lassen, war er immer in der Nähe des Juzi gesehen worden. Wenn Lennart sich weigerte, das Versteck im Harz anzunehmen, musste er einen anderen Weg gehen. Zur Not würde er ihn selbst aus dem Verkehr ziehen.

*

Mit zitternden Fingern drückte Lennart auf die Annahmetaste, als sein Handy klingelte. Nachdem er seinen Zehn-Gramm-Vorrat Koks an die Bullen verloren hatte, fehlte ihm Stoff. Der unfreiwillige Entzug machte ihn unruhig, ließ ihn abwechselnd schwitzen und frieren. In der Nacht hatte er unter Schlafstörungen, Panikattacken und Übelkeitsanfällen gelitten. Und ständig an Franziskas Entführung denken müssen. Der Schock saß tief und kehrte in Wellen zurück, wenn er an die Szene in der Unteren Masch dachte.

»Hallo?«

»Wir brauchen dich. Sofort.« Die Stimme des Mannes, der ihm den Stoff gegeben hatte.

»Aber«, stotterte Lennart, »ich bin … habe … den Stoff … Er ist weg. Die Bullen. Sie haben mir aufgelauert.«

»Idiot«, knurrte der Typ. »Unser Deal gilt trotzdem. Wo bist du?«

»In meiner …« Lennart besann sich. Es war besser, seinen Unterschlupf nicht preiszugeben. »In der Innenstadt. Aber ich habe gar nichts von dem … davon … gehabt.«

»Komm zum Wochenmarkt! Wenn du nicht kommst, holen wir dich. Und das wird unangenehm, glaub mir! Wenn du kommst, fällt noch einmal Schnee für dich.«

»Wirklich?« Lennart schwankte zwischen Skepsis und Hoffnung. Aber die Aussicht auf ein neues Päckchen mit dem astreinen Stoff ließ ihn Zweifel rasch vergessen.

»Wo genau auf dem Markt?«

»Geh einfach über den Platz! Wir finden dich. Mach dich sofort auf den Weg! Ruf niemanden an und schalte dein Handy aus! Hast du das verstanden?«

»Ich bin ja nicht blöd«, murmelte Lennart. Laut sagte er: »Okay. Wochenmarkt. Handy aus. Bin in zehn Minuten da. Aber ohne Schnee läuft gar nichts. Dass das klar …« Im Lautsprecher des Handys tutete es. Der Typ hatte aufgelegt.

Lennart stand auf und trat ans Fenster. Angestrengt sah er in beide Richtungen. Man konnte nie wissen. Vielleicht war das eine Falle. Oder die Bullen wollten ihn schon wieder reinlegen. Doch auf der Straße konnte er nichts Verdächtiges entdecken.

Er schaltete das Handy aus, griff nach seiner Jacke und machte sich auf den Weg.

Auf dem Wochenmarkt herrschte dichtes Gedränge. Würde er den Mann, den er bei ihrer ersten Begegnung im Dämmerlicht entfernter Laternen nur undeutlich wahrgenommen hatte, zwischen den vielen Menschen überhaupt erkennen? Aber wahrscheinlich würde der Typ ihn ansprechen.

Im Schatten des Durchgangs, der von der Kurzen Straße zum Markt führte, verharrte er und beobachtete die Stände. Gelegentlich hatte er hier gejobbt und den Beschickern beim Auf- oder Abbau ihrer Stände geholfen. Einige von ihnen kannte er mit Namen, andere nur vom Sehen. Das Geld hatte er überwiegend im ZAK direkt am Marktplatz gelassen. Der seltsame Name war aus dem früheren KAZ, dem Kommunikations- und Aktionszentrum am Jungen Theater, entstanden. Bei der Neugründung hatte man einfach die Buchstaben vertauscht. In dem Restaurant war immer was los, denn es gab gutes Essen für wenig Geld. Mit Wehmut dachte er an die Zeit, in der er mit seinen Freunden in einem der hinteren Räume gezecht hatte. Damals hatte er mehr Geld in der Tasche und viele Freunde gehabt. Kies war der Einzige aus jener Zeit, der sich noch für ihn interessierte.

Vor dem KAZ waren die Stände aus dem Eichsfeld aufgebaut. Neben dem Öko-Bauern mit seinen Hofprodukten aus Seeburg erkannte er den Verkaufswagen des jungen Fleischermeisters aus Seulingen, der kaum älter war als er und schon sein eigenes Geschäft führte. Daran schloss sich der Stand des Käseverkäufers aus Landolfshausen an.

An den Ständen begutachteten Hausfrauen und ältere Ehepaare die Waren. Von dem Typen keine Spur. Wahrscheinlich wartete er irgendwo auf ihn. Lennart schlenderte weiter und begrüßte die Händler mit einem Kopfnicken. Dann ging er ein paar Schritte zur Platzmitte, warf einen Blick zum *Einstein* hinüber und sah sich unauffällig um. Niemand schien auf ihn zu warten. Hatte der Typ ihn verarscht?

Suchend wanderte er durch die Menge der Marktbesucher, seine Nervosität wuchs, und in seinem Inneren breitete sich Wut aus.

Wahrscheinlich war es nicht besonders klug gewesen, der Aussage am Telefon zu glauben. Doch er hatte so sehr auf ein Päckchen Stoff gehofft. Verärgert stopfte er die Hände in die Jackentaschen und wandte sich zum Gehen. Zwischen den Fingern seiner linken Hand spürte er ein Stück Plastik. Hastig zog er es hervor und verbarg es instinktiv in der hohlen Hand. Eine winzige Tüte mit weißem Pulver. Jemand hatte sie ihm unbemerkt in die Tasche gesteckt. Lennart sah sich um, entdeckte jedoch niemanden, der dafür infrage kam. Eilig strebte er nun in Richtung Wöhlerplatz. Von dort waren es nur wenige Schritte zum Wall, auf einer der Bänke konnte er sich in aller Ruhe eine Ladung Koks reinziehen.

Da er keinen Geldschein hatte, um ein Röhrchen zu drehen, nicht einmal eine Unterlage, um ein paar Linien zu ziehen, schüttete er etwas von dem Pulver in die Beuge am Handgelenk, die entstand, wenn er den Daumen abspreizte, und zog den Stoff tief in die Nase. Fast augenblicklich setzte die Wirkung ein. Lennart lehnte sich zurück, schloss die Augen und gab sich entspannt dem Flash hin.

*

Viktor Fabricius hatte den Wagen an der Bürgerstraße abgestellt, zu Fuß den Wall überquert und war durch die Turmstraße und von dort zum Jugendzentrum gehastet. Von Lennart keine Spur. Es war eine Schnapsidee gewesen, seinen Sohn auf diese Weise finden zu wollen, nachdem Franziska ihn nicht erreicht hatte. Er wanderte zurück zum Parkplatz. Vor seinem Wagen stand eine Frau in Uniform und fotografierte den Mercedes. Empört wollte er sie zur Rede stellen, doch dann wurde ihm klar, dass er es mit einer Mitarbeiterin des Ordnungsamtes zu tun hatte. An einen Parkschein hatte er nicht gedacht. Nach kurzer Diskussion verließ er den Parkplatz. Auf eine kleine Ordnungswidrigkeit kam es nun wirklich nicht an.

*

Irgendwann spürte Lennart, wie jemand seinen Unterarm packte und den Ärmel seiner Jacke hochschob. Den Stich bemerkte er nicht sofort. Erst als er die Augen aufriss und die Injektionsnadel in seinem Arm entdeckte, spürte er ein Ziehen an der Stichstelle. Irritiert schüttelte er den Kopf. »Was soll das?« Wütend schlenkerte er den Arm. Die Spritze fiel auf den Boden, Blut rann über seinen Unterarm. Wollte ihm jemand einen Heroin-Trip verpassen? Wer? Warum? Fixer gaben ungern etwas von ihrem Stoff her. Er wollte den Mann neben sich packen, doch der war schon aufgesprungen und eilte in Richtung Jugendzentrum davon. »Wer bist du?«, schrie Lennart hinter ihm her und versuchte, ihm zu folgen. Doch seine Beine knickten ein, er sackte zusammen und landete auf dem Weg. Die Baumkronen über ihm begannen zu rotieren, im nächsten Augenblick drehte sich die ganze Welt. Erst in grellen Farben, dann grau und braun, schließlich wurde alles dunkel, die Geräusche starben, und Lennart fühlte nichts mehr.

*

»Ich kann ihn nicht erreichen«, wiederholte Franziska. »Erst war sein Handy besetzt, dann war es ausgeschaltet. Wenn ich anrufe, meldet sich sofort die Mailbox.« Sie schien Fabricius' zunehmende Nervosität zu spüren. »Was ist eigentlich los? Glaubst du, diese Typen haben Lennart auch entführt?«

»Das glaube ich nicht. Es ergäbe keinen Sinn, nachdem sie dich freigelassen haben. Trotzdem mache ich mir Sorgen. Lennart ist anders als du. Labil, leichtgläubig, anfällig für Beeinflussung. Er ist in jeder Hinsicht gefährdet.«

»Ich kenne meinen Bruder«, stimmte Franziska zu. »Aber wie er momentan drauf ist, weiß ich nicht. Wir haben nur kurz miteinander gesprochen. Auf dem Weg vom Bahnhof zu … Bis sie mich in dieses Auto gezerrt haben.«

Fabricius schwieg. In ihm arbeitete es. Es war an der Zeit, die Polizei einzuschalten. Die Erpressung würde er für sich behalten. Aber er musste seinen Sohn offiziell als vermisst melden.

»Bist du noch da?«, fragte Franziska. »Sollen wir nach Lennart suchen? Ich weiß, dass er in einer WG in der Angerstraße wohnt. Nur die genaue Adresse kenne ich nicht. Vielleicht können wir ...«

»Ich werde die Polizei informieren«, unterbrach Fabricius seine Tochter. »Bitte versuch du es weiter auf seinem Handy.«

Er legte auf und wählte die Nummer seines Freundes Wegemann. Die Polizei würde erst nach vierundzwanzig Stunden anfangen, nach Lennart zu suchen. Vielleicht konnte der Staatsanwalt die Sache dringend machen.

Doch statt seiner meldete sich eine Dame aus dem Geschäftszimmer. »Herr Wegemann ist in einer Verhandlung. Sie können ihn erst morgen wieder erreichen.«

Fabricius bedankte sich. So lange würde er nicht warten. Aus dem Verzeichnis seiner Kontakte im Smartphone suchte er Wegemanns Privatnummer heraus und wählte. Auf dem Anrufbeantworter hinterließ er sein Anliegen. »Ich wäre dir sehr verbunden, wenn du mich so bald wie möglich zurückrufen könntest. Es ist dringend.«

Nachdem er aufgelegt hatte und sein Blick auf den Band mit dem Text des Transplantationsgesetzes und den Richtlinien der Bundesärztekammer fiel, wurde Fabricius bewusst, dass er sich um seine Arbeit kümmern musste. Diese beiden Jungen von den Philippinen mussten verschwinden. Brodsky hatte sie in die Abteilung gebracht. Den Oberarzt hatte er dazu bewogen, sie aufzunehmen, indem er behauptet hatte, sie seien Brüder. Einer litte unter Niereninsuffizienz, und sein Bruder wolle ihm eine Niere spenden. Er, Fabricius, wisse Bescheid und habe bereits zugestimmt. In Deutschland waren Lebendspenden an enge Voraussetzungen geknüpft. Organübertragungen zwischen Verwandten ersten Grades und Ehepartnern gehörten dazu. Aber es gab auch die dehnbare Vorschrift, wonach Personen, die der Spenderin oder dem Spender in besonderer persönlicher Verbundenheit nahe stehen, ein Organ bekommen konnten. Darauf wollte sich Brodsky wahrscheinlich beziehen. Für die Lebendspende einer Niere ließe sich vielleicht eine Legende stricken. Da die beiden jungen Filipinos ebenso wie der Saudi aus weit entfernten Ländern kamen, hier keine Angehörigen hatten und sich vom Typ her wahrscheinlich ähnlich waren, konnte man der Lebendspende-Kommission jene *besondere persönliche Verbundenheit* vorgaukeln. Wahrscheinlich hatte Brodsky vorgesorgt und entsprechende Papiere gefälscht. »Ihr Patient trifft übermorgen ein. Ein junger Mann. Saudischer Prinz. Die Familie vertraut unserer Organisation. Wenn Sie erfolgreich operieren – wovon ich ausgehe –, werden Sie weitere Patienten aus der Region bekommen. Sehr zahlungskräftige Patienten. Ihre Abteilung wird aufblühen.«

Seine Gedanken wurden unterbrochen, als Marion Kleinert sich meldete. »Ihre Frau ist am Telefon. Scheint dringend zu sein. Sie wirkt sehr aufgeregt. Soll ich das Gespräch durchstellen?«

Fabricius seufzte. »Ja, Frau Kleinert, stellen Sie durch!«

»Hier sind zwei Polizisten.« Constanzes Stimme überschlug sich fast. »Sie wollen mit *uns* sprechen. Mit uns. Kannst du herkommen?«

*

Während Anna darüber nachdachte, unter welchem Vorwand sie den philippinischen Jungen im Klinikum aufsuchen konnte, signalisierte ihr Smartphone den Eingang einer SMS. Sie tippte auf das entsprechende Symbol. Die Nachricht kam von Sven Petersson. »Wir haben einen Toten auf dem Wall. Nähe Bonifatiusschule. Könnte interessant werden.«

Rasch stopfte Anna Smartphone, Kamera und Notizblock in die Handtasche und eilte hinaus. Vom Flur aus rief sie Tom Heinzelmann etwas von aktueller Recherche zu, lief die Treppe hinunter und rannte zum Parkplatz. Im Auto zog sie noch rasch die Lippen nach. Schließlich war Sven am Tatort. Während sie den Motor startete und ihren Twingo auf die Dransfelder Straße lenkte, dachte sie an die Zeit mit ihm. Etliche Jahre waren sie ein Paar gewesen. Aber auch nachdem sie sich von ihm getrennt und Ingo kennengelernt hatte, war sie ihm immer mal wieder begegnet. Sie hatte sogar mit ihm geschlafen. Nicht vorsätzlich natürlich. Zufällig hatten sie sich getroffen, gemeinsam eine Flasche Wein geleert, und dann war es passiert. Die körperliche Anziehungskraft war plötzlich wieder da gewesen. Sie hätten sich nicht treffen dürfen. Solange sie Sven nicht sah, hatte sie nicht das Bedürfnis, mit ihm etwas anzufangen, was über journalistische Fragen hinausging. Aber der Beruf führte sie immer wieder zusammen. Als Oberkommissar im Fachkommissariat für Tötungsdelikte fuhr er zur Fundstelle, wenn es in Göttingen eine Leiche gab. Und dass er dann an sie dachte, war ein liebenswerter Zug.

Anna kontrollierte ihr Aussehen im Rückspiegel. Außerdem konnte seine Chefin am Tatort sein. Alexa Engel, genannt Engelchen, die Leiterin des FK 1, lebte mit einer Frau zusammen, war also nicht wirklich eine Konkurrentin, aber sie sah unverschämt gut aus. Einmal hatte Anna sich schrecklich blamiert, weil sie Alexa aufgesucht hatte, um sie zur Rede zu stellen. Sven hatte ihr einen Seitensprung mit einer Kollegin gestanden. Mit seiner Chefin, hatte Anna sofort geglaubt. Dabei war er der erotischen Stimme einer sehr jungen rothaarigen Kommissaranwärterin erlegen. Die beiden hatten im Fall einer Toten ermittelt, die zerstückelt im Leinekanal gefunden worden war.

Seitdem waren gut zehn Jahre ins Land gegangen, aber die Engel schien überhaupt nicht zu altern. Die Hauptkommissarin überraschte sie bei jeder Begegnung wieder mit einem makellos glatten Teint. Und mit edlem Outfit, nicht unbedingt teuer, aber stilsicher kombiniert und farblich abgestimmt.

*

Auf dem Parkplatz neben dem Jugendzentrum stellte sie den Wagen ab und hastete zum Wall hinauf. Die Spurensicherer der Tatortgruppe in ihren weißen Anzügen waren schon von Weitem zu sehen. Als sie sich der Absperrung näherte, sah sie Alexa Engel, die sich über eine Plane beugte. Wahrscheinlich lag darunter die Leiche. Neben der Engel erkannte sie den weißhaarigen Professor Cordalis. Ob er sich an sie erinnerte? Es wäre ihr unangenehm, denn dem Rechtsmediziner hatte sie vor Jahren eine Akte entwendet. Damals residierte er noch am Windausweg. Sie hatte sich in das Institut geschlichen und Untersuchungsergebnisse kopiert, um nachzuweisen, dass der Fund einer mumifizierten Leiche aus der Nachkriegszeit mit einem Verbrechen zusammenhing. Später hatte der Professor wegen der verschwundenen Akte Schwierigkeiten bekommen. Inzwischen war er pensioniert und arbeitete nur noch gelegentlich für die Strafverfolgungsbehörden.

Sven winkte ihr zu und kam an die Absperrung. »Goldener Schuss?«, fragte Anna, nachdem sie ihn zur Begrüßung auf die Wange geküsst hatte.

Er hob die Schultern. »Könnte sein. Aber wir haben Zweifel. Der Oberarm war nicht abgebunden, und die Einstichstelle sieht ziemlich übel aus. Außerdem gibt es nur die eine. Also kein Junkie.«

»Wisst ihr schon, wer der Mann ist?«

Nach einem kurzen Blick über die Schulter senkte Sven seine Stimme. »Ich darf dir keinen Namen nennen. Es gibt nur eine Vermutung. Die muss aber unter uns bleiben, darüber darfst du auf keinen Fall schreiben. Es scheint sich um den Sohn eines Mediziners vom Göttinger Klinikum zu handeln. Der muss mit Organtransplantationen zu tun haben. Cordalis kennt ihn. Er ist allerdings nicht hundertprozentig sicher, ob es sich wirklich um den Sohn handelt. Wir haben schon zwei Kollegen losgeschickt, die der Familie …«

»Zu Professor Fabricius?«, entfuhr es Anna. »Dem Chef der Transplantationsmedizin?«

Entgeistert starrte Sven sie an. »Wie kommst du auf den Namen?«

»War nur so eine Idee. Weil mein Kollege Markus Wille gerade im Klinikum …« Anna schüttelte den Kopf. »Vergiss es!« Sie zog die kleine Digitalkamera aus der Tasche. »Kann ich ein Foto …?«

Sven hob abwehrend die Hände. »Auf keinen Fall. Schon gar nicht von dem Toten.« Er deutete auf das rot-weiße Band mit der Aufschrift *Polizeiabsperrung*. »Wenn du dahinter bleibst, kannst du machen, was du willst. Aber pass auf, dass Alexa dich nicht sieht, wenn du fotografierst.« In dem Augenblick richtete sich die Hauptkommissarin auf, winkte ihr zu und kam näher. Rasch ließ Anna die Kamera in ihrer Handtasche verschwinden.

»Sieh mal an«, begrüßte Alexa sie. »Die rasende Reporterin.« Ihr Blick wanderte zwischen Sven und Anna hin und her. »Sie sind sicher ganz zufällig hier. Spaziergang auf dem Wall. Während der Arbeitszeit.« Sven bemühte sich sichtlich um eine unbeteiligte Miene. Anna grinste. »Ich habe einen Riecher für ungeklärte Todesfälle. Weiß auch nicht, woher das kommt.«

Alexa Engel lächelte. »Wahrscheinlich von Ihrer langjährigen … Verbundenheit mit … unserem … Kommissariat. Aber im Ernst: Es wäre nett, wenn Sie sich wegen der Einzelheiten mit der Pressestelle in Verbindung setzen würden. Hauptkommissarin Kravitz kennen Sie ja. Wir müssen uns selbst erst einen Eindruck verschaffen.«

»Selbstverständlich«, beeilte Anna sich zu versichern. »Ich würde nur gern für die morgige Ausgabe … Bevor die Kollegen vom Stadtradio … oder vom Regionalfernsehen …«

»Wenden Sie sich an Jessica Kravitz!«, wiederholte die Hauptkommissarin und wandte sich an Sven. »Und wir beide schauen mal, ob die Kollegen noch Spuren gefunden haben.«

Während die Kriminalisten zum Leichenfundort zurückkehrten und ihr den Rücken zudrehten, schoss Anna unauffällig aus der Hüfte ein paar Fotos mit dem Smartphone. Vielleicht würde eine der Aufnahmen ein brauchbares Bild der Szene auf dem Wall liefern. Immerhin.

Auf dem Rückweg zur Redaktion machte sie einen kleinen Umweg zur Polizeiinspektion in der Otto-Hahn-Straße. Mit Jessica würde sie sich schon einigen, welche Informationen sie für ihren Artikel verwenden konnte. Das Foto brauchte sie ja nicht zu erwähnen.

*

Der Anruf seiner Frau hatte gleichzeitig Wut und Angst in ihm ausgelöst. Ihr hysterisches Gejammer war ihm auf die Nerven gegangen, aber die Tatsache, dass Polizisten bei ihm zu Hause aufgetaucht waren, deutete darauf hin, dass es um Lennart ging. Vom Klinikum bis zum Haus im Ostviertel brauchte er kaum mehr als zehn Minuten. Während dieser Zeit spielte er in Gedanken wieder einmal seine Möglichkeiten durch. Inzwischen war er geneigt, auf den Deal mit Janosch Brodsky einzugehen. Der schuf einfach Tatsachen.

An der Ampel am Kreuzbergring begegnete ihm eine Limousine mit dunklen Fensterscheiben. So einen Wagen hatte Franziska beschrieben. Brodsky hatte darin auf sie gewartet, um in ihrer Gegenwart den erpresserischen Anruf zu tätigen. Seine Zusage hatte Fabricius zurückgenommen, dennoch hatte der Mann die Ankunft eines Patienten angekündigt. Wenn der saudische Prinz tatsächlich mit schweren gesundheitlichen Beeinträchtigungen nach Deutschland gereist war, musste er mit einem speziellen Transport der Flugambulanz gekommen sein. Wahrscheinlich besaß die Familie eigene Luftfahrzeuge. Fabricius stellte sich vor, wie der junge Mann in Hannover aus dem Flugzeug in einen Krankentransportwagen geladen wurde. Wenn er im Klinikum eintraf, konnte er nicht zurückgewiesen werden. Von der Notaufnahme würde er an seine Abteilung weitergereicht werden. Und dann würde er, Fabricius, sich endgültig entscheiden müssen.

Die Ampel sprang auf Grün, Fabricius gab Gas. Wenige Minuten später stoppte er vor der Villa im Schlözerweg. Als er die Stufen zum Hauseingang erreichte, öffnete seine Frau bereits die Tür. Mit einer Kopfbewegung deutete sie nach innen. »Die Herrschaften sind im kleinen Salon.« So nannte sie das frühere Raucherzimmer, in das sich bis in die Fünfzigerjahre hinein die Herren aus der Generation seines Vaters nach dem Essen zu einem Cognac und einer guten Zigarre zurückgezogen hatten. Heute wurden dort Besucher empfangen, die nicht zur Familie oder zum engeren Freundeskreis gehörten. Gelegentlich traf Fabricius sich hier auch mit Kollegen zu Fachgesprächen. »Ich gehe vor«, ergänzte sie.

»Was wollen die denn von uns?«, raunte Fabricius nervös, ohne eine Antwort zu erwarten. Er folgte ihr und trat in das Zimmer. Eine junge Frau mit roten Locken und ein uniformierter Polizist erhoben sich.

Fabricius trat auf sie zu. »Was können wir für Sie tun?«

»Guten Tag, Herr Professor.« Die junge Beamtin in Zivil hielt ihm einen Ausweis entgegen. »Ich bin Kriminalkommissarin Lorenz, das ist mein Kollege Hartung. Wir würden Ihnen gern etwas zeigen. Und dann hätten wir vielleicht ein paar Fragen an Sie.«

»Vielleicht ein paar Fragen«, wiederholte Fabricius. »Was soll das? Wieso *vielleicht*?«

»Bitte behalten Sie doch Platz!« Constanze Fabricius deutete auf die Sitzgelegenheiten, rückte sich einen Stuhl zurecht und ließ sich darauf nieder. Als die Polizeibeamten sich setzten, blieb Fabricius keine Wahl, er zog ebenfalls einen Stuhl heran. »Was wollen Sie uns zeigen?«

Die Polizistin holte ein Smartphone aus der Tasche und tippte auf das Display. Dann drehte sie es so, dass Fabricius und seine Frau ein Foto erkennen konnten. Constanze wurde bleich und schlug die Hände vors Gesicht. »Lennart!«

Ungläubig betrachtete Fabricius die Aufnahme. Sie zeigte ein etwas unscharfes Bild mit dem Konterfei eines schlafenden jungen Mannes. Ja, es konnte Lennart sein. Aber ganz sicher war er nicht. »Wann und wo ist diese Aufnahme entstanden?«

»Vor einer knappen Stunde«, antwortete der Uniformierte. »Auf dem Göttinger Stadtwall, in der Nähe des Juzi. Wir haben Grund zu der Annahme, dass es sich um Ihren Sohn handelt.«

»Ist es Ihr Sohn, Herr Professor?«, fragte die Beamtin.

»Könnte sein«, murmelte Fabricius. In seinem Kopf drehten sich Bilder und Fragen. Franziska, Brodsky, die philippinischen Jungen, der saudische Prinz. Was würde als Nächstes geschehen? Neben ihm wimmerte Constanze. »Es ist Lennart«, stieß sie hervor. »Er ist tot.« Ihre Worte gingen in ein haltloses Schluchzen über.

»Zeigen Sie mal her!« Fabricius griff nach dem Smartphone und betrachtete die Aufnahme. Dann gab er es zurück und nickte wortlos.

»Es tut uns sehr leid.« Die Kriminalbeamtin sprach leise. »Auf den ersten Blick ist er an einer Überdosis Heroin gestorben. An dieser Version bestehen allerdings noch Zweifel. Wir gehen davon aus, dass die Staatsanwaltschaft eine Obduktion veranlasst.«

»Obduktion«, echote Fabricius und wunderte sich über sich selbst. Denn nicht der Verlust seines Sohnes beherrschte seine Gedanken, sondern die Frage, was die Sektion ergeben würde. Die Rechtsmediziner waren im Klinikum untergebracht, nicht weit von seiner Abteilung, und er kannte Cordalis' Nachfolger. Mit ihm würde er sprechen müssen, sobald …

»Es könnte sein«, unterbrach die Polizistin seine Gedanken, »dass ihm jemand die Injektion gewaltsam beigebracht hat. Haben Sie eine Vorstellung, wer Ihrem Sohn etwas hätte antun wollen?«

»Sie meinen, er wurde … getötet?«

Constanze schluchzte erneut auf, die Beamten nickten synchron und stumm.

Fabricius schüttelte den Kopf. »Nein, niemand. Lennart ist … war … ein schwieriger Junge, aber im Grunde harmlos. Und friedfertig.«

*

Kaum hatten die Polizisten das Haus verlassen, klingelte das Telefon. Unentschlossen wanderte Fabricius' Blick zwischen dem Apparat im Flur und seiner Frau, die noch immer im kleinen Salon auf ihrem Stuhl saß, hin und her. Schließlich nahm er ab.

»Mein Beileid«, sagte eine Stimme ohne Begrüßung. Sie gehörte zweifellos Brodsky. »Es ist sicher nicht leicht für Sie, Ihren Sohn zu verlieren. Das ist schon ein Kreuz mit den verdammten Drogen. Aber Sie haben ja noch Ihre Tochter.«

Fabricius wollte schreien, diese Stimme aus dem Ohr bekommen, den Sprecher vernichten. Die geballte Wut in seinem Inneren drängte nach außen, doch sie verfing sich irgendwo in der Nähe seines Herzens und versetzte ihm einen schmerzhaften Stich. Gleichzeitig saugte eine unbekannte Kraft seine Lungen leer und ließ keinen Sauerstoff mehr hinein. Er schnappte nach Luft, ließ den Hörer fallen und stützte sich auf das Telefontischchen, klammerte sich daran fest und keuchte gegen den Schmerz an. Er hätte nicht sagen können, wie lange er so verharrte. Plötzlich stand Constanze neben ihm. »Was ist mit dir? Wer hat angerufen?«

Fabricius atmete ein paar Mal tief durch und schüttelte unwillig den Kopf. »Ein kleiner Schwächeanfall.« Er hob den Telefonhörer auf und legte ihn auf den Apparat. »Jemand hat sich verwählt.«

Im nächsten Augenblick klingelte es wieder. »Ich gehe ins Arbeitszimmer«, sagte er und ließ seine Frau stehen.

Diesmal kam der Anruf nicht von Brodsky, sondern von Marion Kleinert. »Herr Professor, kommen Sie heute noch in die Abteilung? Wir haben einen interessanten Neuzugang. Vielleicht möchten Sie sich den Patienten ansehen. Außerdem ...« Die Sekretärin brach ab.

»Außerdem was?«, fragte Fabricius.

»Zu den Unterlagen, die der Patient mitgebracht hat, gehört ein Umschlag. Darauf steht Ihr Name, Herr Professor. Es ist ein ziemlich dicker Umschlag, und ich weiß nicht ...«

»Ich komme«, unterbrach Fabricius sie. »In einer halben Stunde.«

»Du kannst doch jetzt nicht in die Klinik fahren«, protestierte seine Frau, als er das Haus verlassen wollte. »Meine Reise in die Schweiz sage ich natürlich ab. Wir müssen Franziska informieren. Und meine Eltern und deine Eltern. Und ein Beerdigungsunternehmen beauftragen. Und ...«

»Das alles hat Zeit bis morgen«, entgegnete Fabricius und wunderte sich über seine eigene Gefühlskälte. »Lennart kommt zuerst in die Rechtsmedizin. Beerdigen können wir ihn erst, wenn die Staatsanwaltschaft die ... ihn ... freigegeben hat. Um Franziska kümmere ich mich. Ich muss ohnehin noch etwas mit ihr besprechen.«

»Aber ...«

Fabricius schüttelte unwillig den Kopf und schob sich an seiner Frau vorbei. »Wie gesagt, alles morgen. Nimm eine Diazepam!« Dann eilte er die Stufen hinab zum Wagen. War der interessante Neuzugang, den die Kleinert erwähnt hatte, der saudische Prinz? Wenn der Patient eine Niere brauchte und einer der philippinischen Jungen ihm eine seiner Nieren spenden wollte, würde er sich entscheiden müssen. Oder war die Entscheidung schon vorgezeichnet? Konnte Franziska doch noch in Gefahr geraten? Hatte er überhaupt noch die Freiheit der Entscheidung?

*

Wenn Anna nicht die Strecke über Hoffmannshof nahm, führte sie ihr Weg zu ihrer Wohnung in Nikolausberg am Klinikum vorbei. Noch war es nicht zu spät für einen weiteren Besuch bei ihrem kranken Chefredakteur. Wille hatte erreicht, dass nicht nur Angehörige ihn sehen durften. Vielleicht konnte sie bei der Gelegenheit den jungen Filipino wiedersehen. Dessen hübsches Gesicht und sein bewundernder Blick aus abgrundtiefen dunklen Augen gingen ihr nicht aus dem Kopf. Außerdem witterte sie eine Story. Sie hatte im Internet recherchiert. Organtransplantationen wurden auch in Asien durchgeführt. Warum reisten zwei junge Männer um die halbe Welt nach Göttingen, um hier im Universitätsklinikum untersucht zu werden? In der Transplantationsabteilung!

Markus Wille wirkte müde und gleichzeitig angespannt. »Ist alles in Ordnung?«, fragte Anna besorgt. »Darf ich dich einen Moment stören?«

Er nickte. »Du störst nicht. Komm, setz dich! Im Augenblick habe ich nichts weiter auszustehen. Bin dankbar für jede Abwechslung. Was gibt's Neues in der Redaktion und dem Rest der Welt?«

»Alle Kolleginnen und Kollegen lassen dich grüßen. Tom macht seine Sache als Stellvertreter gut. Ein bisschen entscheidungsschwach, aber wir kommen mit ihm klar. Trotzdem vermissen wir dich.« Anna ließ sich auf dem Besucherstuhl nieder. »Große Themen scheint es in Göttingen derzeit nicht zu geben. Der Aufreger des Monats ist das neue Busliniennetz. Unsere Facebook-Seite ist voll von Kommentaren, und die Leserbriefe reißen auch nicht ab. Ansonsten das Übliche. Wir haben fast sechstausend neue Studenten in der Stadt, die nicht alle untergebracht werden können. Für die Aufnahme von Flüchtlingen steht ebenfalls nicht genügend Wohnraum zur Verfügung, und die Rats-SPD will die Plastiktüten verbannen. In allen Fällen heißt die Antwort der Stadt: Wir suchen nach einer Lösung. Ach ja, die Göttinger Veilchen haben den FC Bayern besiegt.«

»Das ist doch mal was«, murmelte Wille. »Und überregional?«

»Lokführer und Piloten wechseln sich nach wie vor mit Streiks ab. Wer jetzt reisen will oder muss, hat schlechte Karten. Aber es gibt auch noch einen Vorfall, der dich interessieren dürfte.« Anna machte eine Pause, dann fuhr sie fort: »Die Bundestagsverwaltung hat den Kollegen von der Heute-Show Drehverbot erteilt.«

»Unglaublich«, schnaufte Wille. »Die wollen sich nicht einmal auf Satire einlassen. Mit der Pressefreiheit wird es ohnehin immer schwieriger. Auf der Rangliste der Kollegen von *Reporter ohne Grenzen* ist Deutschland letztes Jahr auf Platz siebzehn gefallen, so viele Einschränkungen hat es gegeben. Wir stehen jetzt zwischen Tschetschenien und Costa Rica. Vor der Wahl hat die SPD noch ein Presseauskunftsgesetz gefordert, jetzt will sie davon nichts mehr wissen. Ich könnte mich schon wieder aufregen.«

»Sollst du aber nicht, Markus.« Anna hob beschwichtigend die Hände. »Lass uns lieber von etwas anderem reden. Wie geht's denn jetzt mit dir weiter?«

Wille schloss die Augen und schwieg. Anna wurde bewusst, wie schwer sein Atem ging. Schon bereute sie ihre Frage, denn wahrscheinlich waren die Aussichten für ihren Kollegen alles andere als rosig.

Schließlich schlug er die Augen auf. »Ich weiß es nicht, Anna. Natürlich hat Fabricius meine Daten für eine Nierentransplantation an Eurotransplant weitergegeben. Aber wegen des angegriffenen Herzens ist die lange Wartezeit ein Problem. Wenn ich mehrere Jahre in die Dialyse muss, ist es nicht mehr zu retten. Es gibt zu wenig Organspender. Außer mir hoffen noch tausend andere auf eine rettende Niere. Man muss sechs bis acht Jahre darauf warten. Dann wäre es für mich zu spät. Fabricius hat gesagt, er könne meinen Fall als sehr dringlich anmelden, da gibt es wohl so eine Liste. Das schnellste wäre natürlich eine Lebendspende. Aber dafür müsste ein passender Spender gefunden werden.«

»Du meinst – so wie bei Steinmeier, dem Außenminister, der für seine Frau …?« Anna verstummte. Fragen schossen ihr durch den Kopf. Konnte Gabriele Wille für ihren Mann eine Niere spenden? Wäre sie selbst dazu bereit? Wenn Ingo …

Wille schien ihre Gedanken zu erraten. »Gabi kommt nicht infrage. Da passt nicht einmal die Blutgruppe. Sie hat AB und ich habe Null. Fabricius macht zwar noch eine Verträglichkeitsprobe, um herauszufinden, ob meine Antikörper mit Lymphozyten in ihrem Blut reagieren, aber es besteht wenig Hoffnung. Außerdem weiß ich nicht, ob ich das möchte.«

»Gibt es sonst niemanden in deiner Familie, der für eine Spende infrage käme?«

»Ich habe keine Geschwister. Und, wie du weißt, auch keine Kinder. Nur meine Mutter. Aber die ist über neunzig und schon ziemlich hinfällig.«

Ratlos sah Anna ihren Kollegen an. Es war eine Schande, dass es so wenig Organspender gab. Allein die mehr als dreitausend Verkehrstoten im Jahr würden, könnte man ihre Organe verwenden, ebenso vielen Menschen das Überleben ermöglichen. Ihr wurde wieder bewusst, dass sie selbst noch keinen Organspenderausweis hatte, und nahm sich vor, sich möglichst bald darum zu kümmern.

Sie wurde aus ihren Gedanken gerissen, als sich die Tür des Krankenzimmers öffnete. Professor Fabricius trat in den Raum. »Kann ich kurz mit dem Patienten …?«

Anna erhob sich. »Ich wollte sowieso gerade gehen. Mach's gut, Markus. Ich schaue in den nächsten Tagen wieder vorbei.«

Sie nickte dem Professor zu und verließ den Raum. Auf dem Flur vor dem Krankenzimmer war niemand zu sehen. Rasch trat sie einen Schritt zurück und legte ein Ohr an die Tür. »Es gibt vielleicht eine Lösung«, sagte Fabricius. »Wegen Ihres Gesundheitszustandes bekomme ich für Sie wahrscheinlich kurzfristig eine Niere zugeteilt. Es wäre aber besser, wenn diese Ausnahme vertraulich behandelt würde.« Dann verstand Anna nichts mehr, denn der Professor hatte die Stimme gesenkt, schien nur noch zu flüstern.

Sie löste sich von der Tür und schlenderte gedankenvoll den Gang entlang. Was konnte der Professor noch mit Markus zu besprechen haben, das niemand sonst erfahren durfte? Ihre Augen wanderten über die Schilder neben den Türen der anderen Räume. Irgendwo in der Abteilung musste der Filipino zu finden sein. Danilo. Der Gedanke an die dunklen Augen, das überirdisch schöne Gesicht und die schlanken Hände des Jungen verursachte ihr eine Gänsehaut.

Wenn sie nicht lautes Lachen aus dem Zimmer gehört hätte, wäre sie vorbeigegangen. Die Tür war nicht beschriftet. Sie verharrte, lauschte einen Moment und war sicher, fröhliches Geplauder in einer ihr völlig fremden Sprache zu hören. Vorsichtig drückte sie die Klinke hinunter und steckte den Kopf durch den Türspalt.

Ein Krankenzimmer, zwei leere Betten. Anna stieß die Tür auf. Die Stimmen verstummten. Danilo und sein Freund hockten in den Fensterbänken und starrten zu ihr herüber.

8

Der Umschlag, der mit seinem Namen beschriftet war, enthielt Geld. Nun schon zum vierten Mal blätterte Fabricius das Bündel durch. Es waren mindestens fünfundzwanzigtausend Euro. Er schob die Scheine zurück und verstaute den Umschlag wieder in der untersten Schublade seines Schreibtischs. Es gab keinen Absender. Wem also hätte er das Geld zurückgeben können? Brodsky? Dem saudischen Prinzen, der tatsächlich heute Nachmittag im Klinikum eingetroffen war ? Beide würden abstreiten, etwas damit zu tun zu haben. Und wenn er es behielte? Niemandem entstünde ein Schaden. Über die weitere Verwendung konnte er später bestimmen. Natürlich hätte seine Entscheidung nichts mit Brodsky, dem Saudi und den Filipinos zu tun.

Er zuckte zusammen, als die Tür aufging.

»Ich habe auf Ihren Anruf gewartet, Herr Professor.« Brodsky klang nicht vorwurfsvoll, eher siegesgewiss. Wieder hatte er es geschafft, ohne Anmeldung und an Marion Kleinert vorbei ins Büro des Arztes zu gelangen. Fabricius starrte ihn böse an, schwieg jedoch.

»Aber«, fuhr Brodsky im Plauderton fort und ließ sich unaufgefordert auf einem der Besucherstühle nieder, »wir sind nicht kleinlich. Der tragische Todesfall in Ihrer Familie – da gab es sicher viel zu erledigen. Aber nun wird es langsam Zeit. Unser Kunde hat eine hohe Summe investiert, und wir möchten demnächst Ergebnisse sehen. Ich gehe davon aus, dass Sie Herrn Abdul Rahman ibn Abdallah inzwischen untersucht haben.«

Fabricius nickte. »Und ich gehe davon aus, dass Sie das Ergebnis schon kennen. Sonst hätten Sie ihn nicht herbringen lassen. Aber ich sehe keine Möglichkeit, ihm zu helfen. Ihr … der … Patient … benötigt weder eine Leber noch eine Niere, sondern eine Herztransplantation. Die können wir nicht bieten. Jedenfalls nicht kurzfristig. Auf ein passendes Herz muss man mindestens ein halbes Jahr warten, wahrscheinlich sogar ein Dreivierteljahr. Man könnte ihm ein Kunstherz einsetzen. Am besten bringen Sie ihn nach Hannover. Die Kollegen dort haben das weltweit erste Kunstherz eines ganz neuen Typs implantiert. Es heißt *Heartmate drei*. Die Pumpe läuft dank eines Magnetfelds praktisch verschleißfrei und braucht deutlich weniger Platz als …«

»Ist uns bekannt«, unterbrach Brodsky ihn und hob abwehrend die Hände. »Aber das ist es nicht, was wir wollen. Wir wollen das gesunde junge Herz eines gesunden jungen Spenders. Dafür haben wir Ihnen die beiden Filipinos gebracht.«

»Undenkbar«, entgegnete Fabricius und schüttelte energisch den Kopf. »Das würde den Tod eines der Jungen bedeuten.«

»Er wäre nicht Ihr erstes Opfer, Herr Professor.« Brodsky grinste. »Ich habe Sie kürzlich erst an einen gewissen Fall erinnert. Außerdem muss es Sie nicht kümmern. Auf den Philippinen gibt es jedes Jahr Hunderte von Opfern durch Wirbelstürme. Gewissermaßen lauter naturbedingte, man könnte auch sagen, natürliche Todesfälle. Da kommt es auf einen mehr oder weniger nicht an.«

»Aber hier, in der Klinik ... in meiner Abteilung ...«

»... wird es keinen Todesfall geben«, unterbrach Brodsky ihn erneut und schüttelte den Kopf. »Sie haben offenbar nicht bis zum Ende gedacht, lieber Professor. Oder wollen Sie das entnommene Organ unseres zahlenden Kunden wegwerfen und den Jungen sterben lassen?«

»Ich will überhaupt nicht ...« Fabricius brach ab und erstarrte. Mühsam fuhr er fort: »Sie wollen, dass wir ihm das kranke Herz Ihres ... des ... arabischen Patienten einsetzen?«

»Sie haben es erfasst.« Brodsky lachte. »Der junge Filipino, den Oberkörper in Bandagen gewickelt, wird glücklich und zufrieden in seine Heimat zurückkehren, denn er wird von uns gut bezahlt. Über Beschwerden wird er hinwegsehen, denn Sie werden ihm klarmachen, dass vorübergehende Beeinträchtigungen der Leistungsfähigkeit nach einer Operation normal sind.«

»Aber ... später ... irgendwann ...« Entsetzt starrte Fabricius den Besucher an. »Das ist perfide.«

Brodsky zuckte mit den Schultern. »Nennen Sie es, wie Sie wollen. Dieser Weg ist für alle Beteiligten der beste. Man könnte auch sagen: Er ist alternativlos. Da kein Organ eines Spenders benötigt wird, entfällt der übliche Verwaltungsaufwand. Sie müssen keinen Antrag stellen, keine medizinischen Daten fälschen, wie es Ihrem Kollegen bei gewissen Lebertransplantationen vorgeworfen wird, um schneller an ein Organ zu kommen. Sie müssen auch kein grünes Licht von irgendeiner Kommission abwarten. Offiziell wird überhaupt keine Transplantation stattfinden. Für die an der OP Beteiligten wird Ihnen schon etwas einfallen. Sie kennen doch Ihre Leute und wissen, wer Geld oder Ihr Wohlwollen für seine Karriere benötigt.«

Er stand auf, zog eine CD aus der Jackentasche und warf sie auf Fabricius' Schreibtisch. »Hier finden Sie die Ergebnisse der kardiologischen Diagnostik von den beiden jungen Männern. Rechtsherz-Katheter, Blutuntersuchung, Druckverhältnisse im Lungenkreislauf und was sonst noch dazugehört. Nehmen Sie für unseren Kunden das bessere Herz. Im unwahrscheinlichen Fall, dass etwas schiefgeht, haben Sie den zweiten Filipino als Reserve. Ich darf mich jetzt empfehlen. Oder haben Sie noch Fragen?« Er wandte sich zum Gehen.

An der Tür drehte er sich noch einmal um. »Was ich Ihnen noch sagen wollte, Professor. Das mit Ihrem Sohn war eine Verkettung unglücklicher Umstände. Ein *Unfall*, den wir außerordentlich bedauern. Unter keinen Umständen sollte Ihrer reizenden Tochter etwas Derartiges zustoßen. Leider mussten wir der jungen Dame bereits ein paar Unannehmlichkeiten zumuten. Eine unerfreuliche Begleiterscheinung und ebenfalls bedauerlich. Deshalb haben wir es bei einer kurzen Probezeit belassen. Ich hoffe, dass wir sie nicht noch einmal in diese Situation bringen müssen. Der Aufwand ist auch für uns beträchtlich. Man muss für einen sicheren Aufenthaltsort sorgen und seinen Gast verpflegen. Das ist mit Stress für den Betroffenen und mit unnötigen Kosten verbunden. Daran besteht unsererseits kein Interesse. Franziskas Großeltern würde es auch nicht gefallen.«

Fabricius öffnete den Mund, um zu antworten, aber Brodsky hatte den Raum bereits verlassen. Zurückgeblieben war nichts als Angst. Sie schnürte ihm die Luft ab. Hektisch suchte er nach dem Fläschchen mit den Diazepam-Tropfen.

*

Der Besuch bei den jungen Filipinos hatte Anna in Verwirrung gestürzt. Danilo war aufgesprungen, hatte in die Hände geklatscht, sie angestrahlt und mit einem Gemisch aus Englisch und Spanisch erklärt, wie sehr ihn das Wiedersehen freue. In einer dritten, Anna völlig unverständlichen Sprache redete er auf seinen Landsmann ein, deutete immer wieder auf sie und nannte ihren Namen. Der Freund stellte sich – ebenfalls mit leuchtenden Augen – als Honesto Jacinto vor. Schließlich versicherten beide Jungen, dass es eine große Ehre für sie sei, mit der schönen Señora zu sprechen. Nach dem deprimierenden Besuch bei Markus Wille versetzten der Frohsinn und die Unbefangenheit der Filipinos Anna in bessere Stimmung. Rasch entwickelte sich ein Palaver, in dem ihr die Aufgabe zufiel, über Deutschland und Göttingen Auskunft zu geben. Ganz offensichtlich bestaunten und bewunderten die jungen Männer Wohlstand und Reichtum, besonders aber die Sauberkeit des Landes.

Als Anna begann, sie nach ihrer Heimat und der großen Reise zu fragen, berichteten sie – lebhaft und ausführlich – von dem wunderschönen Land der siebentausend Inseln. Doch als es um die zurückgelassenen Familien ging, verstummte Danilo. Honesto erklärte ihr, dass sein Freund Eltern und Geschwister durch einen Taifun verloren hatte. Nach ihrer Rückkehr auf die Philippinen würden sie gemeinsam ein Geschäft aufbauen. Keine Korbflechterei auf dem Land, wie Danilos Vater, sondern ein richtiges *Business*. In der Stadt. Batangas City oder Manila. Taxi und Mietwagen.

Für die entscheidende Frage ließ Anna sich Zeit. Erst nachdem Danilo und Honesto ihr in leuchtenden Farben ausgemalt hatten, wie das Unternehmen aussehen würde, wagte sie zu fragen, warum sie in diesem deutschen *Hospital* waren.

Sie schienen die Frage nicht als indiskret oder unangebracht zu empfinden, denn beide lächelten herzlich. Aber eine Antwort gaben sie nicht, sahen sich nur an. Dann wandten sie sich wieder Anna zu, schüttelten die Köpfe und breiteten die Arme aus. »Sorry. We are not allowed to talk about.«

Immerhin hatte sie dann doch noch herausbekommen, *wer* den Jungen verboten hatte, über den Grund ihres Aufenthalts zu sprechen. Leider hatten sie ihr nur den Vornamen des Mannes nennen können. Professor Fabricius war es jedenfalls nicht.

Immer wieder erschienen die strahlenden Gesichter der Filipinos vor ihrem inneren Auge. Ihr journalistischer Instinkt sagte ihr, dass mit deren Aufenthalt im Klinikum etwas nicht stimmte. Wenn ein Patient nicht mit Fremden über seine Krankheit sprechen mochte, war das verständlich. Eine ganz andere Sache war ein Verbot, sich zu äußern. Und dieses kam nicht von Ärzten oder Angehörigen. Sondern von einem Mann, den sie kaum kannten. Wer war dieser Unbekannte? Warum sollte niemand erfahren, welche Erkrankung behandelt werden sollte? Anna dachte an Ebola, verwarf den Gedanken jedoch sofort wieder. Es gab keine

Schutzmaßnahmen, die Jungen wirkten kerngesund, und sie befanden sich im falschen Krankenhaus. In Deutschland gab es sieben Kompetenz- und Behandlungszentren, an denen Ebola-Patienten behandelt werden konnten, das Universitätsklinikum Göttingen gehörte nicht dazu. Schon gar nicht die Abteilung von Professor Fabricius. Aber auch um Transplantationen konnte es nicht gehen. Dazu waren Danilo und Honesto viel zu munter. Möglicherweise zeigte sich eine Nierenerkrankung nicht immer so heftig wie bei Markus Wille. Und davon, wie es einem Patienten ging, der eine Lebertransplantation brauchte, hatte sie nicht die geringste Vorstellung. Aber wenn einem der Jungen etwas fehlte, müsste man es ihm doch irgendwie anmerken. Außerdem gab es Wartezeiten. Die Filipinos waren erst wenige Tage in Göttingen und kamen sicher nicht für eine baldige Operation infrage. Auch nicht für eine Lebendspende, denn das, meinte Anna zu wissen, war nur zwischen engsten Angehörigen möglich.

Es blieb ein Rätsel, ihre Überlegungen drehten sich im Kreise. Anna nahm sich vor, mit Ingo darüber zu sprechen. Schon manchmal hatte er ihr durch kluge Fragen und Anregungen geholfen, Ordnung in ihre Gedanken zu bringen. Sie würde ihn anrufen, um sich mit ihm zu verabreden. Seine Fortbildung würde morgen zu Ende gehen, also konnten sie am Abend zusammen essen. Sie würde ihn ins *Kartoffelhaus* einladen. Oder ins *ZAK*. Vielleicht auch ins *Einstein*.

*

»Weder das Ergebnis der Obduktion noch die Spurenakte des ED haben neue Erkenntnisse gebracht«, fasste Oberkommissar Sven Petersson seinen Bericht zusammen. Er saß mit Sabrina Lorenz im Dienstzimmer der Chefin vor deren Schreibtisch und hatte den Stand der Ermittlungen im Fall Lennart Fabricius referiert.

»Keine Anhaltspunkte, die zu Erkenntnissen über den Täter führen könnten?«, vergewisserte sich Alexa Engel.

Petersson schüttelte bedauernd den Kopf. »Leider nein. Auf der tödlichen Spritze haben sich auch keine Fingerabdrücke gefunden. Die Untersuchung auf DNA-Spuren läuft noch. Wir können uns in der Drogenszene umhören, um herauszufinden, ob es dort Feindschaften oder akute Streitigkeiten gab. Aber erfahrungsgemäß sind Junkies nicht gerade mitteilsam.«

»Tut es trotzdem!«, bestimmte die Hauptkommissarin und blätterte im Bericht des Rechtsmediziners. »Also war der erste Eindruck von Cordalis richtig. Dem Opfer ist die Spritze gewaltsam verpasst worden. Der junge Fabricius hat zwar gekifft und geschnupft, war aber nicht heroinabhängig.«

Der Oberkommissar nickte. »Auffällig ist die Kombination von ungewöhnlich reinem Kokain und sehr sauberem Heroin. Ich habe bei den Kollegen von der Drogenfahndung nachgefragt. Mit Rauschgift dieser Qualität hatten sie es schon lange nicht mehr zu tun. Sie sind sicher, dass der Junge den Stoff nicht von einem Göttinger Dealer bezogen hat. Außerdem gibt es eine kleine, vielleicht bedeutungsvolle Vorgeschichte.«

Hauptkommissarin Engel hob den Blick und sah ihn fragend an.

»Die Kollegen sind durch einen anonymen Anruf in der Zentrale auf Lennart Fabricius aufmerksam gemacht worden. Jemand hatte behauptet, ein Dealer sei in der Stadt unterwegs. Mit genauer Ortsangabe. Die Zivilstreife hat ihn tatsächlich dort geschnappt und bei ihm zehn Gramm Kokain gefunden. Sie sagen, es sei nicht so ungewöhnlich, dass sich Junkies gegenseitig in die Pfanne hauen.«

»Das erscheint mir trotzdem seltsam«, murmelte Alexa Engel.

»Ja«, stimmte Petersson zu. »Zumal Lennart Fabricius ausgesagt hat, der Stoff sei ihm kurz zuvor von einem Unbekannten geschenkt worden.« Er hob die Stimme. »Wenn wir mal annehmen, dass er die Wahrheit gesagt hat, kann eigentlich nur derjenige bei uns angerufen haben, der ihm das Zeug gegeben hat. Wer sonst hätte davon wissen können?«

»Vielleicht sollte das Kokain gar kein Geschenk sein«, meldete sich Sabrina Lorenz zu Wort. »Vielleicht war damit eine Gegenleistung verbunden.«

»Aber warum hat der Unbekannte dann dafür gesorgt, dass wir Fabricius festsetzen konnten? Damit war der teure Stoff auch für ihn verloren.« Petersson schüttelte den Kopf. »Das passt nicht zusammen.«

Die Kommissarin zuckte mit den Schultern. »Dann müssen wir wohl beiden Möglichkeiten nachgehen. Es gibt aber noch etwas, das nicht so richtig passt.«

»Ach ja?« Aufmerksam sah Alexa Engel sie an. Auch Sven Petersson wandte sich ihr zu.

»Der Vater des getöteten Jungen wirkte auf mich irgendwie seltsam. Weder schien er sehr überrascht noch sonderlich betroffen, als wir ihm die Nachricht überbracht haben.«

»Du meinst«, fragte Sven, »er könnte etwas mit dem Tod seines Sohnes zu tun haben?«

Sabrina Lorenz breitete die Arme aus. »Es gibt keine konkreten Hinweise. Ich war nur überrascht, wie wenig Emotionen der Professor gezeigt hat. Genau genommen gar keine. Ausschließen können wir es meiner Ansicht nach jedenfalls nicht.«

»Ausschließen können wir in dieser Phase gar nichts«, bestätigte Hauptkommissarin Engel. »Wir ermitteln in alle Richtungen, wie es im Fernsehkrimi immer so schön heißt. Also erstens: Drogenszene ausforschen. Zweitens: Vorgeschichte des Opfers erheben, auch im Hinblick auf den Vater. Drittens: nach Zeugen suchen. Wenn ihr noch Leute braucht, meldet euch! Ich werde sehen, was ich tun kann. Professor Fabricius übernehme ich selbst.«

Lorenz und Petersson erhoben sich. Als sie das Büro ihrer Chefin verließen, rief Engelchen den Oberkommissar noch einmal zurück. »Noch etwas, mein lieber Sven. Ich fände es gut, wenn wir bei den Ermittlungen nicht von der … deiner … ich meine, *einer Zeitungredakteurin* überholt würden.«

Sven spürte, wie ihm die Röte in die Wangen schoss. »Selbstverständlich«, beeilte er sich zu versichern, »verweisen wir jeden Journalisten an Jessica.«

Auf dem Flur stieß Sabrina ihm den Ellenbogen in die Seite. »Du liebst Anna immer noch. Stimmt's?«

»Ich …« Sven brach ab, als ihm bewusst wurde, dass er nicht sicher war, wie die Antwort lauten musste. Seit Anna sich von ihm getrennt hatte, war er mehrere Beziehungen eingegangen. Sie hatten Wochen oder Monate, einmal auch zwei Jahre, gehalten. Aber keine von ihnen war geblieben.

»Keine Antwort ist auch 'ne Antwort«, murmelte Sabrina Lorenz und ging voran.

*

Ingo hatte sich nach kurzem Zögern für das *Einstein* entschieden, weil er gehört hatte, dass die Inhaber zum Jahresende aufhören wollten. Dann sollte es an eine italienische Kette gehen.

Das Restaurant war gut besucht, Musik aus Lautsprechern und die Unterhaltungen der Gäste sorgten für einen hohen Geräuschpegel. Obwohl sie einen etwas abgelegenen Tisch fanden, litt das Gespräch anfangs ein wenig unter dem Lärm. Doch nach einiger Zeit schienen die meisten Gäste ihr Essen bekommen zu haben, und die Beeinträchtigung durch lautstark geführte Unterhaltungen ging zurück. Anna entschied sich für Kürbis-Tagliatelle, Ingo nahm das gegrillte Lachsfilet und bestellte einen trockenen Chardonnay.

Nachdem Anna ihren Freund über seine Fortbildung ausgefragt hatte – dabei interessierte sie weniger der Inhalt als die Unterbringung, der Tagesablauf und die weiblichen Teilnehmer –, spürte sie, dass er wenig Lust hatte, über die zurückliegenden Tage zu sprechen. Anna brannte ihrerseits jedoch darauf, von der Erkrankung ihres Kollegen und ihren Entdeckungen im Klinikum zu erzählen.

Ingo schmunzelte, als sie ihren Bericht beendet hatte. »Bist du wieder einer brandheißen Geschichte auf der Spur?«

Anna überhörte die Ironie und nickte. »Es kann da eigentlich keinen Zusammenhang geben«, erklärte sie, während sie versuchte, die Bandnudeln unfallfrei vom Teller in den Mund zu bekommen.

Ingo nickte. »Dein Chefredakteur hat bestimmt nichts mit den Filipinos zu tun.«

»Natürlich nicht.« Anna ereiferte sich. »Aber ist es nicht seltsam, dass zwei junge, offensichtlich gesunde Menschen in der Transplantationsabteilung auf eine Operation warten?«

»Wenn sie wirklich gesund sind«, bemerkte Ingo trocken, »benötigen sie auch kein Organ. Ihr Aufenthalt im Krankenhaus kostet Geld, muss also einen anderen Grund haben. Haben die Jungen denn keine Andeutung gemacht?«

»Eben nicht«, schnaufte Anna. »Sie waren sehr mitteilsam, aber warum sie dort sind, haben sie nicht gesagt. Ein gewisser Janosch hat es ihnen verboten.«

Unsanft stellte Ingo sein Glas ab. »Das ist unglaublich. Wenn die jungen Männer kein Organ eingepflanzt bekommen, ist anzunehmen, dass sie eins spenden sollen. Oder wollen. Auf den Philippinen gibt es meines Wissens viele junge Männer, die eine ihrer Nieren verkauft haben oder zum Verkauf anbieten. Wenn es in diesem Fall so wäre, könntest du einen Skandal aufdecken.«

»Ich weiß nicht«, zweifelte Anna. »Ich kann mir das nicht vorstellen. Organtransplantation ist in Deutschland streng geregelt. Man kann doch nicht einfach …«

»Einfach ist es sicher nicht«, unterbrach Ingo sie. »Eher kompliziert. Und teuer. Jemand muss das Unternehmen finanzieren. Also ist viel Geld im Spiel. Vielleicht gibt es einen, der dringend eine Niere braucht, die Kosten nicht scheut und sich die Spender bestellt hat.«

Mit offenem Mund starrte Anna ihn an. »Markus Wille? Niemals würde er etwas so Illegales tun!«

Ingo zuckte mit den Schultern. »Außerdem müsste der verantwortliche Arzt, wahrscheinlich sogar der Chefarzt, ziemlich viel kriminelle Energie aufbringen.«

»Professor Fabricius«, stieß Anna hervor. »Das ist der Leiter der Transplantationsabteilung. So einer riskiert doch alles, wenn er sich auf eine illegale Organübertragung einlässt. Ansehen, Karriere, Existenz. Warum sollte er das tun?«

»Ich sehe zwei mögliche Motive. Eins könnte Geldgier sein. Zum Beispiel, weil er durch Spekulation oder Glücksspiele finanziell vor dem Kollaps steht. Oder er hat ein teures Hobby. Hochseeyacht, Privatflugzeug, Frauen – was weiß ich.«

Anna leerte ihr Glas. »Und die zweite Möglichkeit?«

»Er wird gezwungen.«

Ingo schenkte ihr nach, stellte die Flasche ab und hob sein Weinglas. »Weil er ein dunkles Geheimnis hat, mit dem man ihn erpressen kann. – Auf deinen Erfolg.«

»Welchen Erfolg?« Zögernd griff Anna ebenfalls zu ihrem Getränk.

»Du wirst es herausfinden«, prophezeite Ingo lächelnd. »Ich sehe es dir an.«

»Dem ist gerade der Sohn gestorben«, murmelte Anna. »In der Situation kann er doch nicht ...«

»Wessen Sohn ist gestorben?«

»Der von Professor Fabricius. An einer Überdosis Heroin. Goldener Schuss. Oder ermordet. Er war erst einundzwanzig und offenbar schon länger in der Göttinger Drogenszene zu Hause. Ist das nicht tragisch?«

»Allerdings«, nickte Ingo. »Andererseits muss in der Erziehung ziemlich viel schiefgelaufen sein, damit der Filius eines Medizinprofessors in die Szene gerät. Weißt du, wie er mit Vornamen heißt? Der Familienname kommt mir bekannt vor.«

»Lennart.«

»Genau! Lennart Fabricius. Den hatte ich als Schüler in der Mittelstufe. Ich glaube, in Geographie. Aber nur ein Jahr, dann hat er die Klasse wiederholt. Ziemlich faul und wenig interessiert war der Junge. Die Schwester dagegen ...«

»Es gibt eine Schwester?«

Ingo schloss kurz die Augen. »Ja«, bestätigte er dann. »Franziska. Kluges Mädchen. Gute Schülerin. Abi mit Eins-Komma-und.«

»Weißt du, wo diese Franziska Fabricius wohnt? Lebt sie noch bei den Eltern?«

»Das glaube ich nicht. Sie war älter als ihr Bruder. Dürfte schon einige Semester im Studium sein. Wenn ich mich recht erinnere, wollte sie irgendwas Künstlerisches machen. Etwas, das es in Göttingen nicht gibt. Grafikdesign oder so. Aber ob daraus etwas geworden ist, weiß ich natürlich nicht. – Warum interessiert dich das Mädchen?«

»Vielleicht kann ich mit ihr Kontakt aufnehmen. Und ein bisschen über die Familie erfahren.«

»Und über das dunkle Geheimnis ihres Vaters?« Ingo grinste spöttisch.

»Vielleicht«, murmelte Anna, beugte sich über ihren Teller und spießte ein Stück Kürbis auf. In ihrem Kopf zeichneten sich bereits Stationen ihrer Recherche ab. Franziska Fabricius, Markus Wille, Professor Fabricius. Und die Filipinos. Außerdem musste sie diesen Janosch ausfindig machen. Wenn sich für die Spekulationen, die Ingo und sie gerade angestellt hatten, konkrete Anhaltspunkte abzeichneten, waren die Jungen in Gefahr. Wollte man sie tatsächlich als menschliche Ersatzteillager missbrauchen, musste sie das verhindern. Indem sie ihre Geschichte öffentlich machte. Aber dafür fehlten Beweise. Tom Heinzelmann würde ihr den Kopf abreißen, wenn sie ohne stichhaltige Belege einen derart schwerwiegenden Verdacht formulierte.

»Was immer jetzt in deinem Kopf vor sich geht«, unterbrach Ingo ihre Gedanken, »geh bitte bei deinen Recherchen kein Risiko ein! Falls es wirklich internationale Organhändler gibt, die hier ihre Hände im Spiel haben, bekommst du es mit einer kriminellen Organisation zu tun. Solche Leute schrecken vor nichts zurück.«

Sie sah auf und lächelte ihren Freund an. »Danke für deine Fürsorge, Ingo! Aber ich passe schon auf mich auf. Wahrscheinlich ist das alles sowieso Spinnerei und klärt sich irgendwie. Und jetzt lass uns von etwas anderem reden!«

»Gern.« Ingo ließ eine Hand langsam über ihren Unterarm gleiten. »Zum Beispiel davon, was wir nach diesem vorzüglichen Essen vorhaben.« Seine Finger wanderten über den Oberarm zu ihrem Nacken. Die Berührung löste bei Anna einen wohligen Schauer aus, auf ihren Armen entstand Gänsehaut, die sich weiter ausbreitete.

»Haben wir etwas vor?«, fragte sie mit heiserer Stimme, während sich ihre Gedanken selbstständig machten. Sie flogen aus dem Restaurant zu Ingos Wohnung, verharrten dort – erst in der Küche bei einem Glas Wein, dann kurz im Bad – und landeten schließlich auf dem großen Bett im Schlafzimmer.

»Ja«, beantwortete sie ihre Frage selbst. »Wir haben etwas vor. Bitte lass uns zahlen!«

*

Die Termine für die OP standen fest. Fabricius hatte die Operationstechnischen Assistenten eingewiesen, den Narkosearzt informiert und die assistierenden Ärzte bestimmt. Letztere hatten kaum Erfahrung mit Organtransplantationen, standen in der Hierarchie ganz unten und waren von ihm abhängig. Die Kolleginnen und Kollegen für sein Vorhaben zu gewinnen, war leichter gewesen, als er erwartet hatte. Der Umstand, dass er schon länger im internationalen Team eines amerikanischen Mediziners mitarbeitete, das an der Überwindung von Abstoßungsreaktionen nach Organtransplantationen arbeitete, war ihm entgegengekommen. So hatte er seinem Team eine Erklärung für die Verschwiegenheit liefern können, zu der er sie verpflichten musste. Die mit seiner Hilfe im Peter Bent Brigham Hospital in Boston entwickelte bahnbrechende Methode würde die Transplantationsmedizin auf eine neue Grundlage stellen, die beteiligten Ärzte in die Annalen der Medizingeschichte eingehen. Natürlich nur, wenn Einzelheiten des neuen Verfahrens nicht nach außen dringen würden. Dafür, dass er sein OP-Team deshalb nicht in alle Details einweihen konnte, hatte er Verständnis gefunden. Nicht zuletzt auch deshalb, weil ihnen zusätzliche Forschungsmittel in Aussicht gestellt wurden.

Er hatte lange genug gezögert. Nun, da die Entscheidung gefallen war, empfand er Erleichterung. Weder Franziska noch seine Existenz wären gefährdet, wenn er die Operation erfolgreich durchführte. Am Gelingen der Eingriffe zweifelte er nicht. Die Voruntersuchungen waren abgeschlossen. Alle Ergebnisse ließen einen komplikationslosen Verlauf erwarten. Ein gewisses Restrisiko gab es bei jeder OP.

Die notwendigen Vorbesprechungen und Vorbereitungen trugen dazu bei, dass die Klinikroutine wieder von ihm Besitz ergriff. Die Vorstellung, dass einer der Patienten später mit spürbaren gesundheitlichen Beeinträchtigungen würde leben müssen, und wahrscheinlich nicht mehr sehr lange, war unschön, aber er hatte sich damit abgefunden. Irgendwann würde die Erinnerung daran verblassen. So wie er längst seinen Fehler bei der Beurteilung jenes Patienten vergessen hatte, der von Brodsky erwähnt worden war. Auch diese alte Geschichte würde nicht neu aufgerührt werden. Alles in allem überwogen die Vorteile seines Entschlusses. Nebenbei fiel eine Niere für den übergewichtigen Patienten von der Zeitung ab. Ihm würde die Aktion das Leben retten.

Darüber hinaus war es ihm gelungen, die Konditionen für den Deal zu seinen Gunsten zu verbessern. Insofern hatte sich sein Zögern sogar ausgezahlt. Brodsky hatte das Handgeld für ihn verdoppelt und ihm zusätzlich – allerdings nur für den Erfolgsfall – eine sechsstellige Summe als Spende für die Abteilung zugesagt, die er für die Forschung in seiner Abteilung einsetzen würde und die ihm schon genützt hatte, um seine Assistenten für das Vorhaben zu gewinnen.

In einigen Tagen würde alles wieder seinen normalen Gang gehen. Lennart wäre unter der Erde, Franziska konnte ohne Angst an ihren Studienort und Constanze ins Haus zurückkehren. Und er würde sich nach der OP ein paar Tage Entspannung gönnen. Vielleicht auch zwei oder drei Wochen. Den deutschen Herbst hinter sich lassen und auf Antigua oder Barbuda, jedenfalls in der Karibik, Sonne und Wärme und die Gesellschaft hübscher junger Frauen genießen.

Er schenkte sich einen Single Malt aus den schottischen Highlands ein, ließ sich in seinem Lieblingssessel nieder und genoss das fruchtig-weiche Aroma des Whiskys.

Die Töne der Türglocke drangen nur langsam in sein Bewusstsein. Dieser Gong spielte achtzehn verschiedene Melodien, bei jedem Drücken auf den Klingelknopf eine andere. Constanze war über die Errungenschaft entzückt gewesen, er hatte sich noch immer nicht daran gewöhnt. Automatisch sah er zur Uhr. Der Arbeitstag war zu Ende, es dämmerte schon, aber es war nicht wirklich spät. Wer mochte um diese Zeit etwas von ihm wollen? Die Hausangestellte war bereits gegangen, und er entschied sich, nicht zu öffnen. Besuch erwartete er nicht, und wenn es ein Paketbote war, der eine weitere Bestellung von Constanze im Internet liefern wollte, der müsste halt am nächsten Tag wiederkommen.

Als die zweite Melodie erklang, quittierte er sie mit einem Schluck Whisky, auch die dritte und vierte. Dann war das Glas leer. Bei der fünften seufzte er genervt, erhob sich und ging zur Tür, um den unerwünschten Besucher abzufertigen.

Vor der Tür, erkannte er durch die Verglasung, stand eine Frau. Sie war groß und schlank und hatte langes blondes Haar. Eine richtige Mähne. Eigentlich genau sein Typ. Wenn sie nicht zu alt oder allzu jung war. Neugierig öffnete er die Haustür.

»Entschuldigen Sie die Störung, Herr Professor! Mein Name ist Alexa Engel. Ich würde Sie gern kurz sprechen.«

Fasziniert betrachtete Fabricius den späten Gast. Unter der üppigen Haarpracht blickte ihn ein Paar intensiver blauer Augen an. Das Gesicht war glatt und ebenmäßig, die Frau konnte kaum fünfzig sein. Eine schöne Frau in den besten Jahren. Sie lächelte verhalten und hielt etwas in der Hand, das wie ein Ausweis aussah. Er nahm es kaum wahr, registrierte die vollendete Figur und ihre gepflegten Hände. Gleichzeitig wehte ihn der Hauch eines teuren Parfüms an. Aus seiner ablehnenden Haltung wurde der Wunsch, der Besucherin zu gefallen und mit ihr ins Gespräch zu kommen.

»Sie stören nicht.« Er trat zur Seite, straffte sich unauffällig und forderte sie mit einer großzügigen Geste auf einzutreten. »Je später der Abend, desto schöner die Gäste. Mit einer attraktiven Frau unterhalte ich mich gern!«

»Das ist sehr freundlich«, sagte sie und streifte ihn unmerklich im Vorbeigehen. »Damit ersparen Sie sich einen lästigen Termin und einen Weg. Und ich komme vielleicht mit meinen Ermittlungen etwas schneller voran.«

»Ermittlungen?« Fabricius schloss die Tür und führte die Besucherin ins Wohnzimmer. »Entschuldigen Sie, ich habe nicht auf Ihren Ausweis geachtet. Sie sind doch nicht von der Polizei?« Er deutete auf die Ledercouch. »Bitte nehmen Sie Platz! Was kann ich Ihnen anbieten? Einen Single Malt Whisky vielleicht?«

Sie schüttelte den Kopf und hielt erneut ihren Ausweis hoch. »Danke, nein. Ich trinke keinen Alkohol. Es tut mir leid, wenn ich Sie enttäuschen muss. Aber ich bin Kriminalhauptkommissarin.

Mein Fachkommissariat ermittelt unter anderem bei Tötungsdelikten. Ich bin hier, weil ich noch einige Fragen an Sie habe. Im Zusammenhang mit dem Tod Ihres Sohnes Lennart.«

Irritiert füllte Fabricius sein Glas erneut. »Möchten Sie etwas anderes? Kaffee? Mineralwasser? Saft?«

Die Kommissarin verstaute den Ausweis in der Tasche ihrer Kostümjacke und setzte sich. »Nein. Vielen Dank.«

Fabricius ließ sich wieder in seinem Sessel nieder und nahm einen großen Schluck Whisky. »Aber ich kann Ihnen bestimmt nicht helfen. Lennart lebt nicht ... lebte nicht mehr bei uns. Leider ist er schon vor Jahren in schlechte Gesellschaft geraten. Seitdem hatten wir kaum noch Kontakt.«

»Aber am Tag seines Todes wollten Sie mit ihm Kontakt aufnehmen?«

»Wie kommen Sie darauf?«

Die Besucherin zog ein Smartphone aus der Tasche und tippte auf das Display. »Sie waren in der Nähe des Tatorts. Schwarzer Mercedes S 300, Göttingen-Viktor- 1000, das ist doch Ihr Wagen? Laut Auskunft des Ordnungsamts haben Sie zur Tatzeit an der Bürgerstraße geparkt. Ohne Parkschein.«

Sie legte das Handy auf den Tisch.

»Ohne Parkschein?«, echote Fabricius. Er war enttäuscht. Der überraschende Besuch einer schönen Frau entpuppte sich als lästige Befragung durch eine Kriminalbeamtin. »Ist die Kripo jetzt für Ordnungswidrigkeiten zuständig?«

»Waren Sie dort oder nicht?« Die Stimme der Hauptkommissarin bekam plötzlich Schärfe. »Eine Gegenüberstellung mit der Mitarbeiterin der Stadt ...«

Fabricius hob abwehrend die Hände. »Ja«, knurrte er. »Ich war dort. Um mit ihm zu sprechen. Aber dann habe ich es mir anders überlegt und bin wieder weggefahren. Mir war plötzlich klar geworden, dass es keinen Sinn hatte. Was interessiert Sie das überhaupt?«

»Bei einem Tötungsdelikt interessieren uns grundsätzlich alle Personen, die zur Tatzeit in der Nähe des Tatorts waren.«

»Sie wollen mich doch nicht etwa verdächtigen?«

»Wir wollen niemanden verdächtigen«, unterbrach ihn die Hauptkommissarin. »Wir ermitteln nur die Fakten.« Sie schlug die schlanken Beine übereinander, aber Fabricius hatte keinen Blick mehr dafür. Missmutig starrte er sie an. Es war ein Fehler gewesen, sich auf ein Gespräch mit ihr einzulassen. Er hatte sich von ihrem Äußeren blenden lassen.

»Sie haben also nicht mit Ihrem Sohn gesprochen?«, fuhr die Beamtin fort.

»Nein, ich habe nicht mit ihm gesprochen. Ich weiß auch nicht, mit wem er Kontakt pflegte, kann Ihnen also auch bei der Suche nach dem Täter nicht behilflich sein. Und damit ist nun auch alles gesagt. Ich möchte Sie bitten zu gehen.«

Sie zog eine Visitenkarte aus ihrer Handtasche und legte sie auf den Tisch. »Wenn Ihnen noch etwas einfällt, rufen Sie mich bitte an! Möglicherweise komme ich auch noch einmal auf Sie zu.« Dann steckte sie ihr Smartphone ein und erhob sich. »Eine Frage noch. Haben Sie Lennart *gesehen*?«

»Nein«, sagte er, »leider nicht«, stand auf und deutete zur Tür. »Bitte!«

Als die Haustür hinter der Besucherin ins Schloss gefallen war, kehrte er zu seinem Whisky zurück und leerte das Glas. Dass er ins Visier der Ermittler geriet, fehlte gerade noch. Eben hatte sich alles halbwegs zum Guten gewendet, und nun musste diese Kriminalistin mit neuen Unannehmlichkeiten aufwarten. Wieso hatte sich Wegemann eigentlich nicht gemeldet? Der Staatsanwalt sollte seine Leute gefälligst zurückpfeifen. Damit sie ihn nicht noch einmal belästigten. Dieser überfallartige Besuch war eine Zumutung. Morgen würde er Wegemann anrufen und ihm die Meinung sagen.

9

Anna hatte bei Ingo übernachtet und trotz des abendlichen Liebesspiels unruhig geschlafen. Sie war zwar entspannt eingeschlummert, aber in der Nacht mehrfach aufgeschreckt. Im Traum waren ihr die Gesichter von Markus Wille, Honesto Jacinto und Professor Fabricius erschienen. Wo war Danilo?, hatte sie sich gefragt. Der weiße Kittel des Arztes war blutbefleckt gewesen, in der Hand hatte er ein Skalpell gehalten. Angstvoll hatte sie nach Danilo gefragt, doch der Arzt hatte gelacht und mit dröhnender Stimme verkündet: »Die Operation ist erfolgreich verlaufen.«

Nun lag sie wach und das Gespräch mit Ingo im Einstein ging ihr durch den Kopf. *Wahrscheinlich ist das alles sowieso Spinnerei.* Dankbar hatte sie sich mit diesem Gedanken beruhigt. Viel zu schnell, glaubte sie jetzt. Was, wenn es kein Fantasiegebilde war? Wenn einer der Jungen eine Niere spenden sollte, damit Markus gerettet wurde? Wenn Fabricius bereit war, eine illegale Operation durchzuführen? Rechtmäßig konnte die Transplantation nicht sein. Das musste auch ihr Kollege wissen. Er war ein korrekter und gerechter Chefredakteur. Hatte nie für Mauscheleien oder Vetternwirtschaft Verständnis gehabt. Aber wenn es um das eigene Leben ging … Wie würde sie entscheiden? Dem Spender entstand kein Nachteil. An Außenminister Steinmeier konnte man sehen, wie problemlos ein Mensch mit einer Niere leben konnte.

»Auf den Philippinen gibt es viele Männer, die eine ihrer Nieren zum Verkauf anbieten«, hatte Ingo gesagt. Und die Jungen hatten von ihren Plänen gesprochen. Ein *richtiges Business* wollten sie aufbauen. Ein Taxi- und Mietwagenunternehmen. Anna hatte keine Vorstellung von den Einkommensverhältnissen auf den Philippinen. Aber die Filipinos hatten Danilos Vater erwähnt, der seinen Lebensunterhalt mit Korbflechten verdient hatte. Offenbar hofften sie, mit viel Geld in ihre Heimat zurückkehren zu können. Geld, das sie für ihre Organspende erhalten würden? Aber wer sollte dafür zahlen? Das Krankenhaus? Sicher nicht. Professor

Fabricius? Wohl kaum. Eher der Empfänger des Organs. Wille? Nicht recht vorstellbar.

Anna seufzte. Ihre Gedanken drehten sich im Kreis. »Ich muss noch mal mit Markus reden«, murmelte sie. Neben ihr drehte sich Ingo auf die andere Seite. »Und diesen Janosch finden«, fügte sie leise hinzu. Da sich die Jungen an sein Verbot hielten, musste er für sie eine wichtige Rolle spielen. Vielleicht war er so etwas wie ein Vermittler. Anna wurde bewusst, dass sie über internationalen Organhandel - wenn es den gab - so gut wie nichts wusste. Vorsichtig stieg sie aus dem Bett, schlüpfte in Ingos Bademantel und ging in sein Arbeitszimmer. Im Internet würde sie vielleicht Informationen dazu finden.

Tatsächlich stieß sie auf unglaubliche Geschichten. Aus China wurde von einem Jugendlichen berichtet, der überfallen und seiner Augen beraubt wurde. Die Eltern hatten ihn mit einem Verband über den Augenhöhlen gefunden. In der Ukraine sollten technische Ausrüstungen für alle möglichen Bereiche gegen Organe getauscht worden sein. Diese seien getöteten und verwundeten Kriegsopfern entnommen worden. Aus dem Westen sollte es regelrechte Bestellungen für Herzen, Lebern, Nieren, Bauchspeicheldrüsen und Lungen gegeben haben. Tausende Kinder und Jugendliche sollten in Mexiko von kriminellen Banden in die USA verschleppt worden sein, wo ihnen Organe entnommen wurden. Flüchtlinge aus Syrien sorgten im Libanon für ein zunehmendes Angebot an menschlichen Nieren, das hauptsächlich von Interessenten aus den Golfstaaten genutzt wurde.

Der Bericht über einen Jungen aus Indien trieb Anna Tränen in die Augen. Der Zwölfjährige lebte in einem kleinen Dorf in Indien. Dort wurden, wie anderswo auch, überzählige Kinder von ihren Eltern verkauft. Für umgerechnet fünfunddreißig Euro wurde er Eigentum eines Fabrikanten und klebte seitdem gefälschte Prada-Produkte zusammen. »Wenn ich erwachsen bin«, wurde der Junge zitiert, »verkaufe ich eine meiner Nieren. Dann bin ich reich und muss nicht mehr arbeiten.«

Tatsächlich war es offenbar in indischen Dörfern und städtischen Slums kein Geheimnis, dass man eine Niere für umgerechnet tausend Euro verkaufen konnte. Ein Vermögen für einen Inder, ein Spottpreis für Amerikaner oder Europäer. In Indien und Afrika gab es Organe am günstigsten. Nieren aus Moldawien oder Rumänien waren teurer. Weltweit verdienten Organhändler fünfzig- bis hunderttausend Dollar an jeder Transaktion. In Costa Rica hatte die Polizei im vergangenen Jahr den Kopf einer Bande festgenommen, die weltweit die Vermittlung von Organen organisierte. Ingo hatte Recht gehabt. Wie in Indien sahen auch auf den Philippinen viele junge Männer die Chance ihres Lebens darin, eine ihrer Nieren herzugeben, um ihre Lebenssituation ein wenig aufzubessern.

Anna schaltete den Computer aus und kroch wieder ins Bett. Doch sie fand keinen Schlaf. Berichte und Bilder aus dem Internet kreisten in ihrem Kopf. Für die Organe all dieser Menschen, die davon träumten, durch den Verkauf der Armut entkommen zu können, musste es Abnehmer geben, die in der Lage waren, viel Geld dafür zu bezahlen. Die meisten dürften in den USA und in Westeuropa leben. In Deutschland war der Handel mit Organen verboten. Aber verboten waren auch Gewalttaten, trotzdem gab es hier jährlich tausendfünfhundert Tötungsdelikte. Die Täter rechneten nicht damit, gefasst zu werden. Warum sollte das bei illegalen Transplantationen anders sein? Und wenn es sie gab – warum nicht auch in Göttingen? Schließlich stand gerade jetzt ein Arzt wegen versuchten Totschlags und Körperverletzung mit Todesfolge vor Gericht, weil er ohne Not Patienten eine Leber verpflanzt haben sollte. Dafür sollte er Patientendaten manipuliert haben. An den Folgen der Operation waren einige der Betroffenen jedoch gestorben. Ebenso skrupellos konnte ein Chirurg der Transplantationsabteilung bereit sein, Markus Wille die Niere eines philippinischen Spenders einzusetzen. Danilo und Honesto waren nicht gewaltsam nach Göttingen gebracht worden, sie hofften auf ein besseres Leben, für dieses Ziel spendeten sie offenbar gern ihre Nieren.

Anna beschloss, der Sache auf den Grund zu gehen.

*

»Fabricius hat seinen Sohn nicht umgebracht.« Hauptkommissarin Engel schüttelte den Kopf. Sabrina Lorenz und Sven Petersson wechselten einen Blick und sahen ihre Chefin fragend an.

»Hat er doch ein Alibi?«, fragte Sven ungläubig.

»Nein. Er war in der Nähe des Tatorts. Das hat er eingeräumt. Aber er bestreitet, Lennart gesprochen oder auch nur gesehen zu haben.«

»Das können wir glauben oder auch nicht«, stellte Sabrina Lorenz fest.

»Richtig. Und vielleicht hat er ja nicht nur seinen Sohn, sondern auch dessen Mörder gesehen«, überlegte Sven. »Und das würde bedeuten, er hat sogar etwas mit der Tat zu tun.«

Sabrina sah ihn fragend an. »Du meinst, er könnte den Täter decken?«

»Genau das meine ich«, bestätigte Sven.

»Wir müssen die Möglichkeit jedenfalls im Auge behalten.« Alexa Engel schlug die Akte auf, die vor ihr auf dem Schreibtisch lag. »Heute Morgen ist übrigens die Spurenakte aus der KTU gekommen. Ein weiterer Beweis, dass das Opfer sich die Spritze nicht selbst gesetzt hat, denn darauf haben sich keine Fingerabdrücke gefunden. Damit bleibt aber als einzige Spur, die uns zum Täter führen kann, der ...« Das Klingeln ihres Diensttelefons unterbrach sie. »Wegemann«, murmelte sie nach einem Blick auf das Display. »Was der wohl um diese Zeit schon will.« Sie nahm ab und meldete sich.

Eine Weile hörte sie nur zu. »Ja, Herr Oberstaatsanwalt«, sagte sie dann. »Nein, das war keine Befragung. Nur ein informelles Gespräch. Herr Fabricius war sehr entgegenkommend. Ich hatte sogar den Eindruck, dass er zunächst sehr gern mit mir ...« Sie brach ab und lauschte wieder. Sven und Sabrina konnten Wegemanns Stimme hören, aber nicht verstehen, was er sagte.

»Ich bin selbstverständlich bereit«, fuhr die Hauptkommissarin fort, »mich für den unangemeldeten Besuch zu entschuldigen. Aber so leid es mir tut, Herr Oberstaatsanwalt, wir werden Professor Fabricius noch weiter behelligen müssen. Wir können nicht ausschließen, dass er den Mörder seines Sohnes deckt. Insofern werden wir nicht umhin ...«

Offenbar wurde sie erneut von Wegemann unterbrochen.

»Ja, natürlich. Ich weiß, dass es heikel ist.« Alexa Engel rollte mit den Augen und richtete den Blick zur Decke. »Selbstverständlich gehen wir behutsam vor. Wie immer.«

Sie legte auf und fixierte nacheinander ihre Kollegen. »Jetzt wisst ihr Bescheid. *Das Stichwort heißt mal wieder Fingerspitzengefühl.* Wegemann und Fabricius kennen sich offenbar privat.«

»Ach, du Scheiße«, entfuhr es Sven. Seine Chefin zog die Augenbrauen zusammen, Sabrina grinste. »Ich meine«, schob er rasch hinterher, »das erschwert die Ermittlungen. Eine Telefonüberwachung werden wir mit Wegemann nicht bekommen. Was machen wir stattdessen?«

»Auf jeden Fall müssen wir Fabricius und sein Umfeld im Auge behalten. Vielleicht fällt uns jemand auf, über den die Verbindung zwischen ihm und seinem Sohn läuft beziehungsweise lief.« Alexa Engel klappte den Aktendeckel zu und verstaute ihr Smartphone. »Das wird in den nächsten Tagen eure Aufgabe sein. Schaut euch auch an seinem Arbeitsplatz um, soweit das möglich ist!«

»Im Klinikum?«, fragte Sabrina Lorenz »Wie soll das gehen? Wir können uns doch nicht auf den Fluren der Transplantationsabteilung herumdrücken und dem Personal Fragen stellen.«

Die Hauptkommissarin lächelte. »Sven hat sicher eine Idee. Seine Ex … Ich meine, Frau Lehnhoff vom Tageblatt, ist oft erstaunlich gut informiert. Vielleicht weiß er, wie sie das anstellt. Oder ihr findet es heraus.«

Sabrina sah Sven fragend an. Doch der schüttelte unwillig den Kopf. »Von mir bekommt Anna keine dienstlichen Informationen. Außerdem sind wir schon lange nicht mehr zusammen.«

Nachdem sie das Büro ihrer Chefin verlassen hatten, herrschte Schweigen zwischen ihnen. Schließlich wagte Sabrina einen Vorstoß. »Du weißt wirklich nicht, wie deine … wie Anna Lehnhoff an ihre internen Infos kommt?«

»Doch«, gab Sven zu. »Ich weiß es. Und es ist sogar ziemlich einfach. Sie schnappt viele Details in der Gerichtskantine auf. Jedenfalls, als die noch geöffnet war. Setzt sich mit einem Kaffee in eine

Ecke, versteckt sich hinter einer Zeitung und macht lange Ohren. Wenn sie mehr Zeit hätte, hat sie mir mal gesagt, würde sie noch viel mehr herausfinden. Anwälte, Richter und Staatsanwälte reden dort über ihre Fälle. Oft auch Kollegen von uns, die als Zeugen geladen sind. Keiner referiert Ermittlungsergebnisse, jeder spricht nur die ein oder andere Einzelheit an. Nicht immer, aber sehr oft, setzt sich dann aus vielen Mosaiksteinen ein vollständiges Bild zusammen.«

Sabrina blies die Backen auf und stieß geräuschvoll die Luft aus. »Das ist ja der Hammer! Und uns verdächtigen sie dann, Informationen weitergegeben zu haben.«

»Da sagst du was«, bestätigte Sven. »Als Anna und ich noch zusammen waren, musste unsere Chefin einmal beim Leiter des Zentralen Kriminaldienstes antreten, weil irgendein Arsch behauptet hatte, ich würde meine Freundin mit Interna versorgen. Zum Glück hat sich Kriminaldirektor Warnemann damals von Engelchens Stellungnahme beruhigen lassen.«

»Was hat sie ihm gesagt?«

»Sie hat ihm versichert, dass ich mit meiner Freundin keine internen dienstlichen Angelegenheiten besprochen habe und sie für mich die Hand ins Feuer legt. Das rechne ich ihr hoch an.«

Nachdenklich nickte Sabrina. »Wegen ihr bin ich ins FK 1 zurückgekommen. Die Chefs der anderen Kommissariate sind nicht so kollegial.« Sie blieb stehen und sah Sven an. »Und was lernen wir jetzt daraus? Ich meine, aus der Geschichte mit der Gerichtskantine.«

»Wir trinken Kaffee«, antwortete Sven. »Im Klinikum wird es ja so etwas wie eine Cafeteria geben. Bestimmt hat die Abteilung von Professor Fabricius einen Raum für Besucher. Da schauen und hören wir uns ein bisschen um. Außerdem sollten wir mit seiner Sekretärin sprechen.«

»Kaffeetrinken als polizeiliche Ermittlungsmaßnahme.« Sabrina grinste. »Das gefällt mir.«

*

Anna fuhr direkt zum Klinikum. In der Redaktion würde sie später anrufen. Falls ihre Besuche bei Markus Wille und den philippinischen Jungen länger dauern sollten. Beim Frühstück war sie ungewohnt einsilbig geblieben, weil in ihrem Kopf Gedanken um die Frage kreisten, ob sie einem Skandal auf der Spur war oder einem Hirngespinst nachjagte. Ingo hatte das nicht bemerkt. Morgens war er nicht sonderlich gesprächig. Das Einzige, was sie zu dieser Zeit von ihm hörte, war das Rascheln der Zeitung.

Trotz der frühen Stunde war es auf den Parkplätzen des Klinikums bereits eng. Sie fand schließlich für ihren kleinen Twingo eine Lücke neben einem Audi-Q7-SUV, der zwei Parkbuchten blockierte. Wenn alle so parken würden, dachte sie, wäre es für Besucher und Mitarbeiter noch schwieriger. Die Stadt hatte die Parkraumbewirtschaftung auf die Nordstadt ausgeweitet. Nun mussten Ärzte, Krankenschwestern und Pfleger fürs Parken zahlen, und nicht zu knapp. Vom Papenberg bis zur Zimmermannstraße herrschte Verkehrschaos, und für auswärtige Mitarbeiter der Uni-Klinik wurde es immer enger. Stadtverwaltung und Klinikum schoben sich gegenseitig den Schwarzen Peter zu. Schon seit Jahresbeginn. Eine Lösung war nicht in Sicht. Es war an der Zeit, bei Dirk Ludewig, dem Pressesprecher der Stadt, nachzufragen. Aber wahrscheinlich war die Antwort wieder: »Wir suchen nach einer Lösung.«

Anna schob den Gedanken beiseite, zog am Eingang des Klinikums einen Parkschein und hastete zum Aufzug.

Auf dem Flur der Transplantationsabteilung herrschte ungewohnte Betriebsamkeit. Die Tür zu Markus Willes Krankenzimmer stand offen, drinnen war eine Krankenschwester damit beschäftigt, das Bett an seinen Platz zu rollen. »Wo ist Markus?«, platzte Anna atemlos heraus.

»Herr Wille?« Die junge Schwester musterte sie irritiert. »Sind Sie die Tochter? Ihr Vater wird gerade für die Operation vorbereitet. Hat man Ihnen nicht gesagt …?«

10

Anna stürzte aus dem Zimmer und rannte den Gang entlang, um nach den philippinischen Jungen zu sehen. Als sie den unbeschrifteten Raum erreichte und die Hand auf die Klinke legte, öffnete sich die Tür, ein Pfleger trat ihr entgegen. »Sie können hier nicht rein«, sagte er. »Besuchserlaubnis gibt es nur für Angehörige.«

Ein schrilles Lachen entfuhr Anna. »Angehörige? Von den Philippinen? Geht's noch?«

Missbilligend schüttelte der Pfleger den Kopf. »Die Patienten stammen alle aus Saudi-Arabien. Und nun verlassen Sie bitte die Station!«

Wütend verschränkte Anna die Arme und blitzte den Mann herausfordernd an. »Ich möchte Doktor Fabricius sprechen.«

»Der Professor ist nicht zu sprechen. Er bereitet sich auf eine OP vor. Lassen Sie sich von Frau Kleinert einen Termin geben!«

Am liebsten hätte Anna den Mann gepackt und geschüttelt und ihm ins Gesicht geschrien, dass er an einem Verbrechen beteiligt sei. Doch dann würde man sie wahrscheinlich mit Gewalt hinauswerfen. Auf dem Gang näherte sich ein zweiter Pfleger. »Gibt's ein Problem?«

Widerwillig drehte Anna sich um und verließ den Flur. Sie musste anders vorgehen. Wenn hier eine illegale Transplantation vorbereitet wurde, würde weder Professor Fabricius noch sonst jemand bereit sein, ihr Auskunft zu geben.

Während sie sich auf den Weg zur Cafeteria machte, um dort in Ruhe über ihre nächsten Schritte nachzudenken, fragte sie sich, was der Satz des Pflegers bedeuten mochte. »Die Patienten stammen alle aus Saudi-Arabien.« Wieso »alle«? Würde man nicht »die beiden Patienten« sagen? Waren es mehr als zwei? Und es stimmte doch auch gar nicht, Danilo und Honesto kamen von den Philippinen.

»Hallo, Anna!« Die vertraute Stimme riss sie aus ihren Gedanken. Sie drehte sich um und sah in das strahlende Gesicht von

Sven Petersson. Neben ihm stand die rothaarige Kommissarin. »Guten Tag, Frau Lehnhoff«, grüßte sie mit ihrer Zarah-Leander-Stimme. Ein Anflug von Eifersucht durchzuckte Anna. Aber dann musste sie über sich selbst lächeln. Svens Seitensprung war viele Jahre her, und sie waren schon lange nicht mehr zusammen.

»Was machst du denn hier?«, fragte ihr Ex.

»Krankenbesuch«, antwortete Anna. »Und ihr?«

»Arztbesuch.« Sven grinste. »Wie wär's mit 'nem Cappuccino?«

*

Voller Unruhe tigerte Danilo Vinuya im Zimmer auf und ab. Honesto war vor vielen Stunden abgeholt worden. Zwei Ärzte waren gekommen, hatten Unterlagen mitgebracht, darin nach Informationen gesucht, abwechselnd auf ihn und auf seinen Freund gedeutet, wieder in ihre Mappen geschaut und sich in dieser für ihn völlig unverständlichen *Idioma alemán* unterhalten. Einer von ihnen hatte schließlich mit einem blauen Stift ein Kreuz auf Honestos linke Seite und mehrere Linien auf Danilos Brust gezeichnet. Kurz nachdem sie verschwunden waren, hatten zwei jüngere Männer seinen Freund abgeholt. Danilo hatte versucht, zu erfahren, wohin sie ihn brachten. »Operation«, hatte einer von ihnen auf Englisch geantwortet. »New kidney for your friend. In a few days he will be healthy.«

Danilo war verwirrt zurückgeblieben. Sein Freund sollte eine neue Niere bekommen? Er war schließlich nicht krank. Sie waren hier, um ihre überzähligen Organe zu Geld zu machen, nicht um Ersatz für kranke Nieren zu bekommen. Was hatte das zu bedeuten? Die jungen Männer waren vielleicht gar keine Ärzte, wussten nichts von der Organspende. Der Alemán hatte ihnen eingeschärft, mit niemandem über die geplante Operation zu sprechen. War ihr Vorhaben in Alemanya vielleicht gar nicht erlaubt? Dann wäre es logisch, dass nur wenige Eingeweihte Bescheid wussten. Wie in der Villa Salita. Über das, was dort geschah, durfte auch nicht mit Außenstehenden gesprochen werden.

Dennoch machte ihm die Ungewissheit zu schaffen. Und die blauen Striche auf seiner Brust.

*

»Warum seid ihr wirklich hier?«, fragte Anna, als sie vor ihren Cappuccinotassen saßen.

Sven grinste und reagierte mit einer Gegenfrage. »Warum bist du wirklich hier?«

Anna verzog keine Miene. »Ich wollte meinen Kollegen besuchen. Aber er war gerade nicht in seinem Zimmer. Ich muss dann noch mal sehen, ob ich ihn antreffe. Was denkst du denn, weshalb man als gesunder Mensch hierherkommt?«

»Bei dir weiß man nie. Vielleicht bist du ja wieder mal einer Sache auf der Spur, die eigentlich unsere Angelegenheit wäre?«

»Habt ihr denn eine *Angelegenheit*, wegen der ihr hier ermittelt?«

Sven hob die Schultern. »Nur eine Überprüfung.«

»Na, dann überprüft mal schön!« Anna hatte jemanden entdeckt, der ihr Interesse weckte. Sie nahm einen Schluck Cappuccino und beobachtete über den Rand der Tasse hinweg den Pfleger, der vor einigen Tagen den philippinischen Jungen aus der Cafeteria geführt hatte. Er trug einen Teller mit einem Käsebrötchen und eine Tasse Kaffee zu einem Tisch, ließ sich dort nieder und biss in sein Brötchen.

»Entschuldigt mich bitte«, sagte sie und stand auf. »Ich sehe gerade einen Bekannten, der hier arbeitet. Vielleicht weiß er, wo ich meinen Kollegen finde.« Sie verließ den Tisch und durchquerte den Raum.

»Darf ich mich zu Ihnen setzen?«, fragte sie den jungen Mann. Er sah kurz auf und nickte, ohne sein Kauen zu unterbrechen.

Mit ihrer Cappuccinotasse ließ Anna sich nieder. »Entschuldigung.« Sie versuchte ihr charmantestes Lächeln. »Vielleicht können Sie mir helfen, ich wollte meinen Kollegen besuchen, aber er war nicht auf seinem Zimmer.«

Der Pfleger verdrückte den letzten Bissen seines Käsebrötchens, spülte mit Kaffee nach und sah sie an. »Haben Sie eine Vorstellung davon, wie viele Patienten wir hier haben?«

Anna schüttelte bedauernd den Kopf. »Nicht die geringste. Aber mein Kollege liegt auf der Transplantationsabteilung. Da kennen Sie sich doch aus. Ich habe Sie kürzlich dort gesehen.«

»Das schränkt die Zahl allerdings ein«, bestätigte der Pfleger. »Bei uns gibt es zurzeit nur vier Patienten. Und nur einer von ihnen ist aus Deutschland. Und der ist in der OP-Vorbereitung. Den können Sie erst wieder in einigen Tagen besuchen.«

»Und was ist mit den anderen?«, fragte Anna rasch.

Der Pfleger hob die Schultern. »Was soll mit ihnen sein? Über Patienten darf ich keine Auskunft geben.«

»Das ist klar«, bestätigte Anna. »Ich meinte nur, wenn sie nicht aus Deutschland sind, wo kommen sie dann her?«

Ihr Gegenüber schob die Unterlippe vor und sah Anna unschlüssig an. Er schien zu überlegen, ob er die Frage beantworten durfte.

»Aus einem arabischen Land«, murmelte er schließlich und warf einen Blick auf die Uhr. »Mehr kann ich Ihnen nicht sagen. Im Übrigen muss ich zurück auf die Station.«

Anna strahlte ihn an. »Danke für das Gespräch! Vielleicht sieht man sich mal wieder?«

Zum ersten Mal huschte so etwas wie ein Lächeln über sein Gesicht. Er nickte und stand auf. »Leider muss ich jetzt wirklich …«

Anna sah ihm nach und winkte ihm zu, als er sich in der Tür noch einmal umdrehte. Zufrieden leerte sie ihre Cappuccinotasse und kehrte zu Sven und seiner Kollegin zurück. Zum zweiten Mal hatte ein Pfleger behauptet, Danilo und Honesto stammten aus einem arabischen Land. Für diese Fehlinformation konnte nur Fabricius gesorgt haben. Aber aus welchem Grund machte der Chefarzt seinen Mitarbeitern etwas vor?

»Mission erfolgreich?« Spöttisch sah Sven sie an.

»Ich glaube schon«, antwortete Anna gedankenverloren. »Eigentlich erstaunlich. Ich dachte immer, auf eine Transplantation muss man lange warten. Mein Kollege wird wohl heute schon operiert.«

»Von Professor Fabricius?«, fragte Svens Kollegin.

»Das nehme ich an.« Anna nickte und fügte hinzu: »Der Mann ist mir nicht ganz geheuer.«

Sven warf seiner Kollegin einen Blick zu. »Inwiefern?«

»Ich weiß nicht«, wich Anna aus. Sollte sie von ihrem Verdacht berichten? Was würde passieren, wenn sich die Polizei für die Vorgänge in der Transplantationsabteilung interessierte? Womöglich musste Markus Wille dann auf die lebensrettende Operation verzichten. Wollte sie das verantworten? Andererseits …

»Menschlich oder medizinisch?«, hakte die Rothaarige nach.

»Es ist nur so ein Gefühl«, wehrte Anna ab. »Vielleicht, weil er mir unsympathisch ist.« Ein Gedanke schoss ihr durch den Kopf. »Gilt euer *Arztbesuch* vielleicht dem Professor?«

Die Kriminalbeamten sahen sich an und schwiegen. Einen Augenblick zu lang. Getroffen, dachte Anna, sie sind wegen Fabricius hier.

»Nicht direkt«, antwortete ihr Ex. »Es gibt noch ein paar offene Fragen im Zusammenhang mit dem Tod seines Sohnes.«

Seine Kollegin stand auf. »Ich bringe mal kurz den Kaffee weg.«

Als sie sich einige Schritte entfernt hatte, beugte Sven sich vor. »Wir suchen jemanden, der das Opfer … gekannt und … zum Vater Kontakt gehabt hat.«

Erstaunt sah Anna ihn an. »Dafür müsst ihr einen Grund haben. Fabricius verschweigt euch etwas?«

»So ist es«, bestätigte Sven. »Aber mehr kann ich dir wirklich nicht sagen.«

Anna war elektrisiert. »Wenn der Professor etwas weiß und sein Wissen für sich behält, behindert er eure Ermittlungen. Dabei müsste er alles tun, um den Mord aufzuklären. Warum tut er das nicht? Fürchtet er, dass der Drogentod des eigenen Sohnes seinem Ruf schadet? Oder steckt mehr dahinter?«

Sven hob die Schultern und breitete die Arme aus. »Wir wissen es nicht. Noch nicht.«

In Anna arbeitete es. Die Polizei suchte nach einem Kontaktmann des Transplantationschirurgen, wegen des Mordes an Lennart Fabricius. Sie hoffte jemanden zu finden, der ihr etwas dazu sagen könnte, ob Fabricius möglicherweise für Markus Wille eine illegale Organspende durchführen würde. Vielleicht in diesem Moment. Das eine hatte aber nichts mit dem anderen zu tun. Dennoch waren sie beide demselben Mann auf der Spur. Und in beiden Fällen sorgte der mit falschen Informationen für Verwirrung. Daraus einen Zusammenhang abzuleiten, war wohl etwas gewagt. Um Licht in das Dunkel zu bringen, würde sie noch einmal versuchen, mit den philippinischen Jungen zu reden. Vielleicht konnten sie den Mann beschreiben, der sie ins Klinikum gebracht hatte.

Sie sah Sven an. »Wisst ihr überhaupt etwas über die Person, die ihr sucht? Ich meine, etwas Konkretes? Größe, Alter, Aussehen?«

Bedauernd schüttelte er den Kopf und stand auf, als seine Kollegin sich dem Tisch näherte. »Sabrina, komm! Wir wollen noch mit der Sekretärin von Professor Fabricius sprechen. Mach's gut, Anna! Und viel Glück für deinen Kollegen!«

»Danke!« Anna stand ebenfalls auf. »Ich komme mit. Vielleicht kann ich noch etwas rauskriegen. Über Markus Willes Operation, meine ich.«

*

Anna hatte Glück. Auf der Station herrschte eine derart hektische Unruhe, dass niemand auf sie achtete. Danilo schien erfreut, als sie das Zimmer betrat. Ein kurzes Leuchten ging über sein Gesicht, doch seine Miene trübte sich rasch wieder.

»Ist alles in Ordnung?«, fragte sie auf Englisch.

Er schüttelte den Kopf und deutete auf das leere Bett seines Freundes. »Honesto ist weg. Schon seit einer Stunde.«

»Vielleicht wird er operiert?«, vermutete Anna.

»Ja.« Danilo nickte und presste die Lippen zusammen.

Jetzt wird es ernst, dachte Anna, da seid ihr nicht mehr so guter Dinge. Laut sagte sie: »Darum seid ihr doch hier. Geld gegen Niere.« Ihr Ton war ungewollt scharf geworden.

Erneut nickte der Junge. Wortlos sah er sie an. Seine dunklen Augen füllten sich mit Tränen. Sofort bereute Anna ihre harten

Worte. Unwillkürlich breitete sie die Arme aus und trat einen Schritt auf Danilo zu. Doch er bewegte sich nicht. Seine Hände zerrten an dem T-Shirt, das er trug. Als wollte er es ausziehen, gleichzeitig aber auch nicht. Zwischen Hemd und Hose entdeckte Anna dunkle Linien. »Was ist das?«

Der Filipino senkte den Blick. Rasch machte sie einen weiteren Schritt, fasste zu und schob sein Hemd nach oben. Vom Hals bis zum Bauchnabel markierten blaue Striche die Brust. »Ich habe Angst«, flüsterte Danilo. »Honesto hat nur ...« Er zog mit dem Zeigefinger eine Linie unterhalb des Rippenbogens nach hinten.

Wilde Fantasien durchzuckten Annas Kopf. Bilder aus einer Fernsehdokumentation über Herzoperationen vermischten sich mit den Gesichtern der Jungen und ihres Kollegen. Sollte Danilo das Herz entnommen werden? Das konnte nicht sein. Markus konnte unmöglich den Tod des Jungen in Kauf nehmen wollen. Hier stimmte etwas nicht. »Drei Patienten aus einem arabischen Land«, hatte der Pfleger behauptet und Honesto und Danilo offenbar eingeschlossen. Wer war der dritte Patient?

Sie ließ das T-Shirt los und trat einen Schritt zurück. »Warte hier auf mich!«, sagte sie langsam und eindringlich, jedes Wort betonend. »Bleib in diesem Zimmer! Ich komme wieder. Hast du verstanden?«

Danilo nickte.

Anna verließ den Raum und sah sich um. Auf der Station musste es ein weiteres Krankenzimmer geben. Sie schlenderte den Gang entlang, wich hastenden Krankenschwestern oder eiligen Ärzten aus und musterte die Beschriftungen an den Türen. Es handelte sich um Funktionsräume, Materiallager und Personalzimmer. Am Ende des Flurs stieß sie auf eine Glastür. Sie sah nur ihr Spiegelbild, denn dahinter war es vergleichsweise dunkel. Sie legte die Hände seitlich an die Augen und drückte sie gegen das Glas. Auf der anderen Seite befand sich ein kleiner Flur, dessen Fußboden mit orientalischen Teppichen bedeckt war. Verwundert ließ sie ihren Blick wandern. Es gab drei Türen und ein Fenster, durch das kaum Licht hereinfiel, denn es war mit schweren Vorhängen versehen. Vor den Gardinen saß ein dunkelhäutiger

Mann in einer Art Uniform auf einem Stuhl, der mit einem großformatigen Smartphone oder einem Tablet-PC beschäftigt zu sein schien. Seine Jacke hing über der Lehne.

Vorsichtig drückte Anna die Klinke nieder, doch die Tür ließ sich nicht bewegen. Sie suchte nach den Schaltern für die automatische Entriegelung und Öffnung, wie es sie an vielen Durchgangstüren gab. Sie fand den Taster und drückte drauf. Doch es tat sich nichts. Stattdessen sprang der Mann von seinem Stuhl auf und näherte sich der Tür, das Smartphone in der Hand. Er war nicht sehr groß, aber breitschultrig und kräftig. Sein schwarzes Haar war kurz geschoren, der üppige Bart akkurat gestutzt. Mit seinen dunklen Augen schaute er Anna misstrauisch und zugleich aggressiv an. Unwillkürlich wich sie zurück. Vor der Scheibe nahm der Wachmann sein riesiges Smartphone hoch, tippte darauf und strich über das Display. Zwischendurch warf er Anna feindselig-taxierende Blicke zu. Es war, als verglich er ihr Äußeres mit etwas, was er auf dem Gerät sah. Fotos? Schließlich schüttelte er den Kopf, ließ das Handy in die Tasche gleiten und bedeutete ihr mit Handbewegungen, von der Tür zu verschwinden. Als sie nicht sofort reagierte, klopfte er gegen die Glasscheibe. »Go away!«

Anna blieb fassungslos und empört stehen. Der Bärtige trat dicht an die Scheibe und schlug mit der Faust dagegen. »Piss off!« Dann kehrte er zu seinem Stuhl zurück, zog ein Handfunkgerät aus der Jacke und sprach hinein. Während Anna noch versuchte, die Sprache zu erkennen, spürte sie hinter sich eine Bewegung. Der Krankenpfleger aus der Cafeteria stand plötzlich hinter ihr. »Sie haben hier keinen Zutritt. Bitte verlassen Sie sofort die Station. Sonst gibt es Ärger.«

Anna kramte in ihrer Handtasche nach Presseausweis und Handy. Ärger könnt ihr haben, dachte sie. Zur Not würde sie Sven anrufen. »Wo sind wir denn, dass …?« Sie brach ab, als sie den gequälten Gesichtsausdruck ihres Gegenübers sah. »Bitte! Wenn der Chef davon erfährt, kann ich meine Sachen packen.«

»Okay.« Sie ließ Papiere und Telefon in der Tasche. Offenbar standen die Station oder zumindest das, was hier vorging, unter

Geheimhaltung. Eine Auseinandersetzung mit dem Pfleger würde sie nicht weiterbringen. »Ich möchte Ihnen keine Schwierigkeiten machen. Aber können Sie mir verraten, was hier gespielt wird?«

Der junge Mann schüttelte den Kopf. »Von uns weiß niemand, worum es geht. Nur dass hier eine hochgestellte Persönlichkeit aus der arabischen Welt operiert werden soll. Um wen es sich dabei handelt, darf nicht bekannt werden, weil es sonst Anschläge auf das Leben des Patienten geben könnte.«

»Aber der da drin ist kein Polizeibeamter, oder?« Anna zeigte auf die Glastür, hinter der breitbeinig der Wachmann stand und die Arme verschränkte.

»Kommen Sie!« Der Pfleger deutete in die entgegengesetzte Richtung. »Lassen Sie uns gehen! Bevor jemand vom Sicherheitsdienst aufkreuzt. Die haben ihre eigenen Leute mitgebracht. Und die verstehen keinen Spaß.«

Zögernd folgte Anna dem jungen Mann, der sie durch ein Gewirr von Fluren und Gängen führte. In Gedanken befragte sie den Chef der Transplantationsmedizin. Aber wahrscheinlich würde der ihr keine Auskunft geben. Sollte sie sich an die Leitung der Universität wenden? Anna verwarf auch diesen Gedanken. Die Präsidentin würde Fabricius anrufen und sich mit dessen Auskunft zufriedengeben. Bestenfalls. Denn überzeugend würden Annas Vermutungen nicht klingen. Danilos angstvolles Gesicht tauchte vor ihrem inneren Auge auf. Sie zupfte den Pfleger am Ärmel. »Hat Ihr arabischer Patient etwas mit den beiden Jungen von den Philippinen zu tun?«

»Wie kommen Sie darauf, dass es sich um Filipinos handelt?«, entgegnete er. »Die drei Patienten sind miteinander verwandt, sie stammen aus einer arabischen Großfamilie. Das hat uns Professor Fabricius selbst gesagt. Vielleicht wollen sie ihrem Cousin oder Schwager oder älteren Bruder eine Niere spenden.«

»Mit einem der Jungen würde ich gerne kurz sprechen.« Anna bot ihren ganzen Charme auf. »Könnten Sie das arrangieren?«

»Unmöglich.« Der Pfleger schüttelte den Kopf. »Ab sofort darf niemand mehr zu den Patienten gelassen werden. Strenge Anweisung. Vom Chef persönlich.« Er öffnete eine Tür und deutete den Gang hinunter. »Dort drüben können Sie die Station verlassen. Wenn Sie rechts und dann geradeaus gehen, kommen Sie zu den Aufzügen.«

»Danke.« Anna lächelte gewinnend. »Sehr freundlich.« Dieser junge Mann war kein skrupelloser Lügner. Wahrscheinlich hatte er nicht bewusst die Unwahrheit gesagt. Aber was er über die verwandtschaftlichen Beziehungen zwischen Danilo, Honesto und dem dritten Patienten behauptet hatte, stimmte nicht. Sie wandte sich zum Gehen, drehte sich nach einigen Schritten noch einmal um und winkte ihm zu. Im Augenblick würde er ihr nicht helfen wollen, ihr Vordringen bis zum Trakt mit dem geheimnisvollen saudischen Patienten hatte ihn erschreckt. Aber vielleicht konnte er ihr später noch von Nutzen sein.

Während sie den Gang entlangwanderte, überlegte sie, wie sie noch einmal unentdeckt ins Zimmer von Danilo gelangen konnte. Dabei kamen ihr Ingos Worte in den Sinn. »Wenn die jungen Männer kein Organ eingepflanzt bekommen, ist anzunehmen, dass sie eins spenden sollen.« Von einer Organspende hatte auch der Pfleger gesprochen. Und war dabei von einer Niere ausgegangen, dem einzigen Organ, das für eine Lebendspende infrage kam. Plötzlich schlug ihr Herz bis zum Hals. Die Striche auf Danilos Brustkorb. Ein abgeschirmter Patient. Wenn es gar nicht um eine Niere für Markus Wille ging? Wenn einer der Jungen geopfert werden sollte, damit einem wohlhabenden Saudi dessen Herz eingepflanzt werden konnte?

Unwillkürlich war Anna stehen geblieben. Ihr Atem ging heftig. Sie wäre einem ungeheuren Skandal auf der Spur. Dagegen hätte die Manipulation von Patientendaten, wie sie vor wenigen Jahren vom damaligen Chefarzt in genau diesem Klinikum vorgenommen worden waren, um ausgesuchten Patienten schneller zu einer Leber zu verhelfen, eine Lappalie. Stand jetzt eine illegale Herzverpflanzung bevor?

Vor ihrem inneren Auge erschien die Redaktionskonferenz: Alle Kolleginnen und Kollegen schüttelten über ihren Verdacht den Kopf. Nein, so weit war sie noch lange nicht. Es fehlten die Beweise. Das Büro von Fabricius musste durchsucht, die gesamte Transplantationsabteilung auf den Kopf gestellt, der Arzt und seine Helfer vernommen, die Patienten mit Hilfe von Dolmetschern befragt, die Hintermänner verhaftet werden.

Sven war vielleicht noch im Klinikum. Sie zog ihr Smartphone aus der Tasche und wählte seine Nummer. Doch er meldete sich nicht. Als die Mailbox ansprang, legte Anna auf. Er würde sie für verrückt erklären, wenn er ihre Nachricht abhörte. Sie sah sein spöttisches Lächeln vor sich. »Illegale Transplantation? Klinikum durchsuchen? Ärzte vernehmen? Patienten befragen? Wer sollte uns dafür einen richterlichen Beschluss besorgen? Oberstaatsanwalt Wegemann? Ich fürchte, der lacht uns aus.«

Nein, sie würde ihn nicht überzeugen können. Jedenfalls nicht so schnell. Und dann würde es für Danilo zu spät sein. Der Junge musste verschwinden. So schnell wie möglich.

Anna kehrte um und machte sich auf den Weg zur Patientenstation. Irgendwie musste sie in Danilos Krankenzimmer kommen. Und ihn mitnehmen. Aber wie? Bisher hatte sie Glück gehabt. In der Hektik des Krankenhausbetriebes war sie niemandem aufgefallen. Wenn einer der anderen Pfleger aus der Abteilung oder Fabricius selbst sie erwischte, würde sie nicht so davonkommen wie bei dem jungen Mann, der sie vor der Tür des saudischen Patienten abgefangen hatte.

Als sie sich der Station näherte, kamen ihr Sven und seine Kollegin in angeregter Unterhaltung entgegen. Sie schob den Gedanken an eine mögliche Beziehung der beiden beiseite und stellte sich ihnen in den Weg. »Habt ihr etwas erreicht?«

»Könnte man sagen.« Sven grinste spitzbübisch. »Und du?«

Für einen Moment war Anna versucht, mit der Geschichte von der illegalen Transplantation herauszuplatzen. Doch sie besann sich. »Markus Wille wird gerade operiert. Mehr konnte ich nicht in Erfahrung bringen. Habt ihr eine Verbindungslinie zwischen Fabricius und dem Tod seines Sohnes gefunden?«

»Möglicherweise. Die Sekretärin hat uns von einem – wie sie sagt – halbseidenen Besucher berichtet. Aber den zu finden, wird schwierig sein. Sieht aus wie ein Banker, benutzt einen polnischen Namen, der wahrscheinlich falsch ist, und verfügt über gute Manieren.« Svens Kollegin war gar nicht zu stoppen, so begeistert war sie von ihren eigenen Ergebnissen. »Leider ist uns der Professor dazwischengekommen, da ist die gute Frau plötzlich verstummt. Fabricius selbst bestreitet, ihn zu kennen. Aber vielleicht ist er der Mann, den wir suchen.«

Anna war elektrisiert. Einen Mann mit einem polnischen Vornamen suche ich auch, dachte sie. Laut fragte sie: »Polnischer Name? Vielleicht Janosch …«

»… Brodsky«, ergänzte die rothaarige Kommissarin. »Wie kommen Sie auf den?« Sven warf ihr einen wütenden Blick zu, was Anna zufrieden registrierte.

»Aufgeschnappt«, log sie. »Als ich zufällig am Büro des Professors vorbeigekommen bin.«

»Hast du ihn gesehen?«, fragte Sven rasch.

Bedauernd schüttelte Anna den Kopf. »Tut mir leid. Ich weiß nichts über ihn. Es wäre nett, wenn ihr mir einen Hinweis geben könntet, falls ihr den Mann in euren Computern habt.«

»Selbstverständlich informieren wir dich über jeden unserer Ermittlungsschritte.« Sven klang verärgert. »Aber jetzt müssen wir weiter. Mach's gut, Anna!«

Sie wartete, bis Sven und seine Kollegin verschwunden waren, dann setzte sie ihren Weg zur Station fort. In ihrem Kopf reifte ein Plan, wie sie Danilo in Sicherheit bringen konnte.

11

Sie erinnerte sich dunkel an die Aufschrift *Versorgungsstützpunkt* an einer der Türen. Und an einen Bericht, den sie vor einigen Jahren über die Zentralwäscherei und den Hauswirtschaftlichen Dienst des Klinikums verfasst hatte. Hunderte von Mitarbeitern reinigten täglich Hunderttausende von Quadratmetern und kümmerten sich um etliche Tonnen Wäsche. Die Versorgung der Stationen mit Wäsche und Reinigungsutensilien erfolgte über Stützpunkte. Dort würde sie finden, was sie brauchte.

Als sie vor der Tür zu diesem Bereich stand, gab es statt einer Klinke nur einen Knauf und ein Schloss. Sie musste jemanden abpassen, der den Raum betreten und wieder verlassen würde. Unschlüssig sah sie sich um. Auf dem Flur herrschte die übliche Betriebsamkeit. Es blieb ihr nichts anderes übrig, als hier auf die passende Gelegenheit zu warten. Um nicht zu sehr aufzufallen, wanderte sie bis zum nächsten Gang und suchte sich hinter der Glastür einen Platz, von dem aus sie den Raum im Auge behalten konnte. Die Sekunden dehnten sich zu Minuten, und die ersten zwanzig erschienen ihr wie eine ganze Stunde.

Plötzlich bewegte sich die Tür, sie hatte nicht gesehen, wie jemand hineingegangen war. Eilig bewegte sie sich auf ihr Ziel zu. Kurz bevor sie die Tür erreichte, fiel sie wieder ins Schloss. Wahrscheinlich hatte drinnen jemand im Vorübergehen den Türöffner ausgelöst. Anna wartete voller Ungeduld, sie musste sich zwingen, nicht auf das Türblatt zu starren. Als es aufschwang, erschien eine ältere Krankenschwester, die einen Stapel Wäsche vor der Brust balancierte. Da sie keine Hand frei hatte, wartete sie, bis die Tür ins Schloss gefallen war, dann zog sie gemächlich mit ihrer Wäsche davon. Nervös kaute Anna auf der Unterlippe und fragte sich, ob sie überhaupt eine Chance hatte, Danilo zu retten. Vielleicht wäre es besser, sich erst mit Ingo oder Sven zu beraten und noch einen Tag zu warten. Aber dann konnte es zu spät sein.

Wieder näherte sich eine Krankenschwester. Sie schien sehr jung, bewegte sich rasch, obwohl sie übergewichtig war, und steuerte auf die Tür des Versorgungsstützpunktes zu. Anna trat zum gegenüberliegenden Fenster und sah hinaus. Dort startete gerade der Rettungshubschrauber Christoph 44 zu einem neuen Einsatz. Trotz Mehrfachverglasung vernahm Anna das Geräusch des Triebwerks und der Rotorblätter. Anna dachte kurz daran, dass nun gerade irgendwo jemand schwerstverletzt auf die Rettung aus der Luft wartete, und hoffte, sie käme früh genug. Hinter ihr öffnete die Schwester die Tür. Anna wechselte auf die andere Seite des Ganges. Schon schwang die Tür wieder auf. Mit einem kleinen Paket unter dem Arm entfernte sich die junge Frau, ohne einen Blick hinter sich zu werfen. Rasch stellte Anna einen Fuß in die Tür. Nach einem schnellen Blick in die Runde schlüpfte sie in den fensterlosen Raum und tastete nach dem Lichtschalter.

Als die Neonröhre aufleuchtete, entdeckte Anna zu ihrer großen Freude in einer der hinteren Ecken einen Reinigungswagen mit Kunststoffeimern, Utensilien wie Besen und Schrubber und einem großen blauen Kunststoffsack, der in einem stabilen Rahmen hing. Aus einem der raumhohen Regale zog sie ein grünes Tuch, das sie sich um den Kopf drapierte und schlüpfte in einen gleichfarbigen Kittel. Dann schob sie den Wagen zum Ausgang, stieß die Tür auf und rollte ihr Gefährt den Gang entlang. Ihr Puls raste, doch niemand schien sie zu beachten. Unbehelligt erreichte sie das Krankenzimmer.

Danilo riss Mund und Augen auf, als er sie erkannte. Anna legte einen Zeigefinger auf ihre Lippen. Dann deutete sie auf den blauen Sack. »Du musst hier rein. Schnell!«

Verständnislos schüttelte der Junge den Kopf. Anna wiederholte ihre Worte auf Englisch, trat auf ihn zu, packte sein Handgelenk und zog ihn zum Reinigungswagen. »Du musst verschwinden.« Sie tippte auf seine Brust. »Sie wollen dein Herz.«

»Mein Herz?« Eine Mischung aus Fassungslosigkeit und Unglauben stand im Gesicht des Jungen.

»Ja.« Anna spürte Angst und Ungeduld in sich aufsteigen. »Wir müssen weg. Wenn du hierbleibst, werden sie dir das Herz herausschneiden, um es einem anderen einzusetzen. Verstehst du das nicht?«

Zögernd trat Danilo an den Reinigungswagen. Sein Blick zuckte ängstlich zwischen Anna und dem Müllsack hin und her. Schließlich stieg er hinein. Anna drückte seinen Nacken nach unten, zerrte ein Laken von einem der Betten und stopfte es über Danilos Kopf und seine Schultern. Als sie versuchte, den Wagen zu drehen, geriet er ins Wanken. Mit aller Kraft hielt sie ihn fest und verhinderte, dass er kippte. Sie spürte, wie ihr der Schweiß ausbrach. Vorsichtig rollte sie das Gefährt aus dem Zimmer. Der

Gang war leer. Anna schob den Wagen, der sich nur mühsam dirigieren ließ, voran. Sie würde einen weiteren Flur und zwei Glastüren überwinden müssen, bevor sie ins Gewimmel von Personal, Patienten und Besuchern eintauchen konnte.

Die erste Glastür bewegte sich nach Annas Gefühl quälend langsam, nachdem sie auf den Öffnungsschalter gedrückt hatte. Als sie den Wagen endlich durch die Öffnung rollen konnte, zuckte sie zusammen. Mit rasendem Herzen beobachtete Anna am anderen Ende des Ganges eine Gruppe jüngerer Ärzte oder Studenten, die sich um einen hochgewachsenen dunkelhaarigen Mann mit grauen Schläfen versammelt hatten, der eindringlich auf sie einredete. Professor Fabricius! Ihren ersten Impuls, auf der Stelle umzukehren, unterdrückte sie. Wahrscheinlich hätte sie damit erst recht Aufmerksamkeit erregt. Stattdessen versuchte sie, den Wagen ohne erkennbare Anstrengung an der Gruppe vorbeizudirigieren.

Keiner der Weißkittel nahm von ihr Notiz. Sie ließ die Gruppe hinter sich und drückte auf den Öffnungsschalter der nächsten Tür. Doch die bewegte sich nicht. Verzweifelt und mit schweißfeuchten Fingern versuchte sie es erneut. Ohne Ergebnis. Plötzlich stand ein junger Mann im weißen Kittel neben ihr.

»Der Schalter geht ein bisschen schwer. Sie müssen richtig draufschlagen. Ich darf mal?« Er zwängte sich an ihr vorbei und schob den Wagen zur Seite. Sichtlich verblüfft über dessen Schwerfälligkeit deutete er auf den Müllsack. »Sie entsorgen wohl gerade eins von unseren Operationsopfern. Geht's erst noch in die Pathologie oder gleich auf den Friedhof?«

Anna suchte nach einer Antwort, wusste aber, dass sie nichts herausbringen würde. Ihr Hals war wie zugeschnürt.

Sie musste wohl ein ziemlich entsetztes Gesicht gemacht haben, denn der Jungmediziner grinste verständnisheischend. »Kleiner Scherz.« Er wandte sich um und schlug mit der Faust gegen den Schalter. Über der Tür erklang das charakteristische Summen des Elektroantriebs, langsam schwangen die Flügel auf.

»Danke«, krächzte Anna heiser und bugsierte den Reinigungswagen durch die größer werdende Öffnung.

»Gute Reise!«, rief ihr der Witzbold nach.

Erleichtert stieß Anna die Luft aus, nachdem sie unbewusst den Atem angehalten hatte. Während sich hinter ihr die Tür wieder schloss, versuchte sie, mögliche Hindernisse und Gefahren auf dem nächsten Flur zu erkennen. Hier waren wieder Menschen unterwegs, die meisten in weißen Kitteln und in Eile. Ein bekanntes Gesicht war nicht darunter. Trotzdem senkte sie den Kopf. Und dirigierte das Gefährt an den hastenden Ärzten und Schwestern vorbei, behielt jedoch das rettende Ende des Flures im Blick. Von dort würde es nicht mehr weit sein zu den Aufzügen. Sie musste eine leere Kabine erwischen, damit Danilo unbeobachtet aus dem Müllsack kriechen konnte. Dann würden sie ins Erdgeschoss fahren und dort durch den Haupteingang ins Freie gelangen, zum Parkplatz gehen und ins Auto steigen. Eigentlich ganz einfach. Sie musste nur noch …

»Hallo«, unterbrach eine Stimme ihre Gedanken. »Arbeiten Sie jetzt hier?«

Vor ihr standen zwei Männer. Einer in Weiß, der andere in Schwarz. Der Pfleger aus der Transplantationsabteilung und der dunkelhäutige Wachmann. Anna schlug das Herz bis zum Hals.

»Nur zur Aushilfe«, murmelte sie und sah sich Hilfe suchend um. Gab es eine Chance, davonzulaufen und blitzschnell irgendwo zu verschwinden? Sie entdeckte keine Möglichkeit.

Der Wachmann deutete auf den blauen Sack. »Much waste in german hospital.«

»Yes.« Anna nickte, spürte Schweißtropfen auf Stirn und Nacken und in den Achselhöhlen. »Ich muss … jetzt … weiter …« Ihre Hand vollführte eine unbestimmte Bewegung.

»Dann wollen wir Sie nicht länger aufhalten.« Der Pfleger wandte sich an seinen Begleiter. »Come on, Bassam.«

Der zögerte und musterte den Müllsack. Ungeduldig bewegte Anna den Reinigungswagen ein Stück in seine Richtung. Während der Pfleger einen Schritt zur Seite trat, blieb der Wachmann breitbeinig stehen. Anna widerstand dem Impuls, ihm die Karre gegen die Knie zu fahren, und umkurvte mühsam das Hindernis. So schnell wie möglich setzte sie ihren Weg fort. Erst vor den Aufzügen hielt sie inne und drehte sich um. Die Männer waren nicht mehr zu sehen. Erleichtert drückte sie den Knopf für die Abwärtsfahrt.

Endlos lange schienen die Kabinen auf anderen Etagen zu verharren, und während sie sehnsüchtig darauf wartete, dass sich eine der Türen öffnete, wurde das Gefühl, von umstehenden Ärzten, Krankenschwestern, Patienten und Besuchern gemustert zu werden, immer stärker. Als sich endlich eine Aufzugstür öffnete, schob sie den Reinigungswagen in die hinterste Ecke und drückte den Knopf für die Kelleretage. Dort, hoffte sie, wäre sie mit Danilo allein, so dass er unbeobachtet aus dem Müllsack schlüpfen konnte, hier im Aufzug würde das entgegen ihrer Erwartung nicht gelingen. Nach ihr drängten Besucher in die Kabine, studierten die Beschriftung der Bedienungstafel und suchten nach dem Knopf für die richtige Etage. Alles in Zeitlupe.

»Das ist mir zu voll hier«, knurrte ein älterer Mann und verließ die Kabine wieder. Seine Begleiterin folgte ihm zögernd. Andere nutzten die Chance und betraten noch rasch den Fahrstuhl. Jede Bewegung in der Lichtschranke verzögerte den Start der Kabine. Als es endlich soweit war, durchfuhr sie ein eisiger Schreck. Durch den Spalt der sich schließenden Türen entdeckte sie den arabischen Wächter, der sich im Laufschritt dem Aufzug näherte. Anna hielt die Luft an. Doch plötzlich war die Tür zu, und der Fahrstuhl setzte sich in Bewegung. Anna spürte, wie sich ihr Puls beschleunigte, als sie die nächste Ebene erreichten. Hier wiederholte sich das endlos erscheinende Spiel von aussteigenden und eintretenden Menschen. Zum Glück war der Wachmann nicht zu sehen.

Doch auf der *Ebene Null*, dem Eingangsbereich des Klinikums, stand er wieder im Wartebereich. Er musste einen anderen Aufzug gefunden oder die Treppe benutzt haben. Anna duckte sich hinter die Besucher und hoffte, für den Verfolger unsichtbar zu bleiben. Aber die Wand aus Menschen wurde löchrig und löste sich schließlich ganz auf. Entsetzt starrte Anna auf den Mann. In dem Augenblick, in dem die Türen sich surrend zu schließen begannen, entdeckte er sie und stürzte auf die Kabine zu. Er schaffte es gerade noch, mit einer Hand in den Schlitz zu fassen, doch die Sensoren reagierten nicht mehr. Mit einem unverständlichen Fluch zog er die eingeklemmten Finger zurück, während sich der Fahrstuhl in Bewegung setzte.

Hastig zerrte Anna das Bettlaken aus dem Müllsack. »Komm raus! Schnell! Wir müssen uns verstecken.« Ihr wurde bewusst, dass der Junge sie nicht verstand und wiederholte die Aufforderung auf Englisch. Aber Danilo stieg bereits aus dem Behälter.

Als sich die Tür öffnete, packte Anna den Filipino am Handgelenk und rannte los. Vor ihr erstreckte sich ein Labyrinth aus Gängen. Hier würden sie ein geeignetes Versteck finden. Und wenn niemand mehr nach ihnen suchte, konnten sie das Klinikum verlassen. Zur Not würde sie Sven anrufen. Schließlich ging es für Danilo ums Überleben. Irgendwo knarrte eine Tür und schlug dumpf ins Schloss. Anna zerrte ihren Schützling in eine Nische.

*

»Habt ihr etwas in Erfahrung bringen können?«, fragte Alexa Engel, als Sven und Sabrina ins Kommissariat zurückkehrten.

»Wie man's nimmt.« Sven hob die Schultern. »Wir haben die Gewissheit, dass Professor Fabricius etwas zu verbergen hat. Und einen Namen.«

»Mit Personenbeschreibung«, ergänzte Sabrina. »Die ist allerdings ziemlich vage. Die Zeugin hat das Gesicht nicht gesehen.« Sven ließ sie weitererzählen.

»Wir suchen also einen gewissen Janosch Brodsky«, fasste die Hauptkommissarin den Bericht ihrer beiden Ermittler zusammen. »Er spricht akzentfrei Deutsch, ist mittelgroß, so um die vierzig, hat volles dunkles Haar mit grauen Strähnen, das streng nach hinten gekämmt und im Nacken etwas zu lang ist. – Ist das alles?«

»Das sind die Fakten«, bestätigte Sven. »Wobei der Name natürlich falsch sein kann. Seltsamerweise bestreitet der Professor, diesen Mann zu kennen.«

»Dann schaut mal, ob ihr den Namen findet. Zur Not müssen wir Fabricius noch einmal vernehmen. – Was ist eigentlich mit der Schwester des Getöteten?«

»Die haben wir noch nicht ausfindig gemacht«, antwortete Sabrina. »Sie studiert in Essen, ist dort auch gemeldet, aber in ihrer Wohnung nicht anzutreffen. Wir haben die Essener Kollegen um Hilfe gebeten.«

»Sie besitzt sogar einen Festnetzanschluss«, ergänzte Sven. »Ihre Handynummer ist allerdings nirgends verzeichnet. Und ihr Vater behauptet, die Nummer nicht zu kennen. Auf Facebook gibt es immerhin ein Profilfoto, auf dem sie gut zu sehen ist. Aber sonst nur Bilder, die mit ihrem Studium zu tun haben. Und erstaunlich wenig Kontakte - knapp fünfzig. Bei denen haben wir nachgefragt. Wir müssen jetzt sehen, ob einer von ihnen weiß, wo sie sich aufhält.«

Alexa Engel nickte nachdenklich. »Wir haben doch das Handy des Toten. Schaut, ob ihr darin die Nummer der Schwester findet! Wenn nicht, versucht es bei der Mutter! Die wird ja wohl wissen, wo ihre Tochter steckt. Zumindest dürfte sie ein paar Orte kennen, an denen sie sich aufhalten könnte. Und lasst mich wissen, wenn es etwas Neues gibt!«

»Selbstverständlich.« Sven schaute Sabrina an. »Gehen wir?«

»Kümmerst du dich um Franziskas Facebook-Kontakte?«, fragte Sven, als sie ihr Büro erreichten. »Dann suche ich nach diesem Janosch Brodsky.«

Sabrina nickte und schaltete ihren Computer ein. »Wer zuerst Erfolg hat, darf die Pizza bestellen.«

»Du meinst«, erwiderte Sven, »wir kommen hier so schnell nicht wieder raus?« Er drückte ebenfalls auf den Startknopf für seinen Rechner. »Vielleicht hast du Recht.«

*

In den Kellerräumen des Klinikums gab es keine Fenster, dennoch war es hell. Zahlreiche Leuchtstoffröhren sorgten für Licht. Hier herrschte mehr Betrieb, als Anna vermutet hatte. Ein Elektrokarren, auf dem ein Mann im grauen Kittel hockte, summte an ihnen vorbei, irgendwo schlug eine schwere Tür zu, zwei Männer in blauen Overalls schoben einen Werkstattwagen vorüber. In den

Tiefen des Labyrinths hämmerte ein Schlagbohrer. Vor ihrem inneren Auge sah sie den Wachmann durch die Gänge schleichen und in alle Ecken und Winkel spähen.

In der Kelleretage, hatte sie bei ihrer Reportage erfahren, befanden sich Operationsräume, Materiallager und jede Menge Technik. Vielleicht war es gar nicht so schlecht, dass hier Menschen unterwegs waren. Irgendwie musste sie Danilo nach draußen bringen, einer der Angestellten würde ihr vielleicht helfen, wenn sie sich eine passende Geschichte zurechtlegte.

Vorsichtig schob sie den Kopf aus der Nische, um sich ein Bild von der Umgebung zu machen. Zugleich versuchte sie, sich zu orientieren. Richtung Norden, zur Zimmermannstraße, glaubte sie sich zu erinnern, lagen die Zugänge für Lieferanten. Dort musste es möglich sein, aus dem Keller direkt ins Freie zu gelangen. Dann wäre es nicht mehr weit zu den Parkplätzen. Aber in welcher Richtung lag Norden? Anna kramte nach ihrem Smartphone. Darauf hatte sie eine Kompass-App. Doch die Anzeige drehte mal in die eine, mal in die andere Richtung, sie würde ihr nicht weiterhelfen. Auf dem Display leuchtete ihr die Uhrzeit entgegen. Sie würde die Blattkritik versäumen und zu spät zur Redaktionskonferenz kommen. Sie musste Tom anrufen, ihn informieren, dass sie … Ja, was eigentlich? In dringender Recherche unterwegs war? Im Keller des Klinikums nach einem Fluchtweg suchte? Einen philippinischen Jungen vor dem Skalpell retten musste?

Ihre Gedanken wurden unterbrochen, als sich Schritte näherten. Schwere Schuhe mit festem Tritt. Dazu der quietschende Ton einer weichen Sohle. Unverständliche Wortfetzen drangen an ihr Ohr. Sofort sah sie das Bild des Wachmanns vor sich, neben ihm den Pfleger aus der Transplantationsabteilung. Anna bedeutete Danilo, sich still zu verhalten, und rückte tiefer in die Nische.

*

»Das Handy von Franziska Fabricius ist ausgeschaltet. Da meldet sich immer sofort die Mailbox. Und Constanze Fabricius ist nicht zu Hause.« Während Suchergebnisse aus den polizeilichen Datenbanken über seinen Bildschirm liefen, hatte Sven Petersson versucht, erst die Tochter und dann die Mutter telefonisch zu erreichen. »Bei denen zu Hause meldet sich immer nur die Putzfrau. Oder die Haushälterin. Was weiß ich. Klingt jedenfalls nach türkischem Akzent.«

»Frag sie nach der Handynummer ihrer Chefin«, schlug Sabrina vor.

»Gute Idee.« Sven stöhnte. »Wäre ich nicht drauf gekommen. – Pass auf!« Er schaltete den Lautsprecher des Telefons ein und drückte die Wahlwiederholung. Nach dem dritten Rufzeichen wurde abgenommen. »Hier spricht Yasemin Yilmaz. Herr und Frau Fabricius nicht zu Hause. Professor in Klinikum, Frau nicht da.« Es klickte, die Verbindung war beendet.

»Klingt wie ein Anrufbeantworter.« Sabrina lachte. »Soll ich mal?«

Sven deutete auf das Telefon. »Bitte! Versuch dein Glück!«

Die Kommissarin wählte, und als sich die Stimme wieder meldete, rief sie rasch in den Hörer: »Iyi günler, bayan Yilmaz«. Der Redefluss am anderen Ende stockte. »Hier ist Sabrina Lorenz«, fuhr sie fort. »Ich bin eine Freundin von Constanze Fabricius. Kann ich sie sprechen?«

Gespannt folgte Sven Petersson dem Dialog.

»Frau Fabricius verreist. In Schweiz. Bei Schwester.«

»Das habe ich verstanden, Frau Yilmaz. Aber ich muss dringend mit ihr sprechen. Können Sie mir Constanzes Handynummer geben? Oder den Namen und die Adresse der Schwester?«

»Ich nicht weiß Schwester. Fragen Professor Fabricius.«

»Herr … äh … Viktor ist nicht zu sprechen, Frau Yilmaz. Er operiert gerade. Aber Sie können mir doch sicher die Nummer von Constanzes Handy geben?«

»Sie nicht haben Handynummer von Frau Fabricius? Sie keine Freundin.« Es klickte wieder, und aus dem Lautsprecher des Telefons ertönte das Besetztzeichen.

»Krass!«, prustete Sven und schlug sich auf die Schenkel. »Die Frau ist auf Draht. Du aber auch. Wusste gar nicht, dass du türkisch kannst.«

Sabrina verzog das Gesicht. »Nur *bitte, danke* und *guten Tag*. War mal im Urlaub in Side. Türkische Riviera. Habe ein paar Worte gelernt. Nützt aber nichts, wie du siehst.«

»Mit Janosch Brodsky komme ich auch nicht weiter«, seufzte Sven nach einem Blick auf seinen Monitor. »Wir sollten der türkischen Haushaltshilfe von Familie Fabricius einen Besuch abstatten. Vielleicht arbeitet sie schwarz, dann setzen wir sie unter Druck.«

»Ohne mich.« Seine Kollegin schüttelte energisch den Kopf. »Wir können zu ihr fahren und sie noch einmal freundlich, meinetwegen auch nachdrücklich, um die Handynummer ihrer Chefin bitten. Aber die arme Frau mit Fragen nach ihrem arbeitsrechtlichen Status in Angst und Schrecken zu versetzen, fände ich nicht okay. Schwarzarbeit ist auch nicht unser Job. Überlass das den Kollegen vom Ordnungsamt und vom Zoll! – Sag mal, findest du es nicht merkwürdig, dass eine Mutter in die Schweiz reist, während ihr toter Sohn hier auf die Beerdigung wartet?«

Sven überlegte. »Ja, schon. Aber vielleicht hat sie ja eine besonders enge Beziehung zu ihrer Schwester und sucht bei ihr Trost.«

»Also meine würde dann zu mir kommen.« Sie zuckte mit den Schultern und wandte sich ihrem Bildschirm zu. »Ich will gerade noch diese eine Anfrage fertigmachen. Die meisten haben schon geantwortet. Die Angaben bringen uns aber auch nicht weiter. Neben der Studienanschrift in Essen nennen Franziskas Facebook-Freunde nur die Adresse der Eltern.«

»Okay.« Sven stand auf. »Ich sage Engelchen Bescheid, dass wir noch mal losfahren.«

*

Anna hätte nicht sagen können, wie lange sie sich mit Danilo in die Nische gedrückt hatte. Nachdem die Schritte verklungen waren und irgendwo wieder eine Stahltür ins Schloss gefallen war, nahm sie die Hand des Jungen und trat mit ihm hinaus auf den Kellerflur. Erneut zog sie ihr Smartphone aus der Tasche. Es wurde höchste Zeit, in der Redaktion anzurufen. Der Gedanke, ein

Kollege hätte sie erreichen wollen, während sie sich in der Nische versteckten, und ihr Handy hätte geklingelt, versetzte ihr nachträglich einen Schreck. Doch dann stellte sie fest, dass es hier keinen Handyempfang gab.

Sie beschleunigte ihre Schritte und eilte den erleuchteten Hauptgang entlang, vorbei an Stahltüren, geheimnisvoll brummenden Maschinen und blinkenden Geräten. Unter der Decke verliefen zahlreiche Rohre, an den Wänden waren Leitungen verlegt. An mehreren Stellen hingen Feuerlöscher. Plötzlich erschien aus einem Seitengang ein ungleiches Paar. Eine etwas füllige, weiß gekleidete Frau in Annas Alter und ein deutlich jüngerer, schlanker Mann im blauen Overall, dessen obere Knöpfe er gerade schloss. Auch die Frau nestelte an ihrer Bluse, dann schlüpfte sie in einen Arztkittel. Anna registrierte eine derangierte Frisur, einen etwas verrutschten Rock und rote Wangen. Ein Schild an der Brust wies sie als Dr. Hilmers aus. Beide starrten sie erschrocken an.

Anna lächelte. »Gut, dass wir Sie treffen. Wir haben uns nämlich verirrt. Ich … Mein … Freund und ich wollen zum Parkplatz auf der Ostseite. Können Sie uns helfen?«

Die Ärztin fing sich zuerst. Sie deutete erst nach oben und dann in die Richtung, aus der Anna und Danilo gekommen waren. »Am besten nehmen Sie den Fahrstuhl. Eine Etage höher befinden sich die Ausgänge.«

Anna wollte zu einer Erklärung ansetzen, weshalb sie lieber direkt nach draußen gelangen wollte, doch in dem Augenblick schlug wieder eine der Stahltüren zu. Dann waren Schritte zu hören, eine männliche Stimme rief: »Sie müssen hier noch irgendwo sein.« Ein anderer Mann antwortete in unverständlichem Englisch. Anna packte Danilos Handgelenk und rannte los.

12

»Der Junge ist weg?« Die sonst so gelassen klingende Stimme tönte schrill in seinem Ohr. Fabricius hatte nach langem Zögern die Handynummer angerufen, die Brodsky ihm bei seinem ersten Besuch gegeben hatte. Er hatte sich sofort gemeldet. »Wie konnte das passieren?«

»Jemand muss ihn aus der Patientenstation geschmuggelt haben. Dort hat eigentlich kein Außenstehender Zutritt. Ich weiß auch nicht …«

»Sie müssen ihn wieder einfangen«, unterbrach Brodsky ihn. »Er kennt sich in Ihrer Klinik nicht aus, also kann er nicht weit sein.«

»Zwei Pfleger von uns sind schon unterwegs. Und einer der Personenschützer von Herrn Rahman. Sie durchsuchen gemeinsam das Haus.«

»Das Haus?« Brodsky stieß einen unartikulierten Laut aus. »Sie wollen mit drei Leuten das Göttinger Klinikum durchsuchen? Das soll wohl ein Witz sein. Ich komme mit meinen Leuten. Dann sind wir wenigstens sechs. Und Sie organisieren auch noch ein paar Männer. Wenn wir den Kerl nicht finden, müssen Sie den anderen nehmen. Die Operation von Abdul Rahman ibn Abdallah darf nicht verschoben werden. Wir haben einen Vertrag mit der Familie. Der muss erfüllt werden.«

»Das geht nicht«, wandte Fabricius ein. »Dem zweiten Jungen haben wir gerade eine Niere entnommen. Der kann nicht schon wieder operiert werden. Das würde ihn umbringen.«

»Dann sorgen Sie dafür, dass der flüchtige Filipino eingefangen wird! Sonst wird Ihnen nichts anderes übrig bleiben, als den anderen zu nehmen. Für solche Notfälle haben wir Ihnen zwei Spender mit passenden Blutwerten gebracht.«

Fabricius wollte erneut widersprechen, doch Brodsky hatte die Verbindung bereits beendet. Stöhnend sank er auf seinem Sessel zurück und wischte sich den Schweiß von der Stirn. Dann stand er auf, füllte am Waschbecken ein Glas mit Wasser und ließ Diazepam aus der Flasche tröpfeln, ohne die Tropfen zu zählen.

*

Yasemin Yilmaz trug eine bunte Kittelschürze und ein Kopftuch. Ausgiebig betrachtete und befühlte sie den Ausweis von Kriminaloberkommissar Petersson. Schließlich gab sie ihn zurück und nickte. »Kann ich helfen?«

Sven erklärte ihr, warum die Polizei mit Constanze Fabricius sprechen wollte. Ihr Mann sei wegen seiner Arbeit nicht zu erreichen. Und im Fall des verstorbenen Sohnes Lennart müsse dessen Schwester befragt werden. »Wir gehen davon aus«, schloss Sven, »dass Frau Fabricius weiß, wo sich ihre Tochter aufhält.«

»Warum wollen anrufen in Schweiz?« Yasemin Yilmaz schüttelte den Kopf. »Franziska in Göttingen. Bei Großeltern.«

Verblüfft sahen Sven und Sabrina sich an. »Wissen Sie, wo die Großeltern wohnen?«, fragte Sabrina.

»Weiß nicht Straße«, antwortete Yasemin Yilmaz. »Aber Name. Polizei hat Computer? Kann Straße und Haus finden.«

»Und wie heißen die Eltern? Auch Fabricius?«

»Nicht seine Eltern. Ihre Eltern. Heißen *von Carlowitz.*«

Sabrina zog ihr Smartphone aus der Tasche und startete die Telefonbuch-App. »Da sind sie schon«, sagte sie und hielt Sven das Display hin. »Wir müssen nach Geismar.«

Sven bedankte sich bei Yasemin Yilmaz. »Sie haben uns sehr geholfen.« Die Frau in der Kittelschürze nickte auf eine Art, die geradezu hoheitsvoll erschien. Als wäre es unter ihrer Würde, für die Auskunft Dank anzunehmen.

»Constanze von Carlowitz«, murmelte Sabrina, als sie wieder im Auto saßen. »Was für ein Name! Bin schon gespannt auf die Eltern. Die müssten zwischen siebzig und achtzig sein.«

»Hoffentlich treffen wir Franziska Fabricius wirklich bei ihnen an.« Sven startete den Motor und ließ den Wagen anrollen. »Sonst sind wir schon wieder in einer Sackgasse.«

*

Die Villa am Gehrenring lag etwas versteckt hinter Büschen und unter alten Bäumen mit ausladenden Ästen. Zum Eingang führte ein breiter Kiesweg, der mit Dahlien gesäumt war, deren Blüten in der herbstlichen Nachmittagssonne farbenfroh leuchteten. Mit ockerfarbenen Wänden und weiß abgesetzten Umrandungen der Fenster und Türen wirkte das Haus wie ein mediterranes Bauwerk, das gesamte Anwesen schien von südländischen Vorbildern inspiriert.

»Für so was brauchst du einen Gärtner«, stellte Sven fest. »Und einen Hausmeister. Wahrscheinlich haben die einen alten Jaguar Mark-Zwei in der Garage und beschäftigen einen Chauffeur.«

»Und eine Haushälterin«, ergänzte Sabrina und deutete auf die Fensterfront. »Das sind mindestens sieben Zimmer.«

»Jedenfalls sind wir hier richtig. Constantin von Carlowitz.« Sven drückte auf einen altmodischen Knopf unter dem Messingschild. Statt des erwarteten Westminster-Gongs ertönte im Inneren des Hauses eine schrille Klingel.

Wenig später erschien eine auffallend schlanke ältere Dame in einem schwarzen Kleid, zu dem sie farblich passende Pumps und einen cremefarbenen Schal trug. Sabrina schätzte sie auf knapp achtzig. Sie hielt sich sehr aufrecht und fixierte die Besucher aufmerksam, aber mit ausdrucksloser Miene. »Ja bitte?«

»Guten Tag. – Frau von Carlowitz, nehme ich an.« Sven zeigte seinen Ausweis. »Kriminaloberkommissar Petersson, das ist meine Kollegin Lorenz. Wir würden gern mit Frau Fabricius sprechen.«

»Franziska Fabricius«, ergänzte Sabrina. »Ihre Enkelin.«

Irritiert wanderte der Blick der alten Dame zwischen Sabrina und Sven hin und her. »Franziska studiert in Essen.«

Sven setzte ein gewinnendes Lächeln auf. »Das wissen wir, gnädige Frau. Aber da sie sich zurzeit hier bei Ihnen aufhält, müssen wir Sie leider behelligen.«

»Woher …« Sie unterbrach sich. »Einen Augenblick bitte.« Mit einer eleganten Drehung wandte sie den Beamten den Rücken zu und verschwand in der Dämmerung des Flures. »Constantin«, hörten sie die alte Dame rufen. »Kommst du bitte mal?«

Wenig später erschien der Hausherr. Er ging gebeugt, bewegte sich langsam und zog ein Bein etwas nach. Auch er mochte an die achtzig sein. Zur dunklen Hose trug er ein in Brauntönen kariertes Sakko. »Was können wir für Sie tun?«

Sven zeigte erneut seinen Ausweis vor und wiederholte die Bitte, mit Franziska Fabricius sprechen zu können. Der alte Herr studierte das Dokument gründlich. Schließlich gab er es zurück und ließ sich auch von Sabrina den Ausweis zeigen. »Warten Sie einen Moment«, sagte er dann und verschwand im Inneren des Hauses. Es dauerte einige Minuten, bis er zurückkehrte. »Bitte entschuldigen Sie. *Wir müssen vorsichtig sein.* Deshalb habe ich mich erst vergewissert. Treten Sie ein!«

Er führte sie in einen Raum, dessen Wände vom Fußboden bis zur Decke mit Büchern bedeckt waren, und deutete auf eine Sitzgruppe aus alten Ledermöbeln. »Bitte nehmen Sie Platz! Ich werde meine Enkelin über Ihren Besuch informieren.«

Sabrina sah sich staunend um. »Ob der die alle gelesen hat?« Sie ließ sich in einem der Sessel nieder und sah ihren Kollegen an. »Was hat er wohl mit *vergewissert* gemeint?«

»Keine Ahnung.« Sven zuckte mit den Schultern und setzte sich ebenfalls. In dem Augenblick kehrte Constantin von Carlowitz zurück. »Behalten Sie bitte Platz! Meine Enkelin kommt gleich.«

»Entschuldigen Sie«, sagte Sabrina, »was haben Sie vorhin gemeint, als sie sagten, Sie hätten sich erst *vergewissert*?«

Von Carlowitz lächelte. »Um sicherzugehen, dass Sie wirklich von der Polizei sind, habe ich einen jungen Kollegen angerufen. Einen *ehemaligen* Kollegen natürlich. Ich war bis neunundneunzig in der Göttinger Justiz tätig. Von daher kenne ich noch den ein oder anderen jungen Staatsanwalt. Na ja, ganz jung sind die inzwischen auch nicht mehr. Aber er hat mir bestätigt, dass Sie in seinem Auftrag ermitteln.« Er wandte sich um, als sich auf dem Flur Schritte näherten. »Ah, da ist ja meine Enkelin schon. Franziska, das sind die Herrschaften von der Kriminalpolizei. Ich lasse euch jetzt allein.«

Franziska Fabricius trug Jeans und einen bequemen Pullover. Sie war ungeschminkt und wirkte mit ihren kurzen Haaren fast wie ein Junge. Vorsichtig setzte sie sich auf die Kante eines Sessels. »Gibt es noch Fragen wegen Lennart?«

»So ist es«, bestätigte Sven. »Aber vorher interessiert uns noch eine andere Frage. Ihr Großvater wirkte sehr besorgt um Sie. Ist der Eindruck richtig?«

»Opa ist immer besorgt.« Franziska lächelte. »Um mich vielleicht etwas mehr als um andere.«

»Gibt es dafür einen konkreten Grund?«

»Sie meinen im Zusammenhang mit Lennarts Tod?«

»In welchem Zusammenhang auch immer, Frau Fabricius. Wir fragen uns, warum Sie nicht bei Ihrer Mutter sind. Man könnte auf den Gedanken kommen, Sie verstecken sich hier bei Ihren Großeltern.«

»Ich bin bei meiner Mutter«, erklärte Franziska rasch. »Sie ist ebenfalls hier. Bei ihren Eltern.«

Verblüfft sahen Sven und Sabrina sich an. »Man sagte uns, Ihre Mutter sei in der Schweiz.«

»Das war die Idee meines Vaters. Er wollte sie möglichst weit weg … in Sicherheit, ich meine, sie wollte ohnehin ihre Schwester in Luzern besuchen. Mein Vater meinte, es wäre gut, wenn sie etwas Abstand bekäme. Aber sie wollte nicht. Dann hat er vorgeschlagen, dass wir uns bis auf Weiteres hier … aufhalten. Freunden und Bekannten und allen, die nach ihr fragten, sollten wir sagen, dass sie in Luzern bei ihrer Schwester sei. Soll ich sie holen? Sie ist oben.«

»Danke!« Sven winkte ab. »Vielleicht später. Können Sie uns dieses … Versteckspiel erklären?«

Franziska nickte. »Weil mein Bruder getötet wurde, hatte mein Vater Angst um uns. Das ist doch verständlich. Oder?«

»Gibt es einen konkreten Anlass für diese Befürchtung?«

Zögernd wanderte Franziskas Blick zwischen Sven und Sabrina hin und her. »Ich weiß nicht …«

»Was wissen Sie nicht?«

Erneut zögerte die junge Frau. »Mag sein, dass mein Vater Gefahren sieht, die ich nicht sehe. Aber er hat uns nichts Genaues gesagt.«

»Belassen wir es vorerst dabei.« Sven notierte ein paar Stichworte auf seinem Notizblock. »Kommen wir zu Ihrem Bruder. Wie war Ihr Verhältnis zu ihm?«

»Gut.« Franziska hob die Schultern. »Was soll ich sagen? Wir haben uns immer gut verstanden. In letzter Zeit gab es allerdings weniger Kontakt. Ich war in Essen, und Lennart war mit Typen zusammen, die mir nicht gefallen haben. Außerdem hat er gekifft. Dadurch ist es schwieriger geworden, sich vernünftig mit ihm zu unterhalten.«

»Wann haben Sie zuletzt mit ihm gesprochen?«, fragte Sabrina.

»Am Tag vor ... seinem Tod. Er hat mich vom Bahnhof abgeholt.«

»Hatte Ihr Besuch in Göttingen einen besonderen Grund?«

»Mein Vater wollte mich sprechen. Wegen eines Auslandsaufenthaltes. Er hat mir einen Studienplatz in den USA besorgt. Ich sollte so schnell wie möglich ...« Sie brach ab und presste die Lippen aufeinander. Sven tat so, als habe er es nicht bemerkt.

»Welchen Eindruck hat Ihr Bruder auf Sie gemacht? Fühlte er sich bedroht?«

»Nein.« Franziska schüttelte den Kopf. »Er war sogar recht guter Dinge.«

»Haben Sie eine Erklärung für seinen Tod?«, schaltete sich Sven wieder ein. »Ich meine, für die Art der Tötung – mittels einer Heroinspritze?«

Franziskas Augen füllten sich mit Tränen. Sie presste erneut die Lippen aufeinander und schüttelte stumm den Kopf.

»Im Augenblick wäre das alles, Frau Fabricius. Wir möchten Sie nur noch bitten, sich in den nächsten Tagen zu unserer Verfügung zu halten und für uns erreichbar zu sein.« Sven erhob sich. »Wenn wir nun noch kurz mit Ihrer Mutter sprechen könnten ...«

»Behalten Sie Platz!«, Franziskas Stimme war belegt. »Ich hole sie.«

»Die verschweigt uns was«, entfuhr es Sabrina, nachdem Franziska Fabricius den Raum verlassen hatte.

»Das Gefühl habe ich auch«, bestätigte Sven. »Genau wie ihr Vater. Bei allem Verständnis für die emotionale Ausnahmesituation, in der sich die Familie befindet, kommt mir der Versuch, Frau und Tochter möglichst schnell möglichst weit wegzuschicken, etwas seltsam vor. Keine der Frauen hat etwas mit der Göttinger Drogenszene zu tun. Lennarts Tod dagegen allem Anschein nach schon.«

»Und wenn der Schein trügt?«, fragte Sabrina. »Wenn jemand den Drogenkonsum des Sohnes benutzt hat, um genau diesen Eindruck zu erwecken? Wenn jemand die Familie bedroht hat, um den Professor zu erpressen? Dann bekäme sein Verhalten und das seiner Tochter einen Sinn.«

Sven verzog das Gesicht. »Ein bisschen weit hergeholt, findest du nicht? Aber sicherheitshalber sollten wir die Vermögensverhältnisse der Familie überprüfen lassen. Um zu sehen, ob es da etwas zu holen gibt. Außerdem sollten wir ...« Er unterbrach sich, als sich auf dem Flur Schritte näherten.

Im nächsten Augenblick stand Constanze Fabricius in der Tür.

*

Ein Luftzug hatte Anna die Richtung angegeben. Ohne länger auf die Tritte und Stimmen ihrer Verfolger zu achten, war sie losgerannt. Da sie in Nikolausberg regelmäßig joggte, war sie gut trainiert; mit anderen Schuhen und anderer Kleidung wäre sie allerdings schneller gewesen. Der junge Filipino hatte keine Mühe, ihr zu folgen. Sie stellte sich vor, dass irgendwo vor ihnen eine Außentür geöffnet worden war, vielleicht sogar ein großes Tor, vor dem ein Lastwagen zum Entladen gehalten hatte.

Während sie durch die Gänge rannten, warf Anna hin und wieder einen Blick über die Schulter, noch schien niemand sie zu verfolgen. Weder Rufe noch das Geräusch schwerer Schuhe war zu hören, so dass sie innerlich frohlockte.

Schließlich kam die Öffnung in Sicht. Es war kein Tor, nur eine Stahltür. Doch sie war geöffnet und ließ ein Stück vom Himmel sehen. Sie stieß Danilo in die Seite und deutete nach vorn. Der Junge lächelte und nickte. Anna atmete inzwischen recht heftig. Während sie nicht auf den richtigen Rhythmus geachtet und das Tempo nicht bewusst gesteuert hatte, schien ihm das schnelle Laufen nichts auszumachen.

»Endspurt«, keuchte sie, und legte noch einmal an Geschwindigkeit zu. Plötzlich bewegten sich Personen vor ihnen. Ein Mann im grauen Kittel, ein anderer in Freizeitkleidung. Sie trugen Pakete von draußen nach drinnen und legten sie auf einem gummibereiften Wagen ab. Anna stoppte und gab Danilo Zeichen, sich still zu verhalten. Sie griff nach seiner Hand und zog ihn zur Seite. Hinter einer Regalwand verharrten sie zunächst ruhig, dann schob sie vorsichtig den Kopf aus dem Schatten des Regals, bis sie die Männer im Blick hatte. Sie schienen ihre Arbeit unterbrochen oder beendet zu haben, standen draußen vor der Tür und rauchten.

Anna erwog ihre Chancen. Sobald alle Pakete verstaut waren, würde der Fahrer des Lkw verschwinden und der Mann im grauen Kittel die Tür wieder verschließen. Dann wäre der Fluchtweg mit Gewissheit versperrt. Wenn sie sich mit Danilo im Schlepptau den Männern näherte, würden die vielleicht Alarm schlagen. Deshalb zögerte sie. In dem Augenblick vernahm sie Stimmen und Rufe aus den Tiefen der Kellergänge. Das gab den Ausschlag. »Komm, Danilo!« Sie packte seine Hand und rannte los.

In der Türöffnung stoppte sie. Die rauchenden Männer hatten sich in Richtung Hubschrauberlandeplatz entfernt, standen breitbeinig auf dem Weg, beobachteten den aus Richtung Autobahn zurückfliegenden Christoph 44 und wandten Anna den Rücken zu. Sie sah sich um. Vor der Tür stand kein Lastwagen, sondern einer dieser Kleintransporter, die ihr auf der Autobahn schon öfter durch rücksichtslose Raserei aufgefallen waren. Sprinter, Master, Jumper oder wie die Dinger hießen. Sämtliche Türen standen offen. Auf der Fahrerseite baumelte ein Schlüsselbund unter dem Lenkrad. Personen waren nicht zu sehen. Aber ihre Verfolger kamen unaufhaltsam näher. Würde sie es mit Danilo bis zum Parkplatz schaffen? Vielleicht. Aber um mit ihrem Auto wegfahren zu können, hätte sie zuvor ihren Parkschein zahlen müssen. Wo sollte sie hin? Der zunehmende Lärm des Hubschraubers brachte sie auf die Lösung.

Sie verharrte noch einige Sekunden. Als Christoph 44 einschwebte und sein ohrenbetäubendes Geknatter alle anderen Geräusche überdeckte, ließ Anna die Stahltür hinter sich ins Schloss fallen. Dann schob sie Danilo zum Fahrzeug, klappte die Hecktür des Transporters zu und setzte sich selbst hinters Steuer. Der Junge verstand sie auch ohne Worte und kletterte auf den Beifahrersitz. Anna startete. Die Männer drehten sich nicht einmal um. Selbst als sie knirschend einen Gang einlegte und der Lieferwagen mit aufheulendem Motor einen Sprung nach vorn machte, zeigten sie keine Reaktion. Sie hatte die Kupplung zu schnell kommen lassen und den Motor abgewürgt. Mit zusammengebissenen Zähnen drehte sie erneut den Zündschlüssel. Gleichzeitig sah sie im Rückspiegel, wie der bärtige Wachmann aus der Kellertür trat. Hinter ihm drängten weitere Männer nach draußen. Hektisch sahen sie sich um. Dann deutete einer in ihre Richtung und rannte los. In dem Augenblick sprang der Motor an, Anna ließ vorsichtig die Kupplung kommen und gab Gas.

Der Lieferwagen setzte sich in Bewegung. Plötzlich drehte sich der Fahrer um, ließ seine Zigarette fallen und rannte ebenfalls in ihre Richtung. Anna beschleunigte den Transporter. Er ließ sich unerwartet leicht lenken, nur die Ausmaße waren ungewohnt. Zum Glück war die Fahrbahn breit genug, so dass Anna ihr ohne weitere Probleme folgen konnte. Noch waren die Läufer zu schnell, um ihnen entkommen zu können, denn Anna musste das Fahrzeug durch eine scharfe Linkskurve bringen. Der Fahrer rannte über den Rasen und schnitt ihr den Weg gab. Doch als er seinen Wagen erreichte, war es zu spät. Anna hatte die Biegung hinter sich gelassen, schaltete in den zweiten Gang und beschleunigte. Der Mann schlug noch mit der Faust gegen die Karosserie, aber dann blieb er zurück. Danilo klatschte begeistert in die Hände.

*

Die Vernehmung von Constanze Fabricius hatte keine neuen Erkenntnisse gebracht. Auf dem Rückweg zur Dienststelle waren

Sven und Sabrina sich einig, dass die Frau nicht die geringste Vorstellung davon hatte, wer aus welchen Gründen ihren Sohn umgebracht haben könnte. Bei Franziska lagen die Dinge anders. »Die ist ein Fall für Alexa«, schlug Sabrina vor.

Sven stimmte widerwillig zu. »Wahrscheinlich hast du Recht.« Was er über effektive Vernehmungen gelernt hatte, stammte von Hauptkommissarin Engel, die er immer wieder mit einer Mischung aus Respekt und Bewunderung beobachtet hatte. Wie selbstverständlich sie mit einem Zeugen oder Beschuldigten das Gespräch begann und sich in mitfühlendem Tonfall nach dessen Befinden erkundigte. Sie würdigte die schwierige Situation des Betroffenen und vergewisserte sich seiner Bereitschaft, mit ihr zu reden, ohne den Vernehmungscharakter allzu deutlich werden zu lassen. Ihm gelang das eher selten. Vielleicht waren Frauen besser darin, sich in andere Menschen einzufühlen und deren verborgenem Wissen auf die Spur zu kommen. Sie würde wahrscheinlich erfolgreicher sein als er. »Franziska Fabricius ist eine kluge Frau, aber gegen Engelchen kommt sie nicht an.«

»Genau«, bestätigte Sabrina. »Und ich bin gespannt, was sie der Tochter entlockt. An einer Stelle hatte ich das Gefühl, dass sie lügt. Ihr Vater muss ihr eine Erklärung gegeben haben, warum er sie plötzlich in die USA schicken wollte. So ein Auslandsjahr fällt nicht vom Himmel und beginnt nicht mitten im Semester.«

Sven nickte. »Für die Idee, seine Frau in die Schweiz reisen zu lassen, dürfte er denselben Grund gehabt haben. Wenn deine These von der Erpressung richtig ist, könnte jemand seine Familie bedroht haben. Deshalb war auch der Großvater so misstrauisch. Was hat er gesagt? Wir müssen vorsichtig sein. Irgendwas muss ihm sein Schwiegersohn erzählt haben.«

»Trotzdem ist das alles nicht wirklich einleuchtend«, wandte Sabrina ein. »Erpressung und Bedrohung passen zusammen. Aber Mord?«

»Vielleicht war es gar kein Mord«, überlegte Sven. »Vielleicht wollte der Täter Lennart nicht umbringen, sondern zeigen, dass er in der Lage wäre, jemanden aus der Familie Fabricius zu töten. Vielleicht hat er das Heroin nur falsch dosiert.«

Sabrina schüttelte den Kopf. »Zu viele *Vielleicht*. Wir müssen diesen Janosch Brodsky auftreiben. Wie weit ist eigentlich deine Personenabfrage gediehen?«

»Vorhin gab's noch keine Ergebnisse. Aber inzwischen könnte etwas vorliegen. Wenn der Name falsch ist, nutzen uns die Datenbanken allerdings auch nichts. Da könnten uns nicht einmal BND oder NSA helfen.«

*

Anna war nach rechts in die Zimmermannstraße eingebogen und dann gleich wieder nach links in Richtung B 27. Automatisch hatte sie den Weg nach Nikolausberg eingeschlagen. Aber dann wurde ihr bewusst, dass sie den Lieferwagen möglichst schnell loswerden und ihren Twingo vom Parkplatz des Klinikums holen musste. Kurz entschlossen fuhr sie auf das Gelände des Weender Krankenhauses, um hier den Sprinter abzustellen. Sie zog einen Parkschein, die Schranke öffnete sich. Anna umrundete einige Gebäude und rangierte den Lieferwagen erfolgreich in einer Reihe ähnlicher Fahrzeuge. Offenbar waren hier gerade Handwerker beschäftigt.

Zufrieden verließ sie den Wagen und winkte Danilo zu sich. »Du musst hier warten«, erklärte sie ihm auf Englisch. »Ich hole mein Auto und komme wieder hierher.« Sie sah sich um. In dieser Umgebung konnte ein dunkelhäutiger Junge auffallen. Sie erinnerte sich an ihren Aufenthalt in der Unfallchirurgie vor einigen Jahren. Damals hatte sie sich wenige Tage vor der geplanten Urlaubsreise einen Fuß und eine Hand gebrochen. In dem Gebäude gab es mehrere Wartezimmer. Ein idealer Ort, sich zu verstecken, ohne aufzufallen. »Komm!« Mit dem Filipino an der Hand eilte sie zum Haus 4 und setzte ihn in das erstbeste Wartezimmer zwischen ein halbes Dutzend Patienten. Sie deutete auf ihre Uhr und spreizte die Finger beider Hände. »Ten minutes!« Danilo nickte.

Dann eilte sie hinaus und machte sich auf den Weg. Unterwegs rief sie Tom Heinzelmann an, entschuldigte sich für ihr Fehlen, erklärte kurz und unvollständig, warum sie verhindert war, und kündigte an, so schnell wie möglich in die Redaktion zu kommen. Als sie sich dem Parkplatz des Klinikums näherte, bemerkte sie zwei Männer in uniformähnlicher schwarzer Kleidung, die suchend zwischen den Autos herumstrichen.

13

Die Internetrecherche hatte fünf Millionen Einträge mit *Brodsky* ergeben, aber nur eine Handvoll in deutscher Sprache. Davon war jedoch keiner brauchbar. *Janosch* war siebenhunderttausend Mal gefunden worden, in fast allen Fällen handelte es sich um den Kinderbuchautor. Sven erinnerte sich an die schwarz-gelb gestreifte Tigerente und verschiedene Bilderbücher, die er als Kind geliebt hatte.

INPOL, POLAS, Nivadis und das Ausländerzentralregister hatten Namen in verschiedenen Versionen gelistet. Ein Janosch Brodsky aus Hannover war als gewalttätiger Hooligan mehrfach festgenommen und wegen schwerer Körperverletzung verurteilt worden. Er saß derzeit in der JVA Rosdorf. Zwei andere Männer mittleren Alters mit diesem Namen waren ebenfalls aktenkundig. Einer wurde wegen des Diebstahls von Luxuslimousinen, die er nach Polen verschoben hatte, gesucht, ein anderer saß wegen Einbruchs in Bayern ein. Varianten wie Bronsky, Brodsinsky oder Borodsky ließ Sven unbeachtet. Schließlich hatte die Sekretärin von Professor Fabricius sich den Namen buchstabieren lassen.

Interessant erschien Sven ein Nivadis-Eintrag mit dem Namen Janusz Brodsky, alias Frank Rottmann. Sven dankte innerlich den Programmierern, die dafür gesorgt hatten, dass ähnlich geschriebene Namen und Vornamen ebenfalls gelistet wurden. Der Mann war vor gut zehn Jahren im Zusammenhang mit der Aushebung eines Mädchenhändlerrings in Hannover festgenommen worden. Mitglieder der kriminellen Organisation hatten junge Frauen aus

Osteuropa für Bordelle in Hamburg und Hannover, Braunschweig und Osnabrück rekrutiert. Im Gegensatz zu seinen Kumpanen hatte man Rottmann die Beteiligung am Menschenhandel nicht nachweisen können. Deshalb war er nicht angeklagt und alle weiteren personenbezogenen Daten gelöscht worden. Also gab es auch kein Foto. Mit wenig Hoffnung auf Erfolg gab Sven den Alias-Namen bei Google ein. Die Suchmaschine zeigte dreihundertfünfzig Ergebnisse. Seufzend machte er sich daran, alle Eintragungen durchzusehen. Doch nicht eine ließ den leisesten Verdacht zu, es mit einem auch nur halbseidenen Zeitgenossen zu tun zu haben. Enttäuscht schaltete Sven den Computer aus. Wenn dieser Rottmann mit dem Brodsky identisch war, der bei Fabricius aufgetaucht war, führte nur ein Weg zu ihm: über den Professor. Es wurde Zeit, dem Vater des Toten ein bisschen intensiver auf den Zahn zu fühlen. Fingerspitzengefühl hin oder her. Er verließ sein Büro, um Hauptkommissarin Engel über das Ergebnis der Recherche zu informieren.

*

Anna behielt die schwarz gekleideten Männer im Auge. Sie wanderten durch die Reihen der geparkten Autos und schauten aufmerksam in alle Richtungen. Hin und wieder riefen sie einander für Anna unverständliche Worte zu. Schließlich zogen sie sich zum Eingang zurück, warfen noch einmal Blicke über den Platz und verschwanden im Inneren des Klinikums.

Sie hastete zum Eingang, steckte den Parkschein in den Automaten, zahlte und rannte zu ihrem Auto. Kurz darauf rollte der Twingo vom Parkplatz. Sie gab Gas und erreichte wenig später das Weender Krankenhaus. Vor dem Haus 4 stellte sie den Wagen ab und eilte ins Gebäude.

Erst als sie mit Danilo wieder im Auto saß und das Gelände verließ, wurde ihr klar, dass sie sich noch keine Gedanken darüber gemacht hatte, wohin sie mit dem Jungen fahren wollte. Sollte sie ihn mit in die Redaktion nehmen? Gelegentlich hatte schon mal eine Kollegin ihr Kind mitgebracht. Aber das war natürlich etwas ganz anderes. Wie sollte sie erklären, weshalb sie mit diesem jungen Mann erschien, einem hübschen Ausländer mit einer Haut wie Milchschokolade. Dafür war sie ihrer Sache noch nicht sicher genug. Sie konnte ihn nach Nikolausberg in ihre Wohnung bringen, damit er dort auf sie wartete. Aber so richtig gefiel ihr der Gedanke nicht. Wenn es ihm zu langweilig würde, könnte Danilo die Wohnung verlassen und draußen herumspazieren. Sie sah auf die Uhr. Inzwischen war es Mittagszeit. Wahrscheinlich hatte Ingo gerade keinen Unterricht. Sie würde den Jungen bei ihm abliefern! An seinem Gymnasium gab es zahlreiche Ausländer. Danilo würde nicht auffallen und könnte Ingo in den Unterricht begleiten. Bis zum Abend konnte er bei ihm bleiben. Vielleicht sogar für einige Tage.

Zwanzig Minuten später stand sie mit Danilo im Oberstufenbüro der Schule. Ingo begrüßte den Filipino herzlich, blieb aber skeptisch, nachdem Anna ihm von ihrem Abenteuer im Klinikum berichtet hatte. »Streng genommen hast du den Jungen entführt. Bist du sicher, dass du dir damit keine Probleme aufhalst?«

»Entführt?« Entgeistert schüttelte Anna den Kopf. Unbeabsichtigt wurde sie laut. »Ich habe ihn vor dem Skalpell gerettet. Die hätten ihm … das Herz … Die hätten ihn *umgebracht*, Ingo! Schlimm genug, dass in Deutschland ein Handel mit Organen möglich ist. Aber was die geplant haben, ist nichts anderes als … Mord.«

»Das kann du erst behaupten, wenn du Beweise hast, Anna.« Ingo blieb ruhig. »Anderenfalls musst du mit Verleumdungsklagen rechnen.«

»Ich werde es beweisen«, erwiderte Anna trotzig. »Aber erst mal muss Danilo untergebracht werden. Und zwar so, dass ihn die Organmafia nicht findet. Also am besten zwischen lauter anderen jungen Leuten. Kann er nicht für ein paar Tage euer Schüler sein? Er spricht Englisch und Spanisch.«

»Also gut. Wir versuchen es. Fürs Erste nehme ich das auf meine Kappe.« Ingo lächelte Danilo aufmunternd zu. »Mit Englisch und Spanisch hätten wir schon mal zwei Fächer, in denen er dem Unterricht halbwegs folgen kann. Vielleicht auch im zweisprachigen Unterricht. Naturwissenschaften auf Englisch zum Beispiel.«

Anna fiel ihrem Freund um den Hals und küsste ihn auf die Wange. »Du bist ein Schatz.«

Sie wandte sich Danilo zu und deutete auf Ingo. »Das ist mein Freund«, sagte sie auf Englisch. »Du bleibst hier und gehst mit anderen Jungen und Mädchen in den Unterricht. Heute Abend sehen wir uns wieder. Okay?«

Danilo nickte.

»Dann soll er sicher auch bei mir übernachten«, vermutete Ingo.

»Ich kann ihn auch mit zu mir …«

»Kommt nicht infrage.« Ingo grinste. »Du hast keinen Platz. Und mit einem so hübschen Jungen über Nacht in einem Bett – das scheint mir doch etwas riskant.«

Anna spürte, wie sie errötete. »Wenn es dir nichts ausmacht, ihn bei dir schlafen zu lassen? Er braucht auch noch etwas zum Anziehen.«

Ingo nickte. »Das findet sich.«

*

Nach der erfolglosen Suchaktion hatte Brodsky seine Männer abgezogen und weggeschickt. Dabei hatte er ihnen etwas aufgetragen oder eingeschärft, jedenfalls mit gesenkter Stimme und in nachdrücklichem Ton auf sie eingeredet. Worum es dabei ging, hatte Fabricius nicht verstanden.

Eine halbe Stunde später saß Brodsky in einem der Besuchersessel, hatte die Beine übergeschlagen und lehnte sich entspannt zurück. »Das Verschwinden des Jungen ist bedauerlich, aber im Augenblick wohl unabänderlich.« Brodsky sprach leise. Akzentuiert, aber sehr leise.

Fabricius war der Tonfall nicht geheuer. Mit lautem, wütendem Geschrei hatte er gerechnet, sich auf Drohungen und Beleidigungen eingestellt. Stattdessen redete Brodsky wie ein Psychotherapeut mit seinem Patienten. »Nun gibt es zwei Möglichkeiten«, fuhr der Besucher fort. »Wir finden den entflohenen Filipino wieder, oder Sie nehmen den anderen Jungen. Die Operation muss nicht heute und morgen stattfinden. Ich werde mit der Familie sprechen. Aber innerhalb eines überschaubaren Zeitraums.« Er warf einen Blick auf seine Armbanduhr. »Sagen wir: 72 Stunden. In der Zwischenzeit kümmere ich mich um den flüchtigen Knaben. Sollte er unauffindbar bleiben, werden Sie die Operation trotzdem durchführen.«

Fabricius schüttelte den Kopf. »Das geht nicht. Drei Tage sind zu wenig. Der Patient braucht mindestens drei Wochen, bis er wieder operiert werden kann. Es handelt sich um schwerwiegende Eingriffe. Aus medizinischer Sicht ...«

»... kann es dem Empfänger egal sein, von wem das Spenderorgan stammt«, unterbrach Brodsky ihn. »Wo ein Wille ist, ist auch ein Weg, verehrter Herr Professor. Und für den Fall, dass es am notwendigen Willen mangeln sollte, habe ich Vorkehrungen getroffen. Ich bin sicher, Sie werden das Problem zur allseitigen Zufriedenheit lösen.«

»Vorkehrungen?« Fabricius befiel eine dunkle Ahnung. »Was meinen Sie mit Vorkehrungen?«

Brodsky breitete die Arme aus. »Unsere Organisation lebt vom Erfolg. Den setzen wir ungern aufs Spiel. Also sorgen wir für einen reibungslosen Ablauf. Das kann in Einzelfällen, wenn es zu störenden Ereignissen kommt, persönliche Unannehmlichkeiten mit sich bringen. Seien Sie versichert, dass wir dabei so rücksichtsvoll wie möglich vorgehen.«

Fabricius spürte, wie sich die Wut in ihm zusammenballte. Am liebsten hätte er sich auf den Besucher gestürzt, ihn an der Gurgel gepackt und zugedrückt. Er unterdrückte den Impuls. »Sie sind ein Ungeheuer«, stieß er stattdessen hervor. »Ich werde ...« Er brach ab, als ihm bewusst wurde, wie wenige Möglichkeiten er hatte. Er steckte bereits zu tief drin. Wenn er Brodsky den Ermittlungsbehörden auslieferte, würde die illegale Nierentransplantation bekannt werden. Das wäre das Ende seiner Karriere und seiner gesellschaftlichen Stellung. Seine Hand zuckte zum Telefon. Er musste Franziska warnen. Und Constanze. Und ihre Eltern.

Mit einem süffisanten Lächeln erhob sich Brodsky. »Ich sehe, Sie haben mich verstanden. Und jetzt möchte ich Sie nicht länger behelligen. Sie wollen sicher Ihre Familie anrufen.«

In der Tür drehte er sich noch einmal um. »Einer Ihrer Pfleger, der nebenbei in unseren Diensten steht, hat mich wissen lassen, dass er die Person erkannt hat, die für das Verschwinden des Jungen verantwortlich sein dürfte. Eine junge Frau, die offenbar nicht hier arbeitet. Er hat sie zuvor in der Cafeteria gesehen. Er wird mich informieren, wenn sie wieder auftaucht! Guten Tag, Herr Professor.«

*

»Schon wieder die Polizei«, stellte Constantin von Carlowitz fest, nachdem er durch den Türspion gesehen hatte. »Diesmal zwei Beamte in Uniform.«

»Was mögen die noch wollen?«, fragte seine Frau, die ebenfalls zur Haustür geeilt war. »Noch mal mit Franziska reden?«

»Wahrscheinlich«, vermutete der alte Herr, entriegelte die Einbruchsperre der Haustür und öffnete.

»Guten Tag, meine Herren. Was können wir für Sie tun?«

»Wir würden gern Franziska Fabricius sprechen«, antwortete einer der Beamten. »Es geht um den Tod ihres Bruders.«

»Die Kripo war schon hier«, entgegnete von Carlowitz. »Was wollen Sie denn noch?«

Die Uniformierten sahen sich an. »Es gibt noch ein paar Details zu klären«, antwortete einer von ihnen. »Zum zeitlichen Ablauf«, ergänzte der andere. »Das haben die beiden Kommissare vergessen.«

»Vergessen? Das erscheint mir seltsam. Außerdem waren es nicht zwei Kommissare, es war eine Frau dabei.« In Constantin von Carlowitz keimte Misstrauen. »Bitte zeigen Sie mir Ihre Dienstausweise! Beide.«

Einer der Männer griff in seine Uniformjacke und zog eine Pistole hervor. Gleichzeitig trat der andere gegen die Tür, so dass von Carlowitz rückwärts taumelte. Seine Frau stieß einen Schrei aus.

Im nächsten Augenblick waren die falschen Polizisten im Flur. Sie stießen die Haustür ins Schloss, packten den alten Mann und seine Frau, umklammerten sie von hinten am Hals. Einer hielt Constantin von Carlowitz die Waffe an die Schläfe, trat ihm in die Kniekehlen und warf ihn zu Boden. Blitzschnell fesselte er seine Handgelenke mit einem Kabelbinder auf dem Rücken. Elisabeth von Carlowitz stieß einen Schrei aus, der jedoch sofort erstickt wurde, indem der Mann hinter ihr seine Hand auf ihren Mund presste. Mithilfe seines Kumpans warf er auch sie auf den Boden und fesselte ihre Hände. Zusätzlich stopfte er ihr einen Lappen in den Mund.

Franziska war aufgeschreckt, als sie von unten einen Schrei gehört hatte. Sie griff automatisch nach ihrem Smartphone, lauschte einen Moment, legte schließlich das Buch aus der Hand, in dem sie gelesen hatte, und schlich aus dem Zimmer. Vorsichtig näherte sie sich der Treppe, um einen Blick in den Flur im Erdgeschoss zu werfen.

Stöhnte dort jemand? Sie beugte sich über das Geländer. In der nächsten Sekunde erschienen am Fuß der Treppe zwei dunkle Gestalten. Einer deutete auf sie, im selben Augenblick setzte sich beide in Bewegung und polterten die Stufen hinauf. Instinktiv wich Franziska zurück. Die Männer trugen schwarze Uniformen. Waren das Polizisten? Wohl kaum. Polizeibeamte würden sich anders verhalten. Angst und Entsetzen machten sich in ihr breit. Ohne nachzudenken, rannte sie los. Zur Treppe ins Dachgeschoss. Dort kannte sie sich aus. Als Kind hatte sie viel Zeit bei den Großeltern verbracht und alle Räume, Ecken und Nischen erkundet. Und sich gelegentlich dort versteckt. In einem der Zimmer gab es eine Tapetentür, hinter der sich eine kleine Abstellkammer verbarg. Darin lagerten ihre Großeltern Koffer und Reisetaschen. Wenn sie es schaffte, dort hineinzukriechen, war sie vielleicht vor den Verfolgern sicher.

Sie hastete die Stufen hinauf, stürzte in das Zimmer, schob rasch einen Nachttisch zur Seite, stieß die Tapetentür auf, schlüpfte durch die Öffnung und drückte die Tür von innen zu. Sie keuchte und musste sich zwingen, langsam und gleichmäßig Luft zu holen. Kaum hatte sie ihren Atem halbwegs beruhigt, hörte sie Stimmen und Schritte, die rasch näher kamen. Die Männer hatten das Zimmer erreicht, rissen Schranktüren auf und traten gegen Stühle und Sessel. Franziska betete, dass sie den kaum sichtbaren Schlitz rund um die Tapetentür nicht bemerkten. Für einen Moment hielten sie inne, als unten im Haus das Telefon zu läuten begann. Niemand nahm ab. Ihre Mutter war auf dem Weg zum Schneider. Wegen der Trauerkleidung, aber Großmutter Elisabeth und Opa Carl mussten im Haus sein. Was hatten die Männer ihnen angetan? Als das Klingeln erstarb, entfernten sich ihre Schritte. Franziska atmete auf.

*

Bei seinen Schwiegereltern ging niemand ans Telefon. Beunruhigt legte Viktor Fabricius auf und wählte erneut. Diesmal nicht den Anschluss der Familie von Carlowitz, sondern die Handynummer seiner Tochter.

Als sie abnahm und sich kaum hörbar meldete, fiel ihm ein Stein vom Herzen. Dennoch war er beunruhigt. »Ist bei euch alles in Ordnung, Franziska?« Statt einer Antwort vernahm er ein Krachen und Poltern, hörte einen Aufschrei, der nach seiner Tochter klang, danach eine männliche Stimme, dann war die Leitung tot. Er wählte noch einmal, aber jetzt ertönte nur noch das Besetztzeichen.

Seine Hände zitterten, als er den Telefonhörer auflegte.

14

Anna sah auf die Uhr. Bis zur Überschriftenkonferenz war noch ausreichend Zeit, Joachim Hausmann einen Besuch abzustatten. Der ehemalige Kollege war seit einigen Jahren im Ruhestand.

Als Anna beim Tageblatt angefangen hatte, war er dienstältester Redakteur, ihm verdankte sie den größten Teil ihres Insiderwissens über die Göttinger gesellschaftlichen und politischen Verhältnisse. Niemand sonst in der Redaktion hatte derartige Detailkenntnisse aus Parteien, Verbänden und Stadtverwaltung besessen, und alles hatte er in seinem berühmten Elefantengedächtnis gespeichert. Sie hatte ihn lange nicht besucht und ein schlechtes Gewissen, weil sie nur an ihn dachte, wenn sie nicht weiterwusste. Und jetzt wusste sie nicht weiter. Danilo war fürs Erste in Sicherheit. Aber damit war es nicht getan. Sie wollte diesen Skandal aufdecken, hatte aber keine belastbaren Informationen, mit denen sie an die Öffentlichkeit gehen konnte. Markus Wille konnte sie nicht fragen, also würde sie bei Joachim Rat suchen. Seine Telefonnummer war im Smartphone gespeichert.

Hausmann schien sich über ihren Anruf zu freuen. »Wie schön, dass du dich mal wieder meldest, Anna. Habe lange nichts von dir gehört. Wie geht es dir? Bist du wieder einer großen Sache auf der Spur?«

»Hallo, Joachim, danke, mir geht es gut. Ich hoffe, dir auch. Hättest du ein bisschen Zeit für mich? Ich würde gern mal bei dir vorbeikommen. Was die große Sache betrifft, weiß ich noch nicht, ob und wie … Jedenfalls hätte ich gern deinen Rat.«

»Es wäre mir eine Freude, dich zu sehen, Anna. Wann kommst du?«

»Am besten gleich, so dass ich zur Ükon wieder in der Redaktion sein kann.«

»Tee oder Kaffee?«

»Kaffee. Danke, Joachim. Du bist ein Goldstück. Bis gleich.« Anna beendete die Verbindung und beschleunigte ihren Twingo. Die Hoffnung, mit Hilfe des pensionierten Kollegen Ordnung in ihre Gedanken und vielleicht einen Weg gezeigt zu bekommen, beflügelte sie.

*

Fabricius hatte Marion Kleinert gebeten, alle Termine abzusagen, war zu seinem Wagen gestürzt und voller Angst um seine Tochter nach Geismar gerast. Das Haus seiner Schwiegereltern sah friedlich aus, alles war wie immer. Nichts deutete darauf hin, dass hier jemand gewaltsam entführt worden sein könnte. Für einen Augenblick durchzuckte ihn die Vorstellung, dass er einer Täuschung erlegen war. Doch als Constantin von Carlowitz ihm die Tür öffnete, zerstörte dessen Blick alle Hoffnungen.

»Komm rein«, murmelte der alte Herr. »Sie haben uns überfallen. Zwei Männer in Polizeiuniform. Elisabeth und ich sind gefesselt worden. Und dann sind sie nach oben und haben Franziska geholt und mitgenommen. Wir konnten nichts machen. Die waren bewaffnet.«

In dem Augenblick spürte Fabricius die Vibration seines Mobiltelefons und zog es aus der Tasche. Ahnungsvoll meldete er sich. »Ja bitte?«

»Ihrer Tochter geschieht nichts«, sagte Brodsky. »Wir sind sehr um ihr Wohlergehen bemüht. Sobald Sie Ihren Teil der Vereinbarung erfüllt haben, bekommen Sie die junge Dame zurück. Erklären Sie das auch Ihrer Familie! Damit es nicht zu unüberlegten Handlungen kommt. Wollen Sie mit Franziska sprechen?«

»Ja«, rief Fabricius in das Handy. »Bitte!«

»Hallo, Papa.« Franziska Stimme klang mühsam beherrscht. »Mir geht es gut. Mach dir keine Sorgen! Sie behandeln mich höflich und rücksichtsvoll. Sie haben gesagt, dass ich in drei Tagen wieder frei bin. Was steckt hinter alledem, Papa? Hat es mit deiner Arbeit zu tun?«

»Das genügt.« Brodsky war wieder am Telefon. »Eine Frage noch, Professor. Sie betrifft die junge Frau, die unseren Organspender entführt hat. Einer Ihrer Pfleger war gegen ein angemessenes Honorar recht gesprächig. Sie hat zuvor einen anderen Patienten besucht. Ihr Mitarbeiter konnte uns einiges über ihn erzählen. Höchst interessant. Nur den Beruf des Mannes wusste er nicht.«

»Journalist, bei der hiesigen Tageszeitung. Göttinger Tageblatt«, antwortete Fabricius reflexartig, um sich gleich darauf darüber zu ärgern. Aber seine Gedanken waren bei seiner Tochter.

Brodsky schwieg einen Moment. »Das ist schlecht«, sagte er dann. »Ganz schlecht. Sollte die Frau, die dem Jungen zur Flucht verholfen hat, zu viel wissen, kann sie uns gefährlich werden. Aber wir werden sie aufspüren. Falls sie auch bei dieser Zeitung arbeitet, sogar sehr schnell. Wenn wir sie haben, finden wir wahrscheinlich auch den Filipino. Guten Tag, Herr Professor.«

Es knackte, und die Verbindung war beendet.

Fabricius starrte sekundenlang auf das Display seines Handys, ohne es wirklich wahrzunehmen. Vor sich sah er Franziska. Das schmale Gesicht unter der blonden Kurzhaarfrisur. Die großen ernsthaften Augen. Ihre knabenhafte Figur. Sein Kind, sein Mädchen, sein Ein und Alles.

Er steckte das Telefon ein und sah auf. Der Blick seines Schwiegervaters war ein einziges Fragezeichen. Fabricius schüttelte den Kopf. »Alles in Ordnung. Was ist mit Constanze?«

»Sie war nicht hier. Zum Glück musste sie nicht miterleben, wie Franziska ... und wie ihre Mutter und ich ... Es ging alles wahnsinnig schnell. Elisabeth haben die Kerle einen Lappen in den Mund gesteckt.«

»Wo ist sie?«

»Elisabeth? Sie ist oben. Musste sich hinlegen, nachdem ... sie ... ihr übel geworden war.«

»Soll ich nach ihr sehen?«

»Nicht nötig.« Constantin von Carlowitz trat dicht an seinen Schwiegersohn heran. »Wir müssen etwas tun, Viktor«, flüsterte er, obwohl niemand sonst in der Nähe war. »In was immer du da reingeraten bist – diese Leute schrecken offenbar vor nichts zurück. Wenn die Familie in Gefahr gerät, muss alles andere zurücktreten. Ich werde es nicht hinnehmen, dass meine Enkelin von Kriminellen misshandelt wird. Wenn du nichts unternimmst, werde ich ...«

»Nichts wirst du!« Fabricius trat einen Schritt zurück. »Wenn du die Polizei oder deine ehemaligen Kollegen in der Staatsanwaltschaft informierst, bringst du Franziska in Gefahr. Ihr wird nichts geschehen. Aber wenn wir uns nicht an die Regeln halten, kann es sie das Leben kosten. Sie haben schon Lennart ...« Er brach ab und starrte seinen Schwiegervater wütend an.

»Was ist mit Lennart?« Von Carlowitz kniff die Augenlider zusammen. »Ich denke, er hat sich … ist an einer Überdosis Rauschgift …«

»Ist er auch«, beharrte Fabricius ungeduldig. »Und jetzt will ich mit Constanze sprechen. Wo ist sie?«

»Beim Schneider«, antwortete sein Schwiegervater. »Sie muss jeden Moment wiederkommen.« Er packte Fabricius am Jackenaufschlag. »Viktor, so geht das nicht. Sag mir, was los ist! Hast du dich mit Kriminellen eingelassen? Elisabeth und ich …«

»Jetzt nicht, Carl!«, unterbrach Fabricius ihn. »Ich kann euch im Moment nichts sagen. Erst in ein paar Tagen. Dann ist es vorbei. Geduldet euch bitte solange. Niemandem geschieht etwas. Franziska nicht, und euch auch nicht. Alles wird gut. Das musst du mir glauben.«

Constantin von Carlowitz schüttelte den Kopf. »Was denkst du, was das hier heute war? Ein Freundschaftsbesuch? Zwei bewaffnete Männer haben uns überfallen und deine Tochter entführt.« Seine Stimme wurde laut. »Und du verlangst, dass wir uns gedulden? Das ist unmöglich, Viktor!«

Fabricius ahnte, dass sein Schwiegervater nicht zu überzeugen sein würde und mit seinem Eingreifen alles in Gefahr bringen konnte. »Also gut«, beschwichtigte er. »Ich erkläre es dir. Lass uns in dein Arbeitszimmer gehen!«

Sein Handy in der Jackentasche vibrierte erneut. Diesmal war Marion Kleinert dran. »Eine Frau Engel hat angerufen, Herr Professor. Sie möchte heute noch mit Ihnen sprechen und bittet um Ihren Anruf. Sie wollte mir den Grund nicht nennen und eine Telefonnummer hat sie mir auch nicht geben wollen. Die hätten Sie.« Fabricius hörte seiner Sekretärin das große Unverständnis für ein solches Verhalten an.

Die Hauptkommissarin hatte Stil, das musste man ihr lassen. Keine überflüssigen Informationen für untergeordnete Mitarbeiter. Ihre Visitenkarte lag noch zu Hause in seinem Arbeitszimmer. Was mochte die Kriminalbeamtin jetzt noch wollen? Egal, er hatte andere Sorgen und würde sie später anrufen.

*

Hausmann empfing Anna in gepflegter Freizeitkleidung. Er sah nicht älter aus als bei ihrem letzten Besuch, der schon drei Jahre zurücklag. Damals hatte sie ihn bei der Gartenarbeit überrascht und in verschmutzten Arbeitsklamotten angetroffen. Vielleicht lag es daran, dass er diesmal frischer wirkte. Er führte sie ins Wohnzimmer, wo bereits Kaffeetassen und eine Thermoskanne standen.

»Setz dich, Anna. Was kann ich für dich tun?«

»Danke.« Anna ließ sich auf dem Ledersofa nieder. Der Raum hatte sich nicht verändert. Schreibtisch, Regalwände und Sitzgruppe stammten aus den siebziger Jahren. Trotz ihres Alters wirkten sie gepflegt und sorgten für eine sachliche Atmosphäre. Die stilsichere Einrichtung gefiel ihr nach wie vor.

Hausmann schenkte Kaffee ein und setzte sich ihr gegenüber. »Was beschäftigt dich gerade?«

Anna berichtete von ihren Erlebnissen im Klinikum. »Ich muss diesen Brodsky finden«, schloss sie. »Und seine Hintermänner. Dann könnte ich den Skandal aufdecken. Aber ich weiß nicht, wie ich es anstellen soll. Auf der Station kann ich mich nicht mehr sehen lassen, und dieser Professor Fabricius wird sowieso nicht mit mir reden wollen.«

»Wohl kaum«, bestätigte Hausmann. »Die Behandlung von reichen Ausländern ist ein gutes Geschäft für deutsche Kliniken.« Er stand auf, ging zum Schreibtisch und kam mit einer Aktenmappe zurück. »Für eine Kollegin in Hannover habe ich das kürzlich recherchiert. Deutsche Kliniken verdienen mehr als eine Milliarde Euro im Jahr an reichen Russen und arabischen Scheichs. Die Patienten werden von professionellen Agenturen vermittelt. In mehr als zweihundert deutschen Krankenhäusern gibt es schon ein eigenes Office für diesen Kundenkreis.«

Fassungslos blätterte Anna in den Unterlagen. »Das ist legal?«

Hausmann breitete die Arme aus und hob die Schultern. »Kommt drauf an. Provisionen an Ärzte sind eigentlich verboten. Aber wer will kontrollieren, ob sie sich daran halten? Oder ob die

Rechnungen überhöht sind. Da läuft vieles in einer Grauzone ab. Außerdem profitiert die Geschäftswelt. Während der Scheich im Krankenhaus für zwanzig- oder dreißigtausend Euro eine neue Hüfte bekommt, gibt die mitgereiste Familie in der Stadt für angemietete Luxuswohnungen, Schmuck und Kleidung mal eben das Doppelte aus. Die Wartung des Privatjets oder die Bestellung des neuen Porsche nicht mitgerechnet.«

»Aber in diesem Fall …«, wandte Anna ein.

»… sind die Grenzen der Grauzone klar überschritten«, ergänzte Hausmann. »Lass mich nachdenken. Der Name, den du vorhin genannt hast, kam mir irgendwie bekannt vor.« Er nahm einen Schluck Kaffee, lehnte sich zurück und schloss die Augen.

»Kann es sein«, murmelte er, »dass der Typ nicht Janosch heißt, sondern Janusz – mit U-Es-Zett?«

»Klar. Ich kenne ihn ja nur vom Hörensagen. Bin bloß nicht auf die Idee gekommen.«

Hausmann schlug die Augen auf. »Irgendwas war mit dem. Vor … ungefähr … zehn Jahren gab es einen großen Prozess in Hannover. Dabei ging es um weiße Sklaverei, also um Mädchenhandel, internationale Zuhälterei. Junge Frauen aus Osteuropa wurden über Serbien und das Kosovo nach Westeuropa verkauft. Die Polizei hatte einen Menschenhändlerring ausgehoben. Wenn mich meine Erinnerung nicht trügt, ist am Rande des Verfahrens dieser Name gefallen.«

»Du hast ein phänomenales Gedächtnis«, staunte Anna. »Bewundernswert. Ich könnte das nicht.«

»Übung«, grinste Hausmann. »Ich bin noch ohne Computer und Internet aufgewachsen. Und die längste Zeit meines Arbeitslebens musste ich ebenfalls ohne elektronische Medien auskommen.« Er tippte gegen seine Schläfe. »Da war das hier das wichtigste Archiv.«

»Kannst du den Zeitraum genauer eingrenzen? Damit ich nach dem Artikel suchen kann?«

»Du müsstest bei den Kollegen in Hannover nachfragen. Bei uns war die Geschichte nicht im Blatt. Außerdem war Brodsky nach meiner Erinnerung nur eine Randfigur. Wahrscheinlich wurde er in den Medien gar nicht erwähnt. Ich habe das seinerzeit nur deshalb so genau verfolgt, weil mein Neffe Christian die Anklage vertreten hat. Es war sein erster Auftritt in einem großen Verfahren als Staatsanwalt.«

Annas Augen leuchteten. »Meinst du, dein Neffe erinnert sich noch an den Fall?«

»Davon würde ich ausgehen«, versicherte Hausmann und lächelte. »Ich rufe Christian an. Seinen ersten Fall vergisst man genauso wenig wie seinen ersten Kuss. Wie du wahrscheinlich von dem Leichenfund im Keller des Ratsherrn Grobeck noch jedes Detail weißt. Deine erste Geschichte bei uns.«

»Natürlich erinnere ich mich«, bestätigte Anna. Die aufkommenden Bilder schob sie rasch beiseite, um sich auf ihre neue Story zu konzentrieren. »Wann könntest du deinen Neffen erreichen?«

Hausmann lachte. »Du hast es wieder mal eilig, ich weiß. Probieren kann ich es sofort.« Er griff zum Telefon und suchte nach der Nummer. »Wenn ich ihn jetzt nicht erreiche, versuche ich es später. Dann rufe ich dich an.«

Anna nickte stumm und voller Erwartung. Enttäuscht lauschte sie dem Rufzeichen, das aus dem Telefonhörer leise bis zu ihr drang.

»Scheint nicht zu Hause zu sein. Leider habe ich seine Handynummer nicht.« Hausmann legte auf. »Möchtest du noch Kaffee?«

*

Franziska musste sich beherrschen, um nicht in Tränen auszubrechen. Die Besorgnis in der Stimme ihres Vaters war nicht zu überhören gewesen. Er war immer um sie besorgt gewesen, aber jetzt musste es ihm das Herz zerreißen, sie in dieser Lage zu wissen. Dabei hatte sie nichts auszustehen. Brodsky war höflich, hatte sich für die Unannehmlichkeiten sogar entschuldigt. Er schien der Chef der Bande zu sein. Zwar wirkte er etwas halbseiden, machte aber einen selbstsicheren und auf seine Art glaubwürdigen Eindruck. Ihm schien nicht daran gelegen, ihren unfreiwilligen Aufenthalt unnötig zu verlängern. Sogar den Grund für ihre Entführung hatte er ihr genannt. »Wir haben einen Deal mit Ihrem Vater. Er wird einen Patienten operieren, der von uns betreut wird. Um sicher zu sein, dass er seinen Beitrag auch wirklich leistet, mussten wir ein wenig vorsorgen.«

Auf ihre Fragen war er nicht eingegangen, und Franziska zerbrach sich den Kopf darüber, um welche Art von Operation es sich handeln könnte und weshalb ihr Vater dazu unter Druck gesetzt werden musste. Verlangten sie von ihm, medizinische Daten zu manipulieren, damit jenem Patienten das gewünschte Organ vorzeitig zugeteilt wurde? So wie es vor ein paar Jahren schon einmal am Klinikum passiert war? Darauf würde er nie eingehen, dachte sie, hätte man sie nicht gekidnappt. Er macht das nur meinetwegen. Ich bin schuld daran, dass er alles aufs Spiel setzt. Seinen Ruf, seine Karriere, seine gesellschaftliche Stellung.

Je länger sie darüber nachdachte, desto stärker wuchs die Angst um ihren Vater. Sie spürte ihr Herz rasen. Das Gefühl, der Situation hilflos ausgesetzt zu sein, schnürte ihr zusätzlich die Luft ab. Es wanderte von der Brust zum Hals hinauf, als ob jemand ihre Kehle zudrückte. Ihr Mund wurde trocken, Schwindel und Ohnmachtsempfinden ergriffen sie. Gleichzeitig presste eine Faust ihren Magen zusammen und verursachte ihr Übelkeit. Ihr war plötzlich, als sei nur ihr Körper anwesend und die fremde Umgebung nicht wirklich vorhanden. Bevor die Panik sie völlig überrannte, erinnerte sie sich daran, dass sie selbst sie durch die eigenen Gedanken und Fantasien auslöste.

In einem Kurs an der Uni hatte sie gelernt, Prüfungsangst zu überwinden. Sie musste ihre Gedanken mit Atem-und Konzentrationsübungen unter Kontrolle bringen. Sie legte ihre flache Hand unterhalb des Nabels auf den Bauch, atmete tief ein und stellte sich vor, wie der Atem langsam hinunter zur Hand floss, sie anhob und anschließend über den Brustraum zurückströmte und durch Mund und Nase entwich, während die Hand wieder nach unten sank. Sie wiederholte die Atemtechnik mehrere Male, dann begann sie mit Übungen zur Muskelentspannung. Rechte

Faust, linke Faust, Oberarmmuskeln, Unterarmmuskeln. Linkes Bein, rechtes Bein. Nach und nach konzentrierte sie sich auf alle Körperteile. Schließlich gelang es ihr, ohne Angstgefühl in die reale Umgebung zurückzukehren. Sie sah sich um.

Die Männer hatten sie in einer Blockhütte untergebracht, einem Gartenhaus irgendwo in einem Göttinger Außenbezirk. Weit waren sie nicht gefahren. Aber sie hatte keine Vorstellung, wo es solche Häuser gab.

Bis jetzt war sie nicht grob behandelt worden. Ihre Bewacher verhielten sich distanziert-freundlich. Einer von ihnen hatte sich nach ihren Wünschen erkundigt und ihr versichert, sie mit allem zu versorgen, was ihr fehlte. Er war sofort aufgebrochen, um die benötigten Dinge zu holen. Der andere glotzte nur stumm und beschäftigte sich mit seinem Smartphone.

In Franziska reifte der Entschluss, jede Gelegenheit zur Flucht zu ergreifen. Sie würde auch nicht davor zurückschrecken, einem der Männer eins über den Schädel zu ziehen, wenn sich ein geeigneter Gegenstand fand. Vor einer gemauerten Feuerstelle registrierte sie ein schmiedeeisernes Kaminbesteck, darunter einen stabilen Schürhaken, dessen Spitze jede Schädeldecke durchdringen würde. In einer Nische neben der Tür hingen Gartengeräte. Der scharfe Spaten konnte ebenfalls zu einer tödlichen Waffe werden.

15

Stimmen und Gelächter erklangen aus der Küche, als Anna am Abend Ingos Wohnung betrat. Es roch nach gebratenen Zwiebeln, Sojasoße und Knoblauch. Und ein wenig süßlich. Wie Kokosflocken.

Sie stieß die Tür zur Küche auf. Zwei strahlende Augenpaare blickten ihr entgegen. Auf dem Herd dampfte es aus einer großen

Pfanne. Davor stand Danilo in einer alten Jeans und einem etwas zu großen Oberhemd von Ingo und rührte vorsichtig um. Ihr Freund lehnte am Küchenschrank.

»Hallo, Anna! Schön, dass du kommst.« Ingo küsste sie zur Begrüßung. »Wie du siehst, haben wir einen neuen Küchenmeister. Heute Abend gibt es philippinische Reispfanne. Dein Schützling kann richtig gut kochen. Findest du nicht, dass es lecker riecht?«

»Allerdings.« Anna schluckte. »Mir läuft schon das Wasser im Munde zusammen. Was wird das?«

»Vegetable Adobo. Ich würde es mit *Vegetarische Würzpfanne* übersetzen.« Ingo öffnete den Kühlschrank und nahm eine Flasche Weißwein heraus. »Möchtest du ein Glas Chardonnay? Würde gut dazu passen.« Er deutete zum Herd. »Auberginen, Zucchini, Tomaten, Porree, Zwiebeln. Dazu reichlich Knoblauch und etwas Kokosmilch. Und Reis. Alles gut gewürzt.«

»Vegetable Adobo«, wiederholte Danilo fröhlich. »Very good.«

Anna nickte. »Bin gleich wieder da.«

Während sie sich im Bad die Hände wusch und den Gesprächsfetzen aus der Küche lauschte, die über den Flur bis zu ihr drangen, wurde aus ihrem Appetit zunehmend Hunger. Gleichzeitig machte sich ein Gefühl aus Wärme und Zufriedenheit in ihr breit. Die Anspannung des ereignisreichen Tages begann der Freude darüber zu weichen, dass sich Ingo und Danilo offenbar gut verstanden.

»Und wie war's in der Schule?«, fragte sie, als sie zu den Männern zurückkehrte.

Ingo drückte ihr ein beschlagenes Glas Weißwein in die Hand. »Perfecto. Mit seinem Spanisch kann der Junge unseren Schülern etwas vormachen. Englisch geht so. In den Naturwissenschaften fehlen ihm wichtige Grundlagen. Aber er scheint ein intelligenter Bursche zu sein. Lernt schnell. Kann sogar schon auf Deutsch bis zwanzig zählen.«

»Das freut mich.« Anna hob ihr Glas. »Und was trinkt Danilo?«

»Chateau de la Pompe. Aus der Leitung.«

Der Junge schien verstanden zu haben, worum es ging, nahm sein Wasserglas und hielt es in die Höhe. »Cheers!«

Anna stieß mit ihm und Ingo an. »Und sonst? Kommt er mit den anderen klar? Beziehungsweise die mit ihm?«

»Was für eine Frage!« Ingo lachte. »Fast jeder will sein Freund sein. Und erst die Mädchen. Das hättest du sehen sollen! Wie die um den herumscharwenzelt sind. Einige waren ganz wuschig.« Er senkte die Stimme. »Ist ja auch ein hübsches Kerlchen, findest du nicht?«

»Allerdings.« Anna streifte Danilo mit einem kurzen Blick und fügte in Gedanken hinzu: Schon besser, dass er hier übernachtet. Laut sagte sie: »Und er kann auch noch kochen. Bin schon sehr aufs Essen gespannt.«

Wie aufs Stichwort hob Danilo die Hand. Dann deutete er auf den Esstisch, der bereits gedeckt war, und begann zu zählen. Auf Deutsch. »Eins, zwei, drei.«

»Das hört sich gut an«, kommentierte Ingo. »In drei Minuten gibt's Essen. Wir sollten uns schon mal an den Tisch setzen.«

Wenig später herrschte das, was Annas Mutter bei Familienfeiern gelegentlich als »gefräßige Stille« bezeichnet hatte. Nachdem der erste Hunger gestillt war und sie und Ingo Danilos Kochkünste gelobt hatten, setzte die Unterhaltung wieder ein. In das Gewirr aus Deutsch, Spanisch und Englisch und den Klang der Bestecke auf den Tellern drang plötzlich der Klingelton von Annas Smartphone. *Another Day In Paradise.*

»Hab vergessen, mein Handy auszuschalten.« Sie entschuldigte sich, stand auf und lief in den Flur, wo sie das Telefon aus der Handtasche kramte. Das Display zeigte *Joachim* an. Annas Herz schlug höher, als sie sich meldete.

»Ich habe Christian erreicht«, erklärte Hausmann. »Er kann sich in der Tat gut an den Prozess erinnern. Dieser Brodsky heißt in Wahrheit Rottmann. Es ist ihnen aber nicht gelungen, seine Beziehung zu dem Mädchenhändlerring zu klären oder ihm strafbare Handlungen nachzuweisen. Freispruch aus Mangel an Beweisen. Christian ist der Meinung, dass dieser Rottmann schlauer war als alle anderen Angeklagten zusammen und deshalb seinen Kopf aus der Schlinge ziehen konnte.«

»Gibt es ein Foto?«, fragte Anna rasch. »Weiß man irgendetwas über ihn? Den Wohnort zum Beispiel.«

»Leider nicht. Weil die Anklage gegen ihn fallengelassen wurde, mussten auch die von den Ermittlern zusammengetragenen Informationen vernichtet bzw. gelöscht werden. Er ist derzeit in Deutschland nicht gemeldet. Christian vermutet, dass er ins Ausland gegangen ist. Hierzulande ist er strafrechtlich jedenfalls nicht wieder in Erscheinung getreten.«

»Das ist alles?« Anna konnte ihre Enttäuschung kaum verbergen.

»Nicht ganz. Vielleicht ist das ein Ansatzpunkt: Zur Zeit des Prozesses war Rottmann in Berlin gemeldet. Bei seinen Eltern. Ich hab schon mal gegoogelt. Ohne Ergebnis. Im Telefonbuch stehen sie auch nicht. Man müsste über das Einwohnermeldeamt ...«

»Oh nein«, seufzte Anna. »Jeder Bezirk hat sein eigenes Einwohnermeldeamt. Das sind ein Dutzend Bezirksämter. Eine Sisyphusarbeit.«

»Hast du nicht in Berlin gearbeitet, bevor du zu uns gekommen bist? Vielleicht kennst du jemanden, der das für dich übernehmen kann. Außerdem gibt es in Berlin meines Wissens ein zentrales Melderegister, wo man Auskunft über einzelne Personen bekommen kann. Inzwischen wahrscheinlich sogar online.«

»Per Internet? Das wär super! Ich werde gleich nachsehen. Und dir danke ich für die Mühe, Joachim. Ich werde dich informieren, wenn ich etwas herausfinde.«

»Das ist nett.« Hausmann lachte leise. »Aber vielleicht lese ich ja auch einen großen Artikel von dir im GT. Das fände ich fast noch besser. Gib dir Mühe.«

»Mach ich, versprochen.« Dann verabschiedete sie sich.

»Beruflich?«, fragte Ingo, als Anna in die Küche zurückkehrte.

»Joachim Hausmann. Mein ehemaliger Kollege. Er hat einen Tipp für mich. Aber um dem nachzugehen, müsste ich eventuell nach Berlin fahren. Das geht so schnell nicht.«

»Warum eigentlich nicht?« Ingo nickte ihr aufmunternd zu. »Wir fahren Samstag los und bleiben bis Montag. Dann hast du genügend Zeit für deine Recherchen. Ich könnte mir freinehmen. Und Danilo nehmen wir mit, dann ist er hier aus der Schusslinie.

Ich würde ihm die Hauptstadt zeigen, damit er auf andere Gedanken kommt. Ich glaube, er sorgt sich sehr um seinen Freund, auch wenn er versucht, es sich nicht anmerken zu lassen. Was hältst du davon?«

In Anna arbeitete es. Sie brannte darauf, der Spur zu diesem Rottmann zu folgen. Markus Wille hätte das nie genehmigt. Aber Tom Heinzelmann würde sie vielleicht überreden können, ihr die Recherche zu erlauben. Zur Not konnte sie ebenfalls einen Tag Urlaub nehmen. Außerdem hätte eine dreitägige Reise in der Tat den Nebeneffekt, dass Danilo in dieser Zeit für die Organmafia in Göttingen unauffindbar wäre. Und danach hätte sie vielleicht die notwendigen Informationen, um Brodsky-Rottmann das Handwerk zu legen.

»Lass es uns versuchen«, sagte sie. »Wenn ich freibekomme, können wir fahren. Und jetzt muss ich unbedingt an deinen Computer. Eine Adresse herausfinden. Damit ich die Leute aufsuchen kann, von denen ich mir entscheidende Hinweise erhoffe.«

*

»Wenn Sie nicht zu mir kommen wollen, muss ich Sie vorladen, Herr Professor. Wollen Sie das? Oder soll ich Sie von uniformierten Polizisten vorführen lassen?«

Fabricius hatte die Bitte der Hauptkommissarin um Rückruf verdrängt. Nun hatte die Frau nochmals angerufen und klang deutlich weniger verbindlich als bei ihrem Besuch. Sie sprach akzentuiert und klang unangenehm amtlich.

»Ich bin doch kein Beschuldigter«, empörte er sich. »Springen Sie mit Familienangehörigen von Verstorbenen immer so um? Ich sollte vielleicht mal mit meinem Freund Wegemann ...«

»Das haben Sie doch schon«, unterbrach ihn die Kriminalbeamtin kühl. »Und seien Sie versichert – es ist bei mir angekommen. Aber ich verrate Ihnen etwas, Herr Professor. Der Oberstaatsanwalt mag keine Wiederholungen. Und wenn er den Eindruck gewinnt, dass ein wichtiger Zeuge sich seiner Pflicht zur Aussage entzieht, kann er durchaus ungemütlich werden. Auch gegenüber Freunden. Schauen Sie, ich hatte Ihre Mitarbeiterin diskret gebeten, mich zurückzurufen. Das haben Sie nicht getan, also muss ich einen anderen Weg gehen.«

»Was heißt denn hier wichtiger Zeuge?« Fabricius schäumte innerlich. »Ich habe Ihnen alles gesagt, was ich weiß. Mehr gibt es nicht zu sagen, schon gar nicht zu bezeugen.«

»Das sehe ich anders, Herr Professor. Ihr Sohn ist nicht einfach gestorben. Auch nicht am sogenannten goldenen Schuss, einer selbst verabreichten Überdosis. Ihr Sohn wurde getötet. Also hat die Staatsanwaltschaft ein Todesermittlungsverfahren eingeleitet. Und es ist unsere Aufgabe, den Täter zu finden. Deshalb befragen wir Angehörige und mögliche Zeugen. Dass Sie eine bedeutende Persönlichkeit und sehr beschäftigt sind, ist mir bewusst. Deshalb dürfen Sie die Uhrzeit bestimmen, zu der Sie hier erscheinen. Normalerweise wird sie von uns festgelegt. Also?«

»Na gut. Wenn's der Wahrheitsfindung dient.« Fabricius seufzte und zog sein iPad zurate. »Sagen wir … um … fünfzehn Uhr.«

»In Ordnung. Ich erwarte Sie. Auf Wiedersehen, Herr Professor.«

Fabricius suchte nach einer unfreundlichen Formulierung, aber die Hauptkommissarin hatte bereits aufgelegt.

*

In der Redaktion der Zeitung arbeiteten fünfzehn Redakteure, davon waren sechs Frauen. Auf der Internetseite waren ihre Namen und E-Mail-Adressen aufgelistet. Zwei Namen hatte er auf Facebook wiedergefunden. Aufgrund der Fotos, die er Bassam geschickt hatte, schieden diese Redakteurinnen aus. Ebenso die Wirtschaftsredakteurin. Ihr Konterfei war neben einem Artikel in der Ausgabe abgebildet, die er sich am Kiosk im Klinikum besorgt hatte. Blieben drei Namen: Renate Oehlmann, Anna Lehnhoff und Julia Gerster. Die erste musste wesentlich älter als die beiden anderen sein. »Renate« war ein Name aus der Generation seiner Mutter. Nach der Beschreibung von Bassam und dem Pfleger war die Frau, die dem Filipino zur Flucht verholfen hatte, Mitte dreißig. Also würde er Julia Gerster und Anna Lehnhoff überprüfen.

Brodsky suchte im Telefonbuch nach den Namen. Anna Lehnhoff war nicht verzeichnet. Den Nachnamen Lehnhoff schien es in Göttingen überhaupt nicht zu geben. Unter Gerster fand er den Eintrag »Karin und Walter«. Das konnten die Eltern sein. Vielleicht wohnte die Frau auch noch dort. Er notierte die Adresse und rief die Bildersuche einer Suchmaschine auf. Schnell wurde er fündig. Julia Gersters Foto erschien auf einer Internetseite des Göttinger Tageblatts in Verbindung mit einem Artikel. Die Frau war sehr jung, hatte langes dunkles Haar und trug eine Brille. Aufgrund ihres Alters konnte sie noch nicht lange bei der Zeitung sein. Wahrscheinlich war nicht sie es, die den Jungen entführt hatte. Er kopierte das Bild und schickte es ebenfalls auf Bassams Smartphone. »Ist sie das?«

Während er auf die Antwort wartete, startete er die Bildersuche nach Anna Lehnhoff. Auch sie war im Zusammenhang mit Artikeln im Internet zu finden, im Gegensatz zu der jüngeren Kollegin mehrfach. Mit ihrer breiten Nase, den runden Kulleraugen und vollen Lippen erinnerte sie ihn an eine Schauspielerin, deren Name ihm entfallen war, aber er wusste noch, dass sie in einem Film Hildegard Knef verkörpert hatte. Auch Anna Lehnhoffs Foto schickte er an Bassam.

Kurz darauf meldete sich das E-Mail-Programm mit einer Antwort. »Die Zweite ist es. Die mit den helleren Haaren.«

Brodsky übertrug das Foto auf sein Smartphone. »Anna Lehnhoff«, murmelte er. »Wir sind dir auf den Fersen. Fehlt nur noch die Adresse.« Er schaltete zurück auf Web-Suche und wurde schließlich fündig. Beim Göttinger Altstadtlauf um den Novelis-Cup im Juli hatte sie einen der ersten Plätze belegt. Hinter ihrem Namen war der Verein aufgeführt: Nikolausberger SC. Die Suche nach dem Sportclub brachte ihn zu der Erkenntnis, dass Nikolausberg ein kleiner, außerhalb gelegener Stadtteil von Göttingen war. Mit an Sicherheit grenzender Wahrscheinlichkeit wohnte sie dort. Straße und Hausnummer würden sich wohl nur vor Ort herausfinden lassen. Brodsky beendete die Internetrecherche und klappte das Notebook zu. Er nahm sein Mobiltelefon zur Hand, um einen seiner Männer anzurufen. Doch dann steckte er es wieder ein. Den kleinen Ausflug würde er selbst übernehmen.

*

Dem Professor war anzumerken, wie unwohl er sich fühlte. Sven Petersson hatte ihn an der Wache abgeholt und zum Vernehmungsraum geführt. Auf dem Weg hatte Fabricius sich mehrfach umgesehen und die Umgebung gemustert, aber jedes Mal schnell den Blick wieder vor sich auf den Boden geheftet, wenn Sven ihn ansah. So verhielten sich in der Regel Beschuldigte, Zeugen eher selten.

Der Raum, in dem die Beamten des FK 1 gewöhnlich Vernehmungen durchführten, war klein, aber wohnlich eingerichtet. Auf dem Tisch lag eine rote Decke, an den Wänden hingen Landschaftsbilder aus dem Leinetal. Für die freundliche Atmosphäre hatte Alexa Engel schon vor vielen Jahren gesorgt. Sie gehörte zur Strategie seiner Chefin, die darauf setzte, Zeugen und Beschuldigte nicht einzuschüchtern, sondern ihnen das Gefühl zu geben, ein Gespräch auf Augenhöhe zu führen. Sven hatte die Erfahrung gemacht, dass diese Strategie aufging und auf diese Weise umfassende und gerichtsfeste Vernehmungsprotokolle entstanden. Nirgends wurde so viel gelogen wie vor Gericht, und wenn polizeiliche Protokolle zur Wahrheitsfindung herangezogen werden mussten, zeigte sich rasch, ob die Beamten durch ihr Verhalten die Aussagen – vorsätzlich oder unbeabsichtigt – gelenkt hatten. Alexa Engel genoss in der Göttinger Justiz den Ruf, besonders einfühlsam, sorgfältig und effektiv zu sein.

Sven bat den Professor, Platz zu nehmen, und verließ den Raum, um Engelchen zu informieren. Gemeinsam kehrten sie zurück, und seine Chefin begrüßte Fabricius freundlich, aber in sachlichem Tonfall. »Mein Kollege«, schloss sie, »wird ein paar Notizen für das Protokoll machen.«

Der Mediziner streifte Sven mit einem kurzen Blick und zuckte mit den Schultern, als wollte er deutlich machen, wie unbedeutend dieser Hinweis für ihn sei.

»Wir müssen Sie noch einmal befragen«, erläuterte Svens Chefin, »weil wir auf eine kleine Unstimmigkeit gestoßen sind.«

Wieder hob Fabricius die Schultern. »Nicht mein Problem.«

Die Hauptkommissarin lächelte. »Da haben Sie Recht. Es ist in erster Linie unser Problem. Und das besteht darin, dass Sie gesagt haben, nicht zu wissen, mit wem Ihr Sohn Kontakt hatte, und daher nicht wüssten, wer ihn hätte töten wollen. Wir haben nun Hinweise auf einen Mann, der möglicherweise für die tödliche Dosis Heroin verantwortlich ist. Er könnte identisch sein mit einem Herrn Brodsky. Und den dürften Sie kennen.«

Bei der Erwähnung des Namens bemerkte Sven ein kurzes Flattern der Augenlider bei Fabricius.

Doch der Mediziner hatte sich sofort wieder im Griff. Er schüttelte den Kopf. »*Hinweise, möglicherweise, könnte* – Sie benutzen Begriffe, die wenig oder gar nichts mit Fakten zu tun haben. Glauben Sie, was Sie wollen! Aber lassen Sie mich mit Ihren Spekulationen in Ruhe!«

Erneut lächelte Alexa Engel. »Aber Sie kennen Herrn Brodsky?«

»Nicht dass ich wüsste. Zu mir kommen viele Leute. Ich kann mir nicht alle Namen merken.«

Engelchen nickte verständnisvoll. »Dafür haben Sie ja Ihre Sekretärin. Frau Kleinert konnte sich gut an Brodsky erinnern. Er hat Sie besucht. In Ihrem Büro.«

»Na und? Wie gesagt, viele Leute …«

»Wo ist eigentlich Ihre Tochter?«, unterbrach ihn die Hauptkommissarin. »Wir hatten sie gebeten, sich zu unserer Verfügung zu halten. Aber wir können sie nicht erreichen.«

Fabricius presste die Lippen aufeinander, schob zwei Finger in den Hemdkragen und zerrte daran. Auf seiner Stirn erschienen winzige Schweißperlen.

Alexa setzte nach. »Ja, bitte?«

»Ich weiß es nicht«, presste Fabricius hervor. »Franziska ist erwachsen. Sie kann selbst entscheiden, wo sie sich aufhält.«

»Wohnt sie denn nicht bei Ihnen, wenn sie in Göttingen ist?«

»Doch, schon. Aber wo sie sich jetzt gerade befindet, weiß ich nicht.«

»Nun gut.« Alexa Engel klang nachsichtig. »Wenn sie heute nach Hause kommt, werden Sie ihr sicher vermitteln können, dass sie sich mit uns in Verbindung setzt.«

»Ich weiß nicht, ob ich sie sehen werde«, knurrte Fabricius, zog ein Taschentuch hervor und wischte sich den Schweiß von der Stirn.

»Wir können Ihre Tochter suchen lassen«, schlug die Hauptkommissarin vor.

Energisch schüttelte der Professor den Kopf. »Dafür gibt es keinen Grund.«

»Umso besser. Dann rechnen wir spätestens morgen früh mit einer Nachricht von ihr.«

Sven wartete gespannt. Engelchen musste bemerkt haben, dass Fabricius bei der Frage nach Brodsky ebenso gelogen hatte wie beim Aufenthaltsort seiner Tochter. Sie hatte das Thema gewechselt, um ihn in Sicherheit zu wiegen und abzulenken. Doch die Frage nach seiner Tochter hatte ihm sichtlich zu schaffen gemacht. Die Hauptkommissarin machte eine Pause, blätterte in ihren Unterlagen, sah den Professor zwischendurch prüfend an, klappte die Akte zu und fragte wie beiläufig: »Was wollte Brodsky eigentlich von Ihnen? Erpresst er Sie?«

Fabricius öffnete den Mund und schloss ihn wieder. Sven registrierte die Bewegungen seiner Kaumuskeln, das Anschwellen der Schläfenarterie über dem Jochbein und die Rötung der Haut am vorderen Hals. Alles Anzeichen großer Anspannung.

Der Arzt beugte sich vor und räusperte sich anhaltend. »Was Patienten von mir wollen«, stieß er schließlich mit heiserer Stimme hervor, »fällt unter die Schweigepflicht. Paragraph 203 StGB. Sollten Sie kennen.«

»Sie wissen ja gut Bescheid, Herr Professor«, bestätigte Alexa Engel sanft. »Aber es gibt im Strafgesetzbuch auch noch den Paragraphen 138.« Sie legte Schärfe in ihre Stimme. »Und der verpflichtet Sie zur Offenbarung, wenn Sie im Rahmen Ihrer ärztlichen Tätigkeit von einer geplanten Straftat erfahren, die Gesundheit oder Leben eines Menschen gefährden würde.«

»Das ist mir bekannt.« Fabricius schien sich gefangen zu haben. Er lehnte sich zurück und zuckte mit den Schultern.

»Dann ist Ihnen sicher auch bekannt, dass diese Regelung auch für das Klinikpersonal gilt. Möglicherweise werden wir Assistenzärzte, Pfleger und Krankenschwestern Ihrer Abteilung vernehmen.«

»Was sollen meine Mitarbeiter mit dem Tod meines Sohnes zu tun haben?«

»Das ist nicht die Frage.« Alexa Engel sah ihn aufmerksam an. »Uns beschäftigt ein möglicher Zusammenhang zwischen dem Tötungsdelikt und Ihrem angeblichen Patienten Brodsky. Dieser Mann ist für uns kein Unbekannter. Sein Auftauchen deutet mindestens auf fragwürdige Geschäfte hin. Sollten Sie in irgendeiner Weise mit ihm zu tun haben, werden wir es herausfinden. Mindestens einer Ihrer Mitarbeiter wird reden. Vorsätzlich oder unabsichtlich. Da bin ich ganz zuversichtlich.«

Erneut hob Fabricius die Schultern. Dennoch schien ihn der Gedanke zu beunruhigen. Stumm starrte er auf seine Hände, während die Ader an der Schläfe erneut anschwoll.

»Sie können jetzt gehen«, sagte die Hauptkommissarin. »Mein Kollege Petersson begleitet Sie zum Ausgang. Aber bitte denken Sie daran, Ihre Tochter zu informieren! Wir möchten spätestens morgen mit ihr sprechen. Sonst müssen wir doch nach ihr suchen. Einen angenehmen Tag noch, Herr Professor.«

Fabricius stand auf. Stumm folgte er Sven hinaus auf den Flur. Auch auf dem Weg durchs Gebäude verlor er kein Wort. Schweigend verließ er die Polizeiinspektion und eilte zu seinem Wagen, ohne sich noch einmal umzudrehen.

Wenn zwischen ihm und Brodsky etwas läuft, dachte Sven auf dem Rückweg, wird er den Mann warnen. Im Klinikum wird Brodsky also nicht mehr auftauchen. Aber irgendwie müssen wir den Kerl finden. Vielleicht ist er in einem Hotel abgestiegen. Aber sicher nicht unter dem Namen Brodsky. Und als Frank Rottmann erst recht nicht. Alle Hotels und Pensionen abzuklappern, kann Tage in Anspruch nehmen. Womöglich sitzt er auch in einem Wohnmobil. Auf dem Campingplatz Am Hohen Hagen in Dransfeld. Oder irgendwo in der Landschaft. Keine guten Aussichten.

*

Alexa Engel, Sven Petersson und Sabrina Lorenz saßen etwas verloren in dem großen Besprechungsraum des Zentralen Kriminaldienstes und warteten auf den Leiter des ZKD. Kriminaldirektor Warnemann hatte die Chefin des FK 1 um einen Bericht im Fall Lennart Fabricius gebeten. Und die Hauptkommissarin hatte entschieden, Sven und Sabrina mitzunehmen. »Dann könnt ihr«, hatte sie zur Begründung gesagt, »Details aus eurer Ermittlungsarbeit selbst beitragen. Falls die gefragt sind.«

»Wahrscheinlich steckt Staatsanwalt Wegemann dahinter«, vermutete Sven und sah seine Chefin fragend an. »Oder was glaubst du?«

»Spielt es eine Rolle«, fragte Alexa zurück, »was ich glaube? Professor Fabricius hat sich bei Wegemann beklagt. Und wenn der dann bei Warnemann angerufen hat, wartet er jetzt wahrscheinlich auf einen Bericht zum Stand der Dinge. Die Fakten dazu können wir liefern. Früher oder später hätte ich dem Kriminaldirektor sowieso berichten müssen. Also was soll's?«

Sven sah auf die Uhr. »Immerhin kostet es wertvolle Zeit. Wir könnten uns um diesen Rottmann kümmern. Ich finde es ärgerlich, dass es über den keine Informationen gibt. Obwohl er schon mal bei Ermittlungen in Erscheinung getreten ist. Man kann es mit dem Datenschutz auch übertreiben.«

»Vielleicht sollten wir doch versuchen, ihn ausfindig zu machen«, schlug Sabrina Lorenz vor. »Sämtliche Übernachtungsmöglichkeiten in Göttingen abzuklappern, ist natürlich nicht besonders sinnvoll. Aber Fabricius muss irgendwie mit ihm in Verbindung stehen. Wahrscheinlich hat er eine Mobilfunknummer von Rottmann. Wenn wir die hätten, könnten wir ihn orten lassen.«

Alexa Engel schüttelte den Kopf. »Wir bekommen keinen Durchsuchungsbeschluss für Haus und Büro des Professors.«

»Was ist mit seinen Handydaten?«

»Keine Chance.« Sven winkte ab. »Da spielt Wegemann nicht mit.«

Sabrina verzog das Gesicht. »Es gibt ja noch andere Möglichkeiten, zum Beispiel die Anruferlisten in seinem Telefon. Fabricius hat sicher anderes im Kopf als die von ihm gewählten Nummern oder die der Anrufer zu löschen. Wir müssten nur …« Sie brach ab, als sich die Tür öffnete und Kriminaldirektor Warnemann eintrat.

»Oh«, sagte er, »Sie haben gleich die mit dem Fall befassten Ermittler mitgebracht?« Er nickte Sven und Sabrina zu, die Hauptkommissarin begrüßte er mit Handschlag. Dann ließ er sich ihr gegenüber nieder. »Es tut mir leid, dass ich Sie von der Arbeit abhalten muss. Ich habe gestern in einer Zusammenkunft beim Polizeipräsidenten Oberstaatsanwalt Wegemann getroffen. Er hat sich nach diesem Fall erkundigt. Zum Glück konnte ich ihm sagen, dass ich über den Stand der Ermittlungen noch nicht informiert worden bin.« Er lächelte vielsagend. »Was ja bisher auch nicht erforderlich war. Aber beim nächsten Mal würde ich gern wissen, wo Sie stehen. Falls er noch einmal nachfragt.«

»Wir suchen nach dem mutmaßlichen Täter«, begann Hauptkommissarin Engel. »Seinen Namen kennen wir, aber sonst wissen wir nicht viel über ihn. Wir vermuten, dass er sich noch in Göttingen aufhält und dass es eine Verbindung zwischen ihm und dem Vater des Ermordeten gibt. Leider verhält sich Professor Fabricius nicht kooperativ.«

Der Kriminaldirektor zog die Augenbrauen hoch. »Interessant. Fahren Sie fort!«

Präzise und schnörkellos berichtete Alexa Engel von den bisherigen Erfahrungen mit dem Zeugen und skizzierte den Stand der Ermittlungen. Sie schloss mit dem Hinweis, dass eine Hausdurchsuchung oder die Überprüfung der Handydaten bei Fabricius wahrscheinlich zum entscheidenden Durchbruch führen würden.

Warnemann hob beide Hände. »Durchsuchung können Sie vergessen. Da spielt Wegemann nicht mit. Auch nicht bei den Verbindungsdaten. Sehen Sie keine andere Möglichkeit?«

»Doch!«, meldete sich Sabrina Lorenz zu Wort. »Es gibt Software, mit deren Hilfe sich die benötigten Informationen auslesen lassen. Oxygen Forensic Suite zum Beispiel, oder Smurf. Wenn er Whatsapp auf dem Handy hat, lässt sich mit StealthGenie darauf zugreifen. Man müsste allerdings …«

»Keine weiteren Einzelheiten!«, unterbrach der Kriminaldirektor sie. »Von illegalen Methoden möchte ich nichts hören.« Doch er lächelte dabei und warf Sabrina einen anerkennenden Blick zu. »Sie scheinen sich auszukennen. Respekt. Aber gesetzwidriges Handeln kann ich natürlich nicht in Erwägung ziehen.« Er nickte Alexa zu. »Ich bin sicher, dass Sie diese Hürde überwinden werden. Am Ende zählt das Ergebnis Ihrer Ermittlungen. Und darin sind Sie bekanntermaßen fast immer erfolgreich. Vielen Dank für den Bericht.«

*

Auf dem Rückweg ins Kommissariat stieß Sven Sabrina in die Seite. »Ich wusste ja gar nicht, dass du im Nebenberuf Hackerin bist.«

»Bin ich auch nicht. Keine Sorge!« Seine Kollegin lachte. »Aber ich war letztes Jahr zu einem IT-Lehrgang im LKA. Es war ungeheuer spannend. Da ging es um solche Fragen. Oxygen Forensic Suite zum Beispiel wird von den Kollegen benutzt, um die Handys von Verdächtigen auszuspionieren.«

»Warum haben wir so was nicht?«, wandte Sven sich an Hauptkommissarin Engel. »Dann hätten wir den Rottmann vielleicht schon aufgespürt.«

Alexa hob die Schultern. »Solche Methoden sind problematisch. Und deshalb umstritten. Letztlich ist es eine Frage des politischen Willens, wie weit der Staat bei der Überwachung seiner Bürger gehen darf. Im Augenblick ist es für uns ärgerlich, dass wir nicht vorankommen, aber ich möchte, ehrlich gesagt, derartige Mittel gar nicht in den Händen haben.«

»Das verstehe ich nicht.« Sven schüttelte den Kopf. »Wenn es doch der Aufklärung eines Mordes dient.«

»Eines Tages wirst du es verstehen.« Alexa Engel legte Sven eine Hand auf die Schulter. »Ich bin sicher.«

Das war einer der seltenen Momente, in denen Sven seiner Vorgesetzten keine großen Sympathien entgegenbrachte. Sie hörte sich an, wie seine Großmutter. *Warte nur, wenn du erst groß bist!* Er versuchte schnell abzulenken. »Und was machen wir jetzt?«

Die Hauptkommissarin lächelte. »Euch wird schon etwas einfallen. Sprich mit Sabrina darüber! Ihre Überlegungen gehen in die richtige Richtung. Ihr müsst nur auf der legalen Seite bleiben. Falls ihr an Rottmanns Handynummer kommt, sorge ich für die Ortung.«

»Also befassen wir uns noch einmal mit Professor Fabricius.« Sven verzog den Mund. »Der wird sich freuen.«

»Macht es diskret!« In Alexas Tonfall schwang Ironie mit. »Denkt an Oberstaatsanwalt Wegemann! Also – mit Fingerspitzengefühl.«

Sabrina strahlte, nachdem die Hauptkommissarin die Tür zu ihrem Büro hinter sich geschlossen hatte. »Das kriegen wir hin«, frohlockte sie. »Ich habe auch schon eine Idee, wie wir's machen können. Genau genommen sogar zwei.«

»Und alles legal?« Sven sah sie zweifelnd an. »Da bin ich aber gespannt.«

»Ich denke schon. Wir machen nichts Gesetzwidriges und verstoßen nicht einmal gegen die Dienstvorschriften, wenn wir uns mit der Sekretärin des Professors unterhalten und uns ein wenig in ihrem Reich umschauen. Hast du dein Smartphone dabei? Falls wir was finden, musst du unauffällig Fotos machen.«

Sven blieb skeptisch. »Ich glaube nicht, dass sie etwas weiß, das uns weiterhilft.«

»Manchmal«, orakelte Sabrina Lorenz, »weiß man etwas, ohne zu wissen, dass man es weiß.«

*

Nikolausberg bestand aus einem alten Ortskern, einem Villenviertel und einer Gruppe von Wohnblöcken unterhalb eines Hochhauses. Dazu gab es ein Neubaugebiet. Nachdem Brodsky ein wenig herumgefahren war, hatte er in der Nähe des Einkaufszentrums geparkt und saß nun mit einem Kaffee vor der Filiale der Bäckerei Küster in der milden Herbstsonne und beobachtete die Passanten. Er überlegte, wen er befragen könnte, um Auskunft über Anna Lehnhoff zu erhalten. Um sie zu einer Auskunft zu bewegen, würde er ihnen eine bewährte Geschichte auftischen. Er sei Privatdetektiv und von Anna Lehnhoffs Tante beauftragt, die Nichte wegen einer Erbschaftsangelegenheit ausfindig zu machen. Das Bild auf seinem Handy habe er im Wohnzimmer der alten Dame von einem gerahmten Foto aufgenommen. Die gute Ingeborg Lehnhoff sei zwar noch recht rüstig, wolle aber ihren Nachlass regeln, bevor ihr etwas zustieß.

Nachdem er seinen Kaffee ausgetrunken hatte, wartete Brodsky auf eine günstige Gelegenheit. Als die Bäckereiverkäuferin gerade keinen Kunden bediente, brachte er seinen Kaffeebecher zurück, legte ein großzügiges Trinkgeld auf den Tresen und erzählte seine Geschichte. Als er das Foto auf seinem Smartphone zeigte, nickte die Verkäuferin. »Ja, die Frau Lehnhoff. Die ist bei uns Kundin. Sie wohnt irgendwo da drüben.« Mit dem Zeigefinger deutete sie in Richtung der Wohnblöcke. »Genauer weiß ich's nicht. Vielleicht fragen Sie mal Leute, die dort wohnen.«

Genau das hatte Brodsky vor. Er bedankte sich höflich und schlug die angegebene Richtung ein. Die viergeschossigen Wohnblöcke aus den sechziger Jahren waren deutlich kleiner und weniger eng gruppiert, als er es aus Berlin kannte. Viel Grün mit hohen Bäumen lockerte das Viertel zusätzlich auf. Auch wenn die Häuser den Charme von Plattenbauten ausstrahlten, wirkte die Wohngegend nicht unattraktiv. Zumal hier trotz der Großstadtnähe eine erstaunliche Ruhe herrschte. Brodsky schlenderte von Haustür zu Haustür und betrachtete die Klingelschilder. Beim dritten Block stieß er auf den gesuchten Namen, ohne noch einmal fragen zu müssen.

Er kehrte zum Einkaufszentrum zurück, kaufte ein Göttinger Tageblatt, holte seinen Wagen und parkte am Straßenrand vor dem Haus, in dem Anna Lehnhoff wohnte. Irgendwann würde sie auftauchen. Er nutzte die Wartezeit und führte zuerst ein Telefongespräch mit einem der Männer, die Franziska Fabricius bewachten, um sich zu erkundigen, ob alles in Ordnung sei. Dann wählte er die Nummer ihres Vaters, er wollte ihm mitteilen, dass der philippinische Junge wahrscheinlich noch heute, spätestens morgen, ins Klinikum zurückgebracht würde. Doch unter seiner Handynummer meldete sich die Mailbox und in seinem Büro die Sekretärin. Brodsky legte auf. So eilig war die Mitteilung nicht.

Er schlug die Zeitung auf und überflog die Überschriften. Die Stadt hatte einen neuen Oberbürgermeister, würde ein neues Kunstquartier bekommen und plante ein städtebauliches Projekt mit Hotel und Bürogebäude. Der abgebildete Entwurf erschien Brodsky eher hässlich als ansprechend, aber einen kritischen Kommentar suchte er vergebens. Auf den Leserbriefseiten ging es um ein verkehrspolitisches Aufregerthema. Tempo 30 während der Nachtstunden auf wichtigen Straßen. Während er schmunzelnd teils empörte und teils zustimmende Leserbriefe las, warf er immer wieder einen Blick in die Straße und zum Haus.

*

»Der Herr Professor ist nicht da.« Marion Kleinert wirkte verunsichert angesichts des erneuten Besuchs der Kriminalbeamten. Hastig erklärte sie die Abwesenheit ihres Chefs. »Er operiert. Das kann einige Stunden dauern. Ich kann Ihnen leider gar nicht weiterhelfen.«

Sven lächelte begütigend. »Vielleicht doch. Schließlich haben Sie uns schon einmal geholfen.«

»Ich weiß nicht …« Forschend, fast ein bisschen ängstlich, sah die Sekretärin ihre Besucher an, ließ den Satz aber in der Luft hängen.

»Wir würden uns gern mit Herrn Brodsky unterhalten«, fuhr Sven Petersson fort. »Haben Sie vielleicht seine Telefonnummer?«

Marion Kleinert schüttelte den Kopf. »Er hat nur einmal hier bei mir angerufen. Aber ich habe mir natürlich nicht seine Nummer vom Display abgeschrieben. Ich kann mich nicht einmal erinnern, ob sie angezeigt worden ist. Sonst hat er immer direkt mit Herrn Professor Fabricius gesprochen.«

»Aber Sie haben ihn doch sicher gesehen«, sagte Sabrina. »Wenn er Ihren Chef besucht hat.«

»Nur einmal. Ganz kurz. Von der Seite. Bevor Herr Professor die Tür geschlossen hat. Er ist ja sonst hinten direkt ins Zimmer von Herrn Professor ... Das gehört sich ja eigentlich nicht.« In Kleinerts Worten schwang Unverständnis mit.

Sven warf einen Blick durch die offen stehende Tür ins Büro des Arztes. »Und wenn die Herren miteinander telefoniert haben? Lief das Gespräch dann nicht über Sie?« Er deutete auf das Telefon. »Ich meine über Ihren Apparat?«

»Sie haben nur per Handy gesprochen.« Marion Kleinert war anzumerken, wie unwohl sie sich fühlte. Was, wie Sven vermutete, nicht nur an seiner und Sabrinas Anwesenheit lag, sondern auch an dem seltsamen Verhalten ihres Chefs und dem seines Besuchers.

Sabrina trat an die Fensterbank des Büros. »Sie haben wunderschöne Blumen, Frau Kleinert. Man sieht ihnen die gute Pflege an. Das sind Orchideen, nicht wahr?«

»Ja, das ist eine Phalaenopsis.« Marion Kleinert strahlte. »Die blüht sechs Monate im Jahr. Braucht natürlich gute Pflege. Ein ganz besonders schönes Exemplar steht drüben beim Professor. Wollen Sie mal schauen?«

»Gern. Vielleicht können Sie mir ein paar Tipps geben.« Sabrina warf Sven einen Blick zu und folgte der Sekretärin ins Zimmer ihres Chefs. »Unser Büro ist zwar nicht so toll wie Ihres, aber ich möchte es ein bisschen verschönern. Worauf muss man bei Orchideen besonders achten?«

Sven wartete, bis die beiden Frauen im Nebenraum waren, dann zog er sein Smartphone aus der Tasche und fotografierte die vollgekritzelte Schreibtischunterlage der Sekretärin. Anschließend durchsuchte er einen Stapel beschriebener Notizzettel sowie eine Ablageschale mit der Aufschrift *Verschiedenes*. Schließlich folgte er Marion Kleinert ebenfalls ins Büro des Professors.

»Wenn Sie die Orchideen gekauft haben«, erläuterte die Sekretärin mit Begeisterung in der Stimme, »sollten sie spätestens nach einer Woche an ihrem endgültigen Platz stehen und dann nicht mehr umgestellt werden. Ein heller Platz auf der Fensterbank ist gut, aber vor heißer Sonne muss man sie schützen. Wenig gießen, die Blätter mit Wasser besprühen. Und sie brauchen die richtige Erde. Substrat und Flüssigdünger …«

Während Sven den Erläuterungen lauschte, ohne sie wirklich aufzunehmen, wanderte sein Blick systematisch über den Schreibtisch des Professors. Neben verschiedenen Stapeln medizinischer Unterlagen entdeckte er ein Schälchen mit Visitenkarten. Zwischen den in unterschiedlichsten Farben bedruckten Kärtchen stach eins mit einer handschriftlichen Eintragung hervor. Svens Herz schlug höher, als er den unleserlichen Namen entzifferte. Daneben stand eine sorgfältig aufgemalte Handynummer. Er fotografierte sie rasch, nachdem die beiden Frauen zurück nach nebenan gegangen waren, wo die Sekretärin, ganz in ihrem Element und nicht auf Sven achtend, Sabrina die Flasche Flüssigdünger zeigen wollte, die sie benutzte. Sven folgte ihnen.

»Wir sollten Frau Kleinert nicht länger als unbedingt nötig aufhalten«, sagte er, nachdem er sein Smartphone verstaut hatte. »Sie hat bestimmt viel zu tun.«

Die Sekretärin drehte sich um. »Sie wollen schon gehen? Lassen Sie mich Ihrer Kollegin schnell erklären, was sie noch beachten muss. Wenn die Pflanze aus dem Topf wächst oder das Substrat verrottet ist, muss umgepflanzt werden. Aber nur alle zwei bis drei Jahre, und zwar nach der Blüte ...«

»Bingo!«, frohlockte Sven, als sie die Station verließen, und hielt Sabrina ein Foto auf seinem Smartphone hin.

»Was soll das sein?«

»Die Handynummer von Brodsky.« Er strich mit zwei Fingern über das Display und vergrößerte den Schriftzug. »Ich schicke das Foto gleich an Engelchen. Dann kann sie sich schon mal um die Ortung kümmern.«

*

Anna bemerkte den Mann nicht, der ihr zur Haustür folgte. In ihren Gedanken beschäftigte sie sich mit der Suche nach Brodsky alias Rottmann. Nachdem sie schon geneigt gewesen war, Sven Petersson in ihre Theorie vom Organhandel einzubeziehen, weil sie nicht weiterkam, hatte sie der Erfolg beim Berliner Melderegister wieder beflügelt. Gegen eine geringe Gebühr hatte sie dort online die frühere Adresse von Rottmann in Erfahrung bringen können. Sie malte sich aus, wie sie seine Eltern aufsuchte und von ihnen erfuhr, wo und wie sie ihren Sohn erreichen konnte. Ohne Ingos Anregung wäre sie wohl nicht auf die Idee gekommen, tatsächlich nach Berlin zu fahren. Für seinen Vorschlag war sie dankbar, und sie freute sich auf die Kurzreise in die Hauptstadt.

Als sie im Hausflur die Post aus dem Briefkasten nahm, bewegte sich draußen ein Schatten am Eingang vorüber, wahrscheinlich ein Bewohner des Nachbarhauses oder ein Besucher. In der Abenddämmerung war der Mann nicht zu erkennen.

Während sie mit dem kleinen Stapel, der hauptsächlich aus einer Fernseh- und einer Frauenzeitschrift sowie mehreren Werbebriefen bestand, die Treppe hinaufstieg, las sie die einzig interessante Post, eine Ansichtskarte von der Insel Madeira, wo ihre Freundin Martina mit ihrem Mann Urlaub machte. Handschriftliche Briefe oder Karten waren selten geworden. Über den Gruß von der Blumeninsel freute sie sich und stellte sich vor, wie man dort zu dieser Jahreszeit noch draußen in der Sonne sitzen und einen kühlen *Vinho verde* genießen konnte.

Als sie ihre Wohnungstür öffnete, hörte sie, wie unten der Türöffner schnarrte und die Haustür klappte. Irgendjemand im Haus bekam Besuch.

Anna warf die Post auf den Schuhschrank im Flur, schlüpfte aus den Schuhen, hängte ihre Jacke an die Garderobe und ließ ihre Handtasche auf den Boden fallen. Sie überlegte, ob sie sich ein Bad einlassen sollte. Im warmen Wasser liegen, Entspannungsmusik hören und dazu ein Glas Wein trinken – das wäre ein guter Abschluss eines anstrengenden Tages und ein hervorragender Einstieg in den Feierabend.

Auf dem Weg ins Bad entledigte sie sich ihrer Kleidung, warf die Unterwäsche in den Wäschekorb, Rock und Bluse über einen Sessel. Die würde sie später zum Lüften auf den Balkon hängen.

Nachdem sie den Wasserhahn über der Wanne aufgedreht und eine CD mit Gitarrenmusik eingelegt hatte, ging sie in die Küche und begutachtete ihre Weinvorräte. Sie öffnete einen italienischen Merlot und nahm ein Glas aus dem Schrank. In dem Augenblick klingelte es an der Wohnungstür. Das konnte eigentlich nur Lissy sein, ihre Nachbarin und Lauffreundin aus dem Nikolausberger Sportclub, mit der sie regelmäßig trainierte. Sie wohnte im Haus eine Etage tiefer. Sie lief ins Schlafzimmer, schlüpfte in Hausschuhe und einen Bademantel und kehrte zur Tür zurück. Bei einem flüchtigen Blick durch den Spion konnte sie nichts erkennen, deshalb sah sie noch einmal genauer hin. Vor der Tür der schräg gegenüberliegenden Wohnung beugte sich ein Mann zum Klingelschild hinunter.

Sie öffnete die Tür. »Suchen Sie jemanden? Kann ich Ihnen helfen?«

»Ich suche die Wohnung von Herrn Döring«, murmelte der Mann, ohne aufzusehen. »Diese Schilder sind schlecht zu lesen. Der müsste doch hier ...«

»Da sind Sie schon richtig«, sagte Anna und trat einen Schritt auf den Flur hinaus. »Sie müssen einfach noch mal klingeln. Er hat Sie ja unten reingelassen. Also muss er da sein. Manche haben noch die alten Klingeln, die hört man schlecht, vor allem wenn Musik läuft.«

In dem Augenblick erlosch das Licht im Treppenhaus.

16

Franziska sah ihre Chancen wachsen. Einer der Entführer hatte sich verabschiedet, nun wurde sie nur noch von einem Mann bewacht. Wenn es ihr gelang, den Typen für einen Moment außer Gefecht zu setzen und die Hütte zu verlassen, würde sie in der inzwischen hereingebrochenen Dunkelheit untertauchen können.

Fieberhaft überlegte sie, wie sie ihren Bewacher überlisten konnte. Er beschäftigte sich mit seinem Smartphone und schien sie nicht zu beachten, aber Franziska nahm an, dass er sie aus den Augenwinkeln im Blick behielt. Ob er zu später Stunde irgendwann einnicken würde? Sie selbst war sicher, wieder kein Auge schließen zu können, obwohl sie todmüde war. Während der vergangenen Nacht hatte man sie angekettet und ihr damit jede Bewegungsfreiheit genommen.

Wieder und wieder hatte sie sich unauffällig in dem Gartenhaus umgesehen, doch außer dem Spaten und den Werkzeugen des Kaminbestecks hatte sie nichts entdeckt, das sie als Waffe hätte benutzen können. Wenn es ihr gelang, einen dieser Gegenstände unbemerkt in die Hand zu bekommen und sich von hinten an den Bewacher heranzuschleichen … Sie sah sich mit dem Spaten in den erhobenen Händen hinter dem Mann stehen und zuschlagen. Unwillig verscheuchte sie das Bild. Nichts, nicht einmal einen Bleistift, würde sie in die Hand nehmen können, ohne dass er es bemerkte. Und wenn sie sich, womit auch immer, anschleichen wollte, würde ihm das nicht entgehen. Franziska seufzte unhörbar. Sie musste sich etwas anderes überlegen. Etwas, um den Mann abzulenken und ihn handlungsunfähig zu machen.

Sie inspizierte die Küchenecke, öffnete Schranktüren und Schubladen, durchsuchte Fächer und Behälter. Plötzlich stand der Mann neben ihr. »Was soll das?«

»Ich würde gern einen Kaffee kochen. Oder Tee. Diese Cola, die Ihr Kollege mitgebracht hat, mag ich nicht.«

Er zuckte mit den Schultern. »Das ist nicht mein Problem. Setz dich wieder hin!«

Verblüfft starrte Franziska ihren Bewacher an. Bislang waren die Männer höflich gewesen, hatten sie rücksichtsvoll behandelt und gesiezt. Allerdings hatten bisher nur zwei von ihnen mit ihr gesprochen, der Anführer und der jetzt abwesende Entführer. Die Stimme dieses Typen vernahm sie zum ersten Mal.

»Hinsetzen!«, knurrte er und deutete mit dem Kopf zu dem Gartenstuhl, auf dem sie gesessen hatte. Um ihn nicht zu verärgern und um in Ruhe nachdenken zu können, folgte sie der Aufforderung. Von ihrem Platz aus betrachtete sie ihn genauer. Er war nicht besonders groß, aber kräftig. Mit muskulösen Armen und breiten Schultern. Wenn er nicht etliche Kilo zu viel gehabt hätte, wäre »athletisch« die angemessene Bezeichnung gewesen. Der Hals war kurz und kräftig, er ging in einen fußballrunden, kahlrasierten Schädel über. Hervorstehende Augen, deren Lider kaum zu erkennen waren, deuteten auf eine Basedowsche Krankheit hin. Sein Blick war kalt und verachtend, so dass Franziska fröstelte, wenn er sie ansah. Er schaltete das Licht an und kehrte auf seinen Wachposten zurück, einen alten, durchgesessenen Lehnstuhl. Er ließ sich fallen, zog sein Smartphone aus der Tasche und tippte auf dem Display herum. Irgendwann schien er gefunden zu haben, was er gesucht hatte. Seinem Mienenspiel nach schien ihn zu amüsieren, was er sah. Er grinste, leckte sich die Lippen, schnaufte und lachte. Zwischendurch griff er sich immer wieder in den Schritt und rückte seine wichtigsten Körperteile zurecht.

Wahrscheinlich besucht er Pornoseiten im Internet, dachte Franziska und hoffte, dass ihn die Szenen gefangen nahmen und er nicht mehr so genau auf sie achtete. Sie erhob sich im Zeitlupentempo, wartete einen Augenblick und bewegte sich dann langsam und lautlos in Richtung Feuerstelle, ohne den Mann aus dem Auge zu lassen.

Plötzlich kicherte er, zerrte an seiner Hose, hob sich halb aus dem Sessel und ließ sich wieder hineinfallen. Franziska erstarrte und wartete. Aber er wandte den Blick nicht vom Bildschirm seines Smartphones. Vorsichtig einen Fuß vor den anderen setzend, näherte sie sich weiter dem Kamin.

Als sie ihn erreicht hatte, tastete sie hinter ihrem Rücken nach der Schaufel. Die Vorstellung, ein spitzes Eisen in den Kopf des Mannes zu schlagen, ließ sie vor dem Feuerhaken zurückschrecken. Ihre Finger erfühlten das kühle Eisen und umschlossen es, dann hob sie es langsam aus der Halterung. Energisch unterdrückte sie den Impuls, es hochzureißen und auf den Mann loszustürmen. Ihren Schlag würde der Mann mit einer Hand abfangen und sie mit der anderen am Hals packen. Vielleicht würde er ihr nichts tun, weil er den Befehl hatte, sie unversehrt zu lassen. Aber ganz sicher war das nicht. Sie musste warten. Auf eine günstige Gelegenheit. Millimeterweise schob sie sich zum Gartenstuhl zurück, setzte sich und legte die eiserne Schaufel hinter sich auf ein Regal.

Der Glatzkopf hatte nicht einmal aufgesehen. Stattdessen rieb er sich ungeniert zwischen den Beinen und schnaufte rhythmisch. Franziska widerstand dem zunehmenden Bedürfnis, sich abzuwenden; sie musste den Kerl im Auge behalten.

Plötzlich verstummte er, ließ das Smartphone sinken und richtete seinen Blick auf sie. Mit offenem Mund musterte er sie abschätzend. »Hat so eine dürre Hippe wie du überhaupt richtige Titten?«

Sie erstarrte. Was kam jetzt? Hatte er sich mit Pornos aufgegeilt, um sie … Angstvoll und wütend zugleich tastete Franziska hinter sich nach dem Eisen.

Der Mann stand auf und grinste. Offenbar hatte er ihr entsetztes Gesicht gesehen. Seine freie Hand verschwand in der Hosentasche. Er zog den Schlüssel für die Tür der Blockhütte hervor. »Ich geh pissen. Mach keine Zicken, sonst gibt's was hinter die Ohren. Oder auf den nackten Arsch.« Er lachte meckernd und bewegte sich breitbeinig zum Ausgang.

Franziska hielt den Atem an, als die Tür aufschwang. Der Mann verschwand in der Dunkelheit, Sekunden später hörte sie es plätschern. Rasch ergriff sie die eiserne Schaufel und hastete zur Tür. Neben der Öffnung stellte sie sich mit dem Rücken gegen die Wand und hob das tödliche Eisen an.

*

Als Sven und Sabrina ins Kommissariat zurückkehrten, wartete Alexa Engel bereits auf sie. Ihr Gesichtsausdruck war ernst. »Der Mobilfunkprovider hat die Koordinaten des Funkmasts geschickt, in dem das Handy von Brodsky bzw. Rottmann eingeloggt ist. Kommt mit!« Sie führte sie in ihr Büro und deutete auf den Computermonitor. Auf einer Karte von Göttingen, die der Bildschirm anzeigte, blinkte ein roter Punkt in einem blauen Kreis. »Irgendwo in diesem Bereich muss sich das Mobiltelefon befinden. Und zwar schon länger, es hat die Funkzelle seit Stunden nicht verlassen.«

»Ist ja super!«, frohlockte Sven »Jetzt können wir …« Er brach ab. Sekundenlang weigerte sich sein Gehirn, die Information anzunehmen. Doch er spürte bereits, wie ihm das Blut aus dem Gesicht wich. Entsetzt deutete er auf den Monitor. »Das … ist … in Nikolausberg. Da wohnt Anna! Was macht der da? Wir müssen sofort los! Wenn er ihr etwas antut …«

»Es ist nicht gesagt, dass er ausgerechnet bei ihr ist«, wandte Alexa Engel ein. »Warum sollte er …?«

»Anna Lehnhoff ist auch hinter Rottmann her«, erklärte Sabrina. »Zumindest kannte sie den Namen Janosch Brodsky, als wir sie im Klinikum getroffen haben.« Sie wandte sich an Sven. »Vielleicht rufst du sie erst mal an?«

Sven hatte bereits sein Smartphone in der Hand und tippte auf das Display. Während er auf das Rufzeichen lauschte, trommelten seine Finger nervös auf der Schreibtischplatte herum.

»Sie meldet sich nicht. Weder auf dem Handy noch am Festnetzanschluss. Aber der Rufton geht raus. Wir müssen sofort … Wir brauchen einen IMSI-Catcher, damit wir ihn selbst über sein Handy verfolgen können, ohne auf den Mobilfunkprovider angewiesen zu sein.«

»Also gut«, nickte Alexa Engel. »Du kümmerst dich um das Gerät. Ich frage sicherheitshalber bei der Koordinierungsstelle an, ob wir ein SEK bekommen können.«

Sven schüttelte energisch den Kopf. »Das dauert viel zu lange. Bis die Kollegen aus Hannover hier sind … Wir können doch nicht warten, bis dieses Arschloch …«

»Das tun wir auch nicht«, unterbrach ihn die Hauptkommissarin. »Wir fahren nach Nikolausberg und schauen, wo genau sich Rottmann bzw. sein Handy befindet. Und dann entscheiden wir, ob wir reingehen oder auf das SEK warten.«

*

In dem Augenblick, in dem Anna auf den Schalter für das Minutenlicht drücken wollte, umklammerte der Mann ihren Oberkörper und zerrte sie in ihre Wohnung. Mit dem Fuß stieß er die Tür zu.

»Was soll das?«, schrie Anna. »Lassen Sie mich los!« Sie strampelte und versuchte, gegen seine Schienbeine zu treten. Doch er hob sie kurzerhand hoch. »Tut mir leid.« Er trug sie ins Wohnzimmer und warf sie aufs Sofa. Im nächsten Augenblick umklammerte er mit einer Hand ihren Hals, die andere presste er auf ihren Mund. »Nur die Ruhe!«, sagte er scharf. »Nicht schreien! Sonst drehe ich Ihnen die Luft ab. Wenn Sie vernünftig sind, geschieht Ihnen nichts.«

Der Mangel an Atemluft löste panische Angst in Anna aus. Sie riss die Augen auf und versuchte zu nicken. Die Hand über ihrem Mund lockerte sich. »Ganz ruhig!«, sagte der Mann und verringerte den Druck auf ihre Kehle. »Mein Badewasser«, keuchte Anna und deutete in Richtung Bad. »Ich muss den Hahn zudrehen, sonst …«

Der Mann lachte. »Das lassen wir erst mal laufen. Vielleicht brauchen wir es noch.«

»Was wollen Sie von mir?«, stieß Anna hervor. »Ich habe weder Geld noch Wertgegenstände …« Sie brach ab, weil ein schrecklicher Gedanke durch ihren Kopf schoss. »Sie sind Brodsky. Alias Rottmann.« Ihr war, als sei Brodsky-Rottmann bei der Nennung seines richtigen Namens zusammengezuckt. Vielleicht war es nicht sehr klug gewesen, ihren Verdacht laut auszusprechen?

»Wer ich bin, tut nichts zur Sache. Aber wenn Sie verhindern wollen, dass Ihnen ein Unfall zustößt – zum Beispiel durch einen Stromschlag in der Badewanne – brauchen Sie mir nur eine Frage beantworten. Wo ist der philippinische Junge?«

Anna zuckte mit den Schultern. »Ich weiß nicht, von wem Sie sprechen.«

»Natürlich nicht«, knurrte Rottmann. »Aber was Sie wirklich nicht wissen, ist das, was wir inzwischen von Ihnen wissen. Nämlich, dass Sie einen jungen Mann namens Danilo Vinuya aus der Station von Professor Fabricius entführt haben. Falls Ihnen das entfallen sein sollte, werden Sie sich ganz schnell erinnern müssen. Anderenfalls …«

»Anderenfalls wollen Sie mich umbringen?«, giftete Anna. Ihre Angst wich einer unbändigen Wut. »Dann erfahren Sie nichts von mir, nicht einmal die Uhrzeit.«

»Die Dame hat Humor«, stellte Rottmann in sarkastischem Tonfall fest. »Aber für Spielchen haben wir keine Zeit. Also: Wo ist der Junge?«

»Ich weiß nichts und ich sage nichts.« Anna presste die Lippen zusammen.

Rottmann seufzte. »Wie unvernünftig von Ihnen.« Dann packte er plötzlich wieder zu. Mit beiden Händen umklammerte er Annas Hals und zerrte sie vom Sofa. Obwohl Anna nach ihm schlug und um sich trat, schleppte er sie ins Badezimmer. Dort zog er den Gürtel aus ihrem Bademantel und fesselte ihre Hände. Ohne erkennbare Anstrengung hob er sie hoch und warf sie in die halb gefüllte Wanne. Wasser spritzte über den Rand, Anna schrie auf. Das Badewasser war heiß, es brannte auf der Haut und in den Augen, zugleich kehrte die Angst zurück. Sie wollte schreien, aber Rottmann war schneller. Er drückte ihren Kopf unter die Wasseroberfläche und hielt ihn fest. Panisch strampelte sie mit den Beinen und zerrte mit beiden Händen am Unterarm des Mannes. Ihre Lungen schrien nach Sauerstoff, ihr Herz raste, und in ihrem Kopf blitzten erschreckende Bilder auf. Sie als Leiche im nassen Bademantel. Sven, der sich über sie beugte und murmelte: »Da ist nichts mehr zu machen.« Ingo im schwarzen Anzug an ihrem Grab.

Plötzlich ließ der Druck nach, sie tauchte auf, schnappte nach Luft, keuchte, spürte Tränen der Angst und der Verzweiflung, registrierte das laufende Wasser, tastete blind nach dem Hebel, um es abzustellen.

»Ist Ihnen eingefallen, wo der Junge ist?«, fragte Rottmann. Anna schüttelte widerwillig den Kopf. Sofort legten sich die Hände ihres Peinigers auf Hals und Gesicht und drückten ihren Kopf erneut nach unten.

*

»Wir haben Glück«, sagte die Hauptkommissarin, als sie zu Sven und Sabrina in den Wagen stieg. »Ich habe mit der Koordinierungsstelle gesprochen. Die Kollegen vom SEK sind noch in Südniedersachsen. Sie hatten einen Einsatz in Northeim. Das heißt, sie können in gut zwanzig Minuten in Nikolausberg sein. Der diensthabende Staatsanwalt kümmert sich um eine richterliche Anordnung.«

Sven schaltete Blaulicht und Sirene ein und startete den Wagen. »Aber wenn wir vor ihnen da sind …«

»Warten wir«, unterbrach Alexa Engel ihn, »bis die Kollegen die Wohnung gesichert haben. Außerdem müssen wir uns erst vergewissern, wo genau Rottmann sich aufhält. Und du schaltest bitte rechtzeitig Fackel und Musik aus. Spätestens am Max-Planck-Institut.«

Sven nickte stumm und konzentrierte sich auf den Verkehr. Warum hatte er nicht nachgehakt, als Anna den Namen Brodsky erwähnt hatte, und auf einer Antwort bestanden? Wahrscheinlich hätte sie nichts dazu gesagt, sondern nur gelächelt. Trotzdem machte er sich Vorwürfe. Auch wenn es noch keine Beweise gab, war er davon überzeugt, dass der Mann Lennart Fabricius ermordet hatte. Er würde auch nicht davor zurückschrecken, Anna etwas anzutun. Aber warum? Was konnte Anna bei ihren Recherchen herausgefunden haben, das Rottmann betraf?

In Nikolausberg steuerte er sofort die Straße an, in der Anna wohnte.

»Lass uns ein Stück weiterfahren«, riet seine Chefin. »Falls er wirklich hier ist und aus dem Fenster schaut, muss er uns ja nicht sehen.«

Hinter einem Altglascontainer fand Sven einen Parkplatz. Er zog den mobilen IMSI-Catcher aus dem Handschuhfach und drückte Sabrina das Gerät in die Hand. »Kannst du das übernehmen? Ich bin zu nervös.«

»Okay.« Sabrina nickte und begann mit der Suche. Wenig später deutete sie auf einen der Wohnblöcke. »Da muss er drin sein.«

Sven stöhnte. »Ich wusste es.«

Seine Chefin öffnete die Wagentür. »Ich frage bei den Kollegen vom SEK nach, wo sie sind und dirigiere sie hierher. Du bleibst bitte im Wagen, Sven. Bis das SEK die Wohnung gesichert hat. In welcher wohnt Frau Lehnhoff?«

»Nummer vierunddreißig«, antwortete Sven. »Zweiter Stock, vierte Tür von links.«

*

Anna sog keuchend Luft ein, spuckte Wasser, hustete. Sie fühlte sich wie erschlagen, in ihrem Kopf herrschte beängstigende Leere. Sie wusste, dass ihr Widerstand brechen würde, wenn er sie erneut unter die Wasseroberfläche drücken würde. Ihr Magen schien sich entleeren zu wollen. Sie schluckte, unterdrückte den Brechreiz, hustete, röchelte, hustete wieder. Was würde geschehen, wenn sie Danilos Versteck preisgab? Brodsky und seine Leute würden den Jungen zu Fabricius schaffen. Der würde ihm das Herz herausoperieren. Danilo würde sterben. Und sie hätte ihn auf dem Gewissen. Vielleicht konnte Ingo … Wenn es ihr gelänge, ihn rechtzeitig zu warnen …

»Was ist nun?« Rottmann saß auf dem Badewannenrand und tippte auf seine Armbanduhr. »Viel Zeit gebe ich Ihnen nicht mehr.« Er stand auf und öffnete den Spiegelschrank. Plötzlich hatte er Annas Fön in der Hand, drückte den Stecker in die Steckdose und ließ sich wieder auf dem Wannenrand nieder. »Keine Sorge, das geht ganz schnell.« Er ließ den Motor anlaufen und schaltete ihn wieder aus. »Ich bin sicher, dass ich in Ihrem Computer oder sonst irgendwo in dieser Wohnung Hinweise auf das Versteck finde. Kostet halt nur mehr Zeit.«

»Sie sind ein Ungeheuer«, stieß Anna röchelnd hervor.

Ihr Peiniger stieß einen bösen Lacher aus. »Wir retten Menschenleben. Das ist alles andere als ungeheuerlich. Wenn Sie eines Tages mal ein Spenderorgan brauchen, werden Sie wissen, was das bedeutet. Und nun zur Sache und zum letzten Mal: Wo ist

Danilo Vinuya?« Er hob den Fön, schaltete ihn ein und ließ ihn an der Schnur über der Wanne baumeln.

Anna klammerte sich an den Gedanken, Ingo warnen zu können, sobald Rottmann die Wohnung verlassen hätte. Selbst wenn er ihre Telefonleitung aus der Wand riss, und ihr Smartphone aus dem Fenster warf. In irgendeiner Schublade lag noch ein altes Handy mit Prepaid-SIM Karte.

»Ich sag's Ihnen ja«, flüsterte sie unter Tränen. »Danilo ist bei …« Ein dröhnender Knall ließ sie zusammenzucken und verstummen. In der Wohnung über ihr setzte lautstarkes Getrappel ein. »Polizei!«, riefen mehrere Stimmen. Poltern, Klirren und Angstschreie drangen von oben herab, einen derartigen Höllenlärm hatte es im Haus noch nie gegeben.

»Verdammte Scheiße« schrie Rottmann und sprang auf. Er ließ den Haartrockner fallen. Reflexartig fing Anna ihn auf und warf ihn über den Wannenrand, während er aus dem Bad stürzte. Anna hörte die Wohnungstür knallen. Dann wurde sie von einem Weinkrampf geschüttelt.

*

Rottmann hastete die Treppe hinunter, ohne weiter auf das Geschrei und Getöse im oberen Stockwerk zu achten und ohne das Licht einzuschalten. Kurz vor der gläsernen Haustür stoppte er abrupt. Draußen standen zwei Frauen und ein Mann. Kurz entschlossen setzte er den Weg nach unten fort und verbarg sich im Hohlraum unter der untersten Treppe. Im nächsten Augenblick flammte die Treppenhausbeleuchtung auf, die Haustür wurde geöffnet, und er hörte die Schritte von drei Personen, die die Treppe hinaufeilten. Er wartete ein paar Sekunden, dann verließ er sein Versteck, eilte aus dem Haus und zu seinem Wagen. Wenig später verließ er Nikolausberg in Richtung Innenstadt. Er versuchte Maik zu erreichen, ließ es mehrmals bimmeln. Scheiße, warum meldete er sich nicht? Nachdem er die Rufweiterleitung auf sein Auto-Handy aktiviert hatte, warf er am Ortsausgang sein Smartphone aus dem Wagen. Wahrscheinlich hatten die Bullen es geortet. Weil er mit einer Fahndung rechnete, bog er an der Ampelkreuzung im Tal nach links auf die B 27 in Richtung Duderstadt ab.

17

Mit angehaltenem Atem lauschte Franziska den näherkommenden Schritten. In der Tür blieb der Mann stehen und stieß einen erschreckten Grunzlaut aus. »Verdammte Schlampe«, murmelte er. »Wo hast du dich versteckt?«

Zentimeterweise schob er sich voran. Anfangs sah sie nur eine Hand. Darin hielt er ein langes und spitzes Messer. Damit konnte er sie verletzen oder gar töten, wenn sie ihn nicht mit dem ersten Schlag außer Gefecht setzte. In Franziskas Kopf rasten die Gedanken. Vielleicht war es besser, zuerst die Hand mit der Waffe ... Intuitiv schlug sie zu, traf den Unterarm des Mannes. Er schrie auf und krümmte sich nach vorn, das Messer fiel zu Boden. Vor Franziska leuchtete der blanke Hinterkopf. Erneut ließ sie das Eisen herabsausen. Es gab ein dumpfes Geräusch, als die eiserne Schaufel den Schädel traf. Der Mann sackte geräuschlos zusammen und rührte sich nicht mehr. Sie starrte entsetzt auf den leblosen Körper, neben dessen Kopf sich eine Blutlache ausbreitete. Erschrocken und angewidert zugleich ließ sie die Schaufel fallen. In ihrem Magen ballte sich Übelkeit zusammen, stieg die Speiseröhre hinauf und entlud sich in einem gelbgrünen Schwall auf den Boden.

Heftig atmend umrundete sie den Körper und eilte zum Spülbecken, hielt ihren Kopf unter den Wasserhahn, wusch ihr Gesicht ab und spülte den Mund aus. Dann wandte sie sich um. Der Mann lag unverändert regungslos in der Türöffnung. Schritt für Schritt näherte sie sich ihm. Um die Hütte verlassen zu können, musste sie über ihn hinwegsteigen. Gerade als sie einen Fuß anhob, stöhnte der Mann und bewegte sich. Franziskas Herzschlag setzte aus, sie hielt den Atem an und verharrte.

Plötzlich drang ein Röcheln an ihr Ohr. Sie sah, wie sich sein Rücken bewegte. Tot war er also nicht. Franziska empfand Furcht und Erleichterung zugleich. Sie riskierte einen Blick auf die blutige Schädeldecke. Die Kopfhaut war geplatzt, aber die Schädeldecke war wegen des vielen Blutes nicht zu sehen. Jeden Moment konnte der Bewusstlose zu sich kommen. Rasch bückte sie sich nach dem Messer, hob es auf und warf es im hohen Bogen durch die Türöffnung nach draußen. Mit einem großen Schritt überwand sie das menschliche Hindernis und fand sich im Freien wieder.

Es war dunkel, aber vor ihr breiteten sich die Lichter der Stadt aus, hinter ihr hörte sie den Verkehrsstrom der Autobahn rauschen, seitlich schimmerte die Leuchtreklame eines Autohauses durchs Gebüsch. Sie musste sich am Rand des Ortsteils Grone befinden. Wenn sie in östlicher Richtung wanderte, würde sie auf die Martin-Luther-Straße stoßen. Dort konnte sie sich ein Taxi rufen. Aber wie? Ihr Handy lag im Haus ihrer Großeltern.

Zögernd wandte sie sich um und betrachtete den bewusstlosen Mann. Sie näherte sich noch einmal dem massigen Körper, tastete voller Furcht und Abscheu nach dem Inhalt seiner Taschen, hielt schließlich das Smartphone in der Hand. Die Berührung ließ das Display aufleuchten. Auf dem Bildschirm bewegten sich rhythmisch zwei korpulente Menschen. Sie schloss das Browserfenster, steckte das Mobiltelefon in die Tasche und machte sich mit schnellen Schritten auf den Weg.

Nach einigen Hundert Metern, am Ende der Hecke, die den Weg säumte, konnte sie in Richtung Stadt abbiegen. Mit der Annäherung an die Wohngebiete wich die Dunkelheit mehr und mehr einem diffusen Licht. Bis zur rettenden Straße konnte es nicht mehr weit sein. Plötzlich summte das Handy, statt eines Klingeltons erklang Gesang. *I wanna have a twenty inch long dingdong, I wanna have …* Franziska zog das Smartphone aus der Tasche. Auf dem Display erschien das Foto eines Mannes. Brodsky! Der Chef der Entführerbande. Unschlüssig starrte sie auf das Bild.

Gern hätte sie sich gemeldet und »Arschloch« in das Telefon gebrüllt. Aber das schien ihr zu riskant. Der Typ konnte in der Nähe sein und plötzlich auftauchen. Also drückte sie den Anruf weg.

Als sie sich den Wohnhäusern näherte, nahm sie das Handy wieder zur Hand, wählte die 112 und beschrieb die Lage der Hütte, in der sich der Verletzte befand. Ihren Namen nannte sie nicht. Anschließend wählte sie die Nummer der Göttinger Funk-Taxi-Zentrale. Nachdem sie einen Wagen zur Martin-Luther-Straße bestellt hatte, rief sie ihren Vater an.

*

Es klingelte. Anna ließ den nassen Bademantel in der Wanne zurück, wickelte sich in ein Badetuch und schleppte sich zur Wohnungstür. Angstvoll und zitternd näherte sie sich dem Türspion. Draußen stand eine Frau, die ihr bekannt vorkam. Und Sven Petersson. Erleichtert öffnete sie die Tür.

Wortlos nahm Sven sie in die Arme. Anna spürte, wie ihre Knie weich wurden. »Ich muss nach Berlin«, murmelte sie, dann wurde ihr schwarz vor Augen.

»Können Sie mich hören?«, fragte eine unbekannte männliche Stimme, als sie wieder zu sich kam. Anna zuckte zusammen und schlug erschrocken die Augen auf. Sie lag auf dem Sofa in ihrer Wohnung unter einer Decke. Jemand hatte ihr außerdem ein Handtuch um die feuchten Haare gewickelt. »Wer …«

»Das ist Doktor Hartmann, der Notarzt«, erklärte Sven. »Du warst kurz weggetreten. Wie fühlst du dich?«

Anna richtete sich auf. »Ich weiß nicht …«

»Schauen Sie mich mal an!«, verlangte der Arzt und leuchtete ihr mit einer Taschenlampe in die Augen.

Er nickte, steckte die Lampe in die Jackentasche und verstaute ein Stethoskop in einem schwarzen Koffer. »Soweit ist alles in Ordnung. Jedenfalls äußerlich. Seelische Verletzungen zeigen sich oft erst später.«

Anna unterdrückte einen Hustenreiz. »Hat der mich abgehört?«, fragte sie, nachdem der Arzt den Raum verlassen hatte.

Sven hob die Schultern. »Ich weiß nicht. War kurz draußen bei den Kollegen.« Er deutete nach oben. »Ein Zahlendreher, es ist noch nicht klar, wer dafür verantwortlich ist, die Leute, die den Einsatz angeordnet haben oder die vor Ort. Jedenfalls wurde die Dreiundvierzig statt der Vierunddreißig gestürmt und ein älteres Ehepaar in Angst und Schrecken versetzt.«

»Oh Gott!« Anna schlug eine Hand vor den Mund. »Die armen Leute.« Sie schüttelte fassungslos den Kopf. Dann sah sie Sven fragend an. »Woher wusstet ihr überhaupt, dass der Typ hier ist?«

»Wir haben sein Handy geortet«, erklärte er. »Aber wie kommt er in deine Wohnung? Was hast du mit dem zu schaffen? Und … was willst du in Berlin?«

*

Viktor Fabricius zögerte, als sein Telefon einen Anruf signalisierte. Mit der Nummer konnte er nichts anfangen. Schließlich hob er ab und meldete sich mit einem kurzen »Hallo«. Fast wäre ihm der Hörer aus der Hand gefallen, als er Franziskas Stimme hörte. »Ich bin abgehauen«, sagte sie. »Sie hatten mich in eine Hütte geschleppt. Ein Gartenhaus oder so was. Aber ich konnte ihnen entkommen. Habe mir gerade ein Taxi bestellt. Ich komme gleich nach Hause, Papa.«

»Nicht nach Hause«, widersprach Fabricius. »Das ist zu gefährlich. Sie werden dich suchen. Ich bringe dich nach … Nein, das geht auch nicht. Vielleicht beobachten sie uns. Lass dich nach Wildemann fahren!«

»Ich will sofort nach Hause, Papa.« Ihre Stimme zitterte. »Duschen, mich umziehen und …«

»Du bist in Gefahr«, unterbrach Fabricius seine Tochter. »Diese Leute sind nicht zu unterschätzen. Sie werden alles tun, um dich zu finden, damit sie mich …«

»Aber ich will nicht allein irgendwohin, ich habe Angst vor diesen Typen.«

»Du musst für ein paar Tage für sie unauffindbar bleiben.«

»Kann ich nicht woandershin? Zu einer Freundin?«

»Es ist am besten, wenn du nicht in Göttingen bist. Deine Studienadresse kennen sie auch. Mein Freund Wilhelm Holtkemper besitzt eine Jagdhütte in Wildemann. Ich sorge dafür, dass du reinkommst. Alles was du brauchst, lasse ich dir morgen bringen. Und mach dir keine Sorgen wegen der Taxikosten. Ich rufe gleich in der Zentrale an und regle das.« Er hörte ein leises Klopfen in der Leitung. »Klopft es bei dir an? Mit welchem Telefon rufst du eigentlich an?«

»Es gehört dem Typen, der mich bewacht hat. Warte mal. – *Brodsky Auto* wird angezeigt. Was wollen diese Leute von uns? Und warum schalten wir nicht die Polizei ein?«

»Sie wollen etwas von *mir*, Franziska«, erwiderte Fabricius. »Aber das ist eine längere Geschichte. Die Polizei kann ich nicht um Hilfe bitten, weil … Ich erkläre dir alles, wenn … die … Sache vorbei ist. Bis dahin bitte ich dich zu tun, was ich dir sage. Es geht um unsere Zukunft, wahrscheinlich sogar um Leben und Tod.«

Seine Tochter schwieg einen Moment. »Okay«, sagte sie dann leise. »Ich fahre also mit dem Taxi nach Wildemann. Unterwegs rufe ich noch mal an. Wegen der genauen Adresse.«

»Danke, Franziska.« Viktor Fabricius war unendlich erleichtert. »Du bist und bleibst mein Augenstern. Bis nachher.«

*

Vor der Ortschaft Waake hielt Rottmann auf dem Randstreifen an, um sich zu orientieren. Mit Hilfe des Navigationsgeräts und einer Straßenkarte fand er heraus, dass er sein Ziel auf Umwegen bequem erreichen konnte. Über Mackenrode, Groß- und Klein-Lengden würde er im Stadtteil Geismar wieder nach Göttingen zurückkehren. Und sich vom Navi zum Hotel an der Autobahn führen lassen.

Da er Maik nicht erreicht hatte, versuchte er es jetzt noch einmal über sein Auto-Handy. Während er auf das Rufzeichen lauschte, betrachtete er die Fahrzeuge, die in Richtung Braunlage fuhren. Trotz der späten Stunde rollte eine endlose Schlange von Autos in Richtung Harz. Im Licht der Scheinwerfer waren die

Insassen nur als Silhouetten zu erkennen. In den meisten Personenwagen saß nur jeweils eine Person. Ein Taxi erregte kurz seine Aufmerksamkeit. Der kurze blonde Haarschnitt des Fahrgastes ließ nicht erkennen, ob es sich um einen Mann oder eine Frau handelte. Die Person ähnelte der Tochter von Professor Fabricius. Aber die konnte es nicht sein, denn sie saß sicher verwahrt in der Hütte eines Kleingartengeländes, deren vorübergehende Nutzung Maik organisiert hatte. Der Mann war nicht der Hellste, besaß aber die Gabe, sich überall und in kurzer Zeit mit seinesgleichen zu verbrüdern. So hatte er bereits an einem der ersten Abende in der Sauna des Hotels den Besitzer eines Kleingartens kennengelernt, der ihm nach ein paar Bieren den Schlüssel zu seinem Gartenhaus überlassen hatte. Aber warum meldete sich der Idiot nicht?

Rottmann legte auf und wählte erneut. Stefan Sievert war ein anderes Kaliber. Äußerlich und vom Auftreten her der Typ des erfolgreichen Geschäftsmanns mit guten Umgangsformen. Er arbeitete schon länger für ihn und war so etwas wie seine rechte Hand geworden. Zuverlässig wie immer, meldete sich Stefan schon nach dem zweiten Klingeln. »Hallo?«

»Hier ist Frank. Ich kann Maik nicht erreichen. Wer von euch ist bei dem Mädchen?«

»Zurzeit ist er in der Hütte. Ich löse ihn in zwei Stunden ab.«

»Versuch ihn anzurufen! Wenn du ihn auch nicht erwischen kannst, musst du hinfahren. Hoffentlich macht der Schwachkopf keine Dummheiten. Ich meine, mit dem Mädchen. Ich möchte dem Professor die Tochter unversehrt zurückgeben, wenn der Deal gelaufen ist.«

»Schwer vorstellbar, dass Maik ... Die ist nicht seine Kragenweite. Er steht mehr auf barocke Formen. Aber ich kümmere mich darum und rufe dich wieder an.«

»Du musst die andere Nummer wählen. Die vom Autotelefon. Und nachher nehme ich eins unserer Reservehandys. Meins musste ich entsorgen. Bis später. In einer halben Stunde bin ich im Hotel. Dann gebe ich dir meine neue Nummer durch.«

*

Nachdem das SEK abgezogen war und im Haus wieder Ruhe herrschte, kehrten Sven und Hauptkommissarin Engel zu Anna in die Wohnung zurück. Kommissarin Lorenz war bei ihr geblieben.

»Er ist uns entwischt«, berichtete Sven. »Er muss sich im Haus versteckt haben, nachdem wir reingekommen sind. Und als wir nach ihm gesucht haben, war er schon weg. Dass die Dumpfbacken vom SEK aber auch …«

»Das klären wir später«, unterbrach ihn Alexa Engel. »An dem Einsatz auf der falschen Etage sind wir nicht ganz unschuldig.« Sie wandte sich an Anna. »Wir müssen über dieses … Ereignis … ein Protokoll machen. Wollen Sie uns gleich alles erzählen? Oder möchten Sie lieber morgen zur Dienststelle kommen?«

»Lieber gleich«, entschied Anna spontan. »Ich möchte das alles loswerden. Bitte setzen Sie sich! Du natürlich auch, Sven.«

»Danke!« Die Hauptkommissarin ließ sich auf einem Stuhl nieder und zog ein Smartphone aus der Tasche. »Darf ich Ihren Bericht aufnehmen? Dann haben wir es morgen leichter.«

Anna nickte. »Es war ein Albtraum.« Erst stockend, dann zunehmend flüssig, schilderte Anna die Begegnung mit Janusz Brodsky alias Frank Rottmann. »Es hätte nicht viel gefehlt, und ihr hättet mich tot in der Badewanne gefunden. Stromschlag. Blöder Unfall. Was weiß ich. Hätte mich dann ja nicht mehr interessiert.«

»Was ist mit Berlin?« Sven sah sie aufmerksam an. »Als ich reinkam, hast du gesagt, du müsstest nach Berlin.«

Anna zögerte. Wenn Sven sie so neugierig nach Berlin fragte, dann wusste er offensichtlich noch nicht, dass Rottmann dort einmal gelebt hatte. Sollte sie ihren Trumpf aus der Hand geben? Da Rottmann aber noch immer frei herumlief, war es wohl angebracht, den Kriminalbeamten das Ergebnis ihrer Recherche offenzulegen. Wahrscheinlich hatten sie bessere und schnellere Möglichkeiten, der Spur zu folgen.

»Rottmann stammt ursprünglich aus Berlin«, sagte sie leise. »Seine Eltern leben noch dort. Ich habe ihre Adresse recherchiert und dachte, wenn ich sie besuche, finde ich vielleicht noch mehr über ihn heraus. Wo er lebt, ob er Geschwister hat oder Freunde, über die man an ihn herankommen kann. Dass er hier bei mir aufkreuzt, habe ich nicht erwartet.«

»Welches Interesse haben Sie daran?«, fragte Alexa Engel. »Das Tötungsdelikt an Lennart Fabricius können Sie so nicht aufklären. Mal davon abgesehen, dass es auch nicht Ihre Aufgabe ist.«

Anna räusperte sich ausgiebig. Jetzt wurde es schwierig. Sollte sie ihr Wissen preisgeben? »Es geht nicht um den Sohn des Professors«, flüsterte sie schließlich. »Es geht um den Handel mit menschlichen Organen. Rottmann betätigt sich offenbar auf internationaler Ebene als Vermittler von Lebendspendern. Für reiche Russen oder Araber. Jedenfalls für Leute, bei denen Geld keine Rolle spielt.«

»Dann hat er Fabricius erpresst«, entfuhr es Sven. »Aber woher nimmt er die Organe, ich meine, die Spender?«

»Ich weiß nur, dass zwei junge Männer von den Philippinen nach Deutschland und ins Göttinger Klinikum gebracht worden sind. Die wollten ihre Nieren verkaufen, um sich mit dem Geld zu Hause eine Existenz aufzubauen. Ich vermute einen Scheich als Kunden und potentiellen Empfänger der Organe.«

»Der sollte gleich zwei neue Nieren bekommen?«, zweifelte Alexa Engel. »Von zwei verschiedenen Spendern?«

»Nein.« Anna machte eine lange Pause. »Ich glaube, er sollte das Herz von einem der Jungen bekommen.«

»Ich fasse es nicht.« Kommissarin Lorenz schüttelte ungläubig den Kopf. »Damit wissen wir aber immer noch nicht, was Rottmann von Ihnen wollte. Hat er herausgefunden, dass Sie ihm auf die Schliche gekommen sind?«

Anna nickte. »Das ist aber noch nicht alles. Ich habe einen der philippinischen Jungen aus der Transplantationsabteilung geholt. Damit ist das ganze Unternehmen gefährdet. Rottmann wollte wissen, wo er ist.«

»Und?«, fragte Sven. »Wo ist er?«

»In Sicherheit«, antwortete Anna. In ihr reifte ein Plan, der mit dem polizeilichen Interesse an vollständiger Aufklärung des Geschehens nicht in Einklang zu bringen war. Wenn Sven und seine Kolleginnen Danilo festsetzten, um ihn als Zeugen präsentieren zu können, würden die Jungen am Ende leer ausgehen.

»Um Professor Fabricius eine Tötungsabsicht, zumindest aber eine illegale Organtransplantation nachweisen zu können, müssen wir den Filipino vernehmen«, meldete sich Alexa Engel zu Wort. »Also brauchen wir seinen Aufenthaltsort.«

»Den kann ich Ihnen nicht nennen.« Anna klang entschlossen. »Und jetzt möchte ich gern allein sein.«

»Wir respektieren Ihren Wunsch«, sagte die Hauptkommissarin. »Für heute verabschieden wir uns, Frau Lehnhoff. Aber über den Aufenthaltsort des philippinischen Jungen müssen wir noch mal reden. Wir melden uns morgen wieder bei Ihnen.«

*

Kurz vor dem Ortseingang meldete sich sein Autotelefon. Rottmann drückte die Annahmetaste und verringerte die Geschwindigkeit. »Hallo, Stefan, was ist los?«

»Wenn ich das wüsste. In der Nähe der Hütte steht ein Notarztwagen mit Blaulicht. Ich habe gesehen, wie sie jemanden reingeschoben haben. Mit einem Kopfverband. Könnte Maik gewesen sein. Ob das Mädchen noch da ist, kann ich nicht erkennen. Scheiße, jetzt kommen auch noch die Bullen.«

Rottmann stieß einen Fluch aus. »Behalt die Gegend im Auge! Und melde dich wieder, wenn du etwas herausfindest. Schau dich unauffällig um, ob die Fabricius da noch irgendwo herumschleicht!«

Er beendete das Gespräch und beschleunigte wütend den Wagen. Zu spät entdeckte er den altertümlichen Starenkasten. Bevor er wieder abbremsen konnte, erhellte ein Blitz das Wageninnere. »Auch das noch«, schimpfte er laut und schlug hart auf das Lenkrad ein. Im nächsten Augenblick meldete sich erneut das Telefon. Unwirsch meldete Rottmann sich. »Ja?«

»Hallo Herr Brodsky. Hier spricht Fabricius. Ich muss Ihnen leider mitteilen, dass sich unsere Geschäftsgrundlage geändert hat.

Sie können Ihren Patienten wieder abholen. Ich werde ihn nicht operieren. Auf Wiederhören.«

Es knackte, und die Verbindung war beendet.

Vor Rottmanns innerem Auge tauchte ein Bild auf. Halbprofil und Hinterkopf einer jungen blonden Frau mit kurzen Haaren. In einem Taxi. Auf dem Weg in Richtung Harz. In ihm breitete sich das ungute Gefühl aus, allmählich die Kontrolle zu verlieren. Heute Nacht würde er nichts mehr tun können. Allenfalls den Schaden begrenzen. Er wählte Stefans Nummer. »Vergiss das Mädchen«, sagte er, als sein Mitarbeiter sich meldete. »Und finde heraus, wohin sie Maik bringen. Schaff ihn ins Hotel! Bis später.«

*

Anna schlief wenig in dieser Nacht. Nachdem Sven und seine Kolleginnen gegangen waren, hatte sie sich an den Computer gesetzt und die Geschichte von Danilo und dessen Freund aufgeschrieben, die Geschäfte des Organhändlers dargestellt und seinen falschen und seinen richtigen Namen genannt. Schließlich hatte sie den geheimnisvollen Patienten erwähnt, der in einer mit orientalischen Teppichen ausgelegten Zimmerflucht des Klinikums untergebracht war und von arabisch aussehendem Personal bewacht wurde. Zuletzt hatte sie die Rolle des Chefs der Transplantationsabteilung, Professor Viktor Fabricius, geschildert, der offensichtlich bereit war, illegale Organübertragungen gegen entsprechende Bezahlung vorzunehmen.

Die Rolle von Markus Wille hatte sie ausgeklammert. Sie war davon überzeugt, dass er eine Niere von Honesto bekommen hatte. Auf diese Weise hatten Fabricius und der Junge ihrem Chefredakteur das Leben gerettet. Zweifellos war diese Art der Organspende in Deutschland illegal. Aber Anna fand sie moralisch vertretbar. Honesto war ins Land gekommen, um eine seiner Nieren zu Geld zu machen. Seinen Teil dazu hatte er erbracht. Das war nicht mehr rückgängig zu machen. Aber wenn die Polizei den Deal auffliegen ließ, würde er ohne Bezahlung in seine Heimat zurückgeschickt werden. Auch Danilo ginge leer aus. Das würde sie verhindern.

Gegen Morgen, nachdem sie sich einige Stunden im Bett gewälzt hatte, in denen sich kurze Schlafphasen mit längeren Abschnitten unruhigen Grübelns abgewechselt hatten, überflog sie ihren Text noch einmal. Von dem, was sie geschrieben hatte, würde sie kaum etwas beweisen können. Deshalb würde sie ihn nicht veröffentlichen können. Aber das war auch nicht mehr ihr Ziel. Sie druckte den Text aus und verstaute ihn sorgfältig in ihrer Handtasche.

Sie wandte viel Zeit für eine gründliche Morgentoilette auf, denn ihr Spiegelbild sah schrecklich aus. Nachdem sie sich zufriedenstellend hergerichtet hatte, zwang sie sich zu einem Frühstück, das den Namen halbwegs verdiente, denn der Tag konnte anstrengend werden. Wenig später war sie auf dem Weg in Richtung Stadt.

*

Ingo kaute noch an seinem Frühstücksbrötchen, als er ihr öffnete. Überrascht musterte er sie. »Du siehst ein wenig mitgenommen aus. Was ist passiert?«

»Ist Danilo da?«, fragte Anna, statt ihm zu antworten, und stürmte an ihm vorbei.

»Natürlich!«, rief Ingo und schloss die Haustür. »Wir frühstücken gerade. Möchtest du auch …?« Er folgte Anna in die Küche.

Sie begrüßte den Filipino kurz und zog ein gefaltetes Blatt Papier aus der Tasche und hielt es Ingo hin. »Lies das!«

»Willst du dich nicht erst mal setzen?«, entgegnete Ingo. »Und wenigstens einen Kaffee mit uns …«

»Ich habe nicht viel Zeit«, unterbrach Anna ihn. »Ich muss mit Danilo ins Klinikum. Und dich brauche ich als Zeugen. Kannst du heute eine oder zwei Stunden später in die Schule gehen?«

»Das lässt sich einrichten«, nickte Ingo. »Ich habe erst in der dritten Stunde Unterricht. Aber ich verstehe nicht. Du willst Danilo zurückbringen? Ich denke, er ist dort in Lebensgefahr.«

»Wenn du liest, was ich aufgeschrieben habe, geht es schneller, als wenn ich dir alles erzähle. Bitte, Ingo!« Anna nahm eine Kaffeetasse aus dem Regal und schenkte sich ein. Dabei nickte sie Danilo aufmunternd zu, der fragend von seinem Müsli aufgeschaut hatte, als sein Name gefallen war.

»Das willst du veröffentlichen?« Ingo sah Anna zweifelnd an.

»Nein«, antwortete sie. »Es geht darum, der Polizei zuvorzukommen. Die werden den Laden auffliegen lassen. Wahrscheinlich schon heute. Dem will ich zuvorkommen. Dazu benötige ich deine Hilfe, und deshalb fahren wir jetzt ins Klinikum.«

»Also gut.« Ingo nahm noch einen Schluck Kaffee und stand auf. »Ich muss nur kurz in der Schule anrufen. Dann kann's losgehen.«

18

»Sie können jetzt nicht zu ihm. Der Professor bereitet sich auf eine Operation vor.« Die Sekretärin sprang auf und stellte sich ihnen in den Weg, als Anna mit Ingo und Danilo im Gefolge in ihr Büro platzte.

Anna lächelte und deutete mit einer Kopfbewegung auf Danilo. »Sagen Sie Ihrem Chef, wir haben seinen Organspender dabei. Danilo Vinuya. Aus Batangas City, Philippinen. Wenn er ihn nicht sehen will, nehmen wir ihn wieder mit.«

Entsetzt riss Marion Kleinert die Augen auf und schlug die Hand vor den Mund. »Einen Moment bitte!« Sie klopfte zaghaft an die Tür zum Büro des Professors, öffnete sie gerade so weit, dass sie hindurchschlüpfen konnte, und verschwand. Wenig später kehrte sie zurück. »Der Herr Professor lässt bitten.«

Anna ging vorweg und legte ihr Schriftstück auf den Schreibtisch des Arztes. Fabricius erhob sich zögernd und musterte die Ankömmlinge über den Rand seiner Lesebrille hinweg. »Sie sind die Journalistin, die …«

Anna schnitt ihm das Wort ab. »Lehnhoff. Anna Lehnhoff. Vom Göttinger Tageblatt. Den jungen Mann hier kennen Sie ja. Und das ist mein Lebensgefährte. Er ist als Zeuge mitgekommen.« Sie deutete auf das Blatt. »Bitte lesen Sie das jetzt! Es handelt sich um den Entwurf eines Artikels, der morgen im GT erscheinen wird. Darin beschreibe ich Ihre Machenschaften.«

»Was heißt hier Machenschaften?«, erwiderte Fabricius empört und warf Ingo einen Blick zu. »Und was, bitte, soll dieser Herr bezeugen?«

»Dass Sie meinen Text gelesen haben, bevor er gedruckt wird. Sie haben die Chance, die Veröffentlichung zu verhindern.«

Kopfschüttelnd sank Fabricius auf seinen Stuhl zurück und rückte seine Lesebrille zurecht. Seine Augen glitten über den Text. Interessiert verfolgte Anna, wie sich die Miene des Arztes verdüsterte. Schließlich sah er auf. »Das haben Sie sich ja schön zusammenfantasiert.«

»Sie wissen, dass jedes Wort stimmt«, entgegnete Anna. »Was Sie noch nicht wissen, ist Folgendes: Die Polizei ist Janusz Brodsky alias Frank Rottmann auf der Spur. Es ist nur noch eine Frage von Stunden, bis sie ihn festnimmt. Spätestens dann, wahrscheinlich aber schon vorher, wird die Kripo hier auftauchen und Sie und Ihre Patienten vernehmen. Insbesondere diesen jungen Mann hier.« Sie legte den Arm um Danilo, der das Gespräch mit ängstlicher Miene verfolgte, und nickte ihm aufmunternd zu. »Und natürlich Ihren arabischen … Gast. Hat der eigentlich schon bezahlt? Wahrscheinlich eine Anzahlung. Natürlich in bar. Der Rest wird nach der Operation fällig. Stimmt's?«

»Alles erstunken und erlogen«, brüllte Fabricius. »Sie haben keinerlei Beweise.« Plötzlich hatte er ein Medizinfläschchen in der Hand und fingerte nervös daran herum.

»Für die Beweise«, fuhr Anna ungerührt fort, »sorgt die Polizei. Sie wird Ihr Büro auf den Kopf stellen, Unterlagen und Computer beschlagnahmen und Ihr Personal als Zeugen vernehmen. Und ich werde die Polizeiaktion zum Anlass und Ausgangspunkt für meinen Artikel nehmen. Wenn der erscheint, sind Sie ruiniert. Egal, was bei den staatsanwaltschaftlichen Ermittlungen herauskommt und ob gute Anwälte Sie vor strafrechtlichen Konsequenzen schützen können. Zum letzten Mal, Herr Professor Fabricius.

Sie haben die Chance, die Öffentlichkeit aus der Sache herauszuhalten und den Schaden zu begrenzen. Wenn Sie meinem Vorschlag folgen.«

*

»Die Berliner Kollegen waren so freundlich, den Eltern unseres Freundes einen Besuch abzustatten. Und hier ist das Ergebnis.« Triumphierend hielt Sven Petersson eine Seite hoch, die er soeben ausgedruckt hatte. »Wir haben ein Foto von Frank Rottmann. Und wir wissen jetzt, dass er in Brüssel lebt. Außerdem kennen wir sein Geburtsdatum. Den falschen Namen hat er von seiner polnischen Großmutter übernommen. Welchem Beruf oder Gewerbe er nachgeht, wussten die Eltern nicht.«

»Hätte mich auch überrascht«, kommentierte Sabrina. »Das Foto ist wahrscheinlich schon älter. Aber der Hinweis auf Brüssel könnte uns helfen. Wahrscheinlich fährt er ein Auto mit einem belgischen Kennzeichen. Das ist ziemlich auffällig. Ich lasse gleich alle Streifen informieren, dass sie nach einem roten Nummernschild Ausschau halten.«

»Habt ihr etwas herausgefunden?« Die Hauptkommissarin betrat das Büro. Sabrina setzte sie über die aktuellen Erkenntnisse ins Bild. »Immerhin etwas«, bestätigte Alexa Engel. »Gebt das Foto und die Informationen auch an die Kollegen der Fahndung! Die Suche nach Rottmann hat Priorität.« Sie wandte sich an Sven. »Ich kann Frau Lehnhoff nicht erreichen. Sie scheint weder zu Hause noch an ihrem Arbeitsplatz zu sein. Du hast doch bestimmt ihre Handynummer. Wir sollten mit dem Jungen reden, bevor wir uns Professor Fabricius vornehmen.«

Sven nickte. »Ich kümmere mich darum.«

»Gut.« Die Hauptkommissarin streckte die Hand aus. »Vorher gibst du mir bitte noch die Informationen über Rottmann, du kannst sie dir ja neu ausdrucken. Ich werde versuchen, bei den Kollegen in Brüssel jemanden zu erreichen, der sich für ihn interessiert. Vielleicht ist er dort schon bekannt. Wenn nicht, müssen wir über Interpol um Amtshilfe bitten.«

»Was machen wir«, fragte Sabrina, »wenn Frau Lehnhoff den Aufenthaltsort des philippinischen Jungen nicht preisgeben will?«

Alexa Engel lächelte. »Sven wird das schon hinkriegen. Andernfalls müssen wir uns vorerst mit seinem Freund zufriedengeben, der noch im Klinikum ist.«

»Also machen wir uns auf jeden Fall auf den Weg dorthin?«

»Sobald wir hiermit fertig sind.« Die Hauptkommissarin wedelte mit dem Blatt, das Sven ihr gegeben hatte.

*

Fabricius nahm seine Lesebrille ab und sah Anna böse an. »Und wie sähe Ihr Vorschlag aus?«

»Zunächst noch eine Frage. Ich gehe davon aus, dass Danilos Freund Honesto bereits eine Niere entnommen wurde. Ist das richtig?«

Der Professor zuckte mit den Schultern, was Anna als Bestätigung wertete. »Diese Niere haben Sie einem Ihrer Patienten eingepflanzt. Das war eine illegale Organtransplantation, für die Sie sich eigentlich strafrechtlich verantworten müssten. Aber wenn der Spender aus Göttingen verschwindet und ich diesen Artikel nicht veröffentliche, wird es für Polizei und Staatsanwaltschaft keine Hinweise auf eine illegale Transplantation geben. Sie hätten gute Chancen, ungeschoren davonzukommen. Allerdings sind Danilo und sein Freund Honesto von Rottmanns Mittelsmännern mit dem Versprechen nach Deutschland gelockt worden, als Gegenleistung für ihre Organspende eine größere Summe Geld zu bekommen. Wenn die Polizei den illegalen Organhandel aufklärt, werden die Jungen in ihre Heimat zurückgeschickt. Honesto mit nur einer Niere, aber beide ohne Geld. Sie sehen also, unsere Interessen decken sich teilweise. Meine Bedingung in diesem Deal ist, dass Sie die Bezahlung übernehmen. Und zwar sofort. Bevor die Polizei hier auftaucht. Im Gegenzug bringe ich Danilo und seinen Freund nach Frankfurt und setzte sie dort in ein Flugzeug nach Manila.«

Mit vorgeschobener Unterlippe und zu Schlitzen zusammengekniffenen Augen starrte der Professor sie an. Schließlich tippte er auf das Blatt. »Wer garantiert mir, dass Sie den Text nicht doch veröffentlichen?«

»Niemand«, antwortete Anna. »Das Risiko müssen Sie eingehen.«

Sichtlich nervös trommelte Fabricius mit den Fingern auf der Schreibtischplatte. In der anderen Hand drehte er das Medizinfläschchen. Schließlich stand er auf. »Einen Moment bitte.«

Danilo wich ängstlich zurück, und Ingo sah Anna fragend an. Doch der Professor machte nur ein paar Schritte zu einem Waschbecken in der Schrankwand seines Büros, nahm ein Glas, ließ ein paar Tropfen hineinfallen, füllte etwas Wasser auf und leerte das Glas in einem Zug. Dann atmete er tief durch, kehrte zu seinem Schreibtisch zurück und ließ sich wieder auf seinen Bürostuhl fallen.

»Also gut.« Er beugte sich zur Seite, öffnete die unterste Schublade und zog einen dicken Umschlag hervor. »Das sind fünfzigtausend Euro. Mehr kann ich so schnell nicht zur Verfügung stellen.« Dann reichte er Anna das Päckchen. Sie öffnete es, warf einen Blick hinein und gab es an Ingo weiter. Der nahm ein Bündel Geldscheine heraus und ließ sie durch die Finger gleiten.

Ingo nickte bestätigend und wandte sich an Danilo. »Fifty thousand Euros. More than sixty thousand dollars. For you and your friend. Is that okay?«

Danilo machte große Augen, öffnete den Mund und schloss ihn wieder. »Yes, of course!«, stieß er schließlich hervor.

»Jetzt brauchen wir noch die Pässe der beiden.«, stellte Anna fest. »Ich nehme an, dass Sie die ebenfalls hier verwahren.«

Fabricius seufzte, beugte sich erneut hinab, zog die Dokumente hervor und warf sie auf den Schreibtisch.

»Danke, das war's dann«, sagte Anna, steckte die Pässe ein und deutete auf das Blatt. »Meinen Textentwurf dürfen Sie behalten. Vielleicht möchten Sie ihn als Erinnerung einrahmen.« An Ingo gewandt fuhr sie fort: »Komm, wir gehen!«

Sie nahm Danilos Hand und wandte sich zur Tür. Dort drehte sie sich noch einmal um. »Geben Sie bitte dem Personal auf Ihrer

Station Bescheid, dass wir Honesto jetzt mitnehmen. Wenn er noch Probleme mit dem Gehen hat, sollen sie ihn zum Taxistand bringen. Und weisen Sie Ihre Mitarbeiter an, seinen Medikamentenplan und die Arzneien für die nächsten drei Wochen mitzugeben.«

»Was hast du vor?«, fragte Ingo, nachdem sie die Transplantationsabteilung verlassen hatten.

»Wir fahren erst mal zu dir. Ich suche einen Flug nach Manila für die Jungen heraus. Dann packen wir ein paar Sachen zusammen, und ich bringe Danilo und seinen Freund nach Frankfurt. Zur Not müssen sie dort noch einen Tag warten.«

»Und wenn Honesto noch nicht reisefähig ist?«

»Dann fliegt Danilo allein, und sein Freund kommt später nach. Bis dahin bringen wir ihn irgendwo unter. Aber nicht in Göttingen. Ich lasse mir etwas einfallen.«

»Okay.« Ingo nickte. »Und jetzt?«

»Fahr du in die Schule! Ich nehme ein Taxi.« Anna streckte die Hand aus. »Und gib mir das Geld! Falls wir uns nicht mehr sehen.« Sie küsste ihren Freund auf die Wange und verstaute den Umschlag in ihrer Handtasche. »Ich melde mich auf jeden Fall.«

*

»Maik Wollnick«, sagte der Mann am Empfang des Klinikums. »Er ist gestern Abend eingeliefert worden. Mit einer Kopfverletzung.«

»Dann dürfte er auf der Unfallchirurgie gelandet sein«, antwortete der Rezeptionist und fuhr mit dem Finger auf seinem Bildschirm entlang. »Hier ist er. Wollnick, Maik. Bettenhaus eins, Station 5013.« Er deutete auf einen breiten Gang. »Dort entlang.«

Stefan Sievert bedankte sich und machte sich auf den Weg. Zehn Minuten später führte er seinen leicht schwankenden Kumpan zum Aufzug und fuhr mit ihm ins Erdgeschoss.

Erst als sie die Kabine verlassen hatten und die Eingangshalle durchquerten, stellte er seine Frage. »Was ist passiert?«

»Die Schlampe hat mir eins übergebraten«, brummte Wollnick unwillig. »Ich war pinkeln, und als ich wieder reingekommen bin .... Außerdem hat sie mein Handy geklaut.«

Sievert konnte sich ein Grinsen nicht verkneifen. »Ich hätte nicht für möglich gehalten, dass dieses zarte Mädel einen wie dich umhauen kann. Und jetzt hast du ein Loch in der Birne?«

»Quatsch«, widersprach Wollnick. »Nur 'ne Gehirnerschütterung. Und eine Platzwunde. Nicht weiter schlimm. Ist der Chef sauer?«

»Sauer ist gar kein Ausdruck, mein Lieber. Das ganze Unternehmen steht auf der Kippe. Wenn das Mädchen verschwunden bleibt, wird der Professor kaum bereit sein, die Operation durchzuführen. Das bedeutet, der saudische Prinz zahlt nicht, und wir müssen unverrichteter Dinge abreisen. Außer Spesen nichts gewesen. Ich schätze, Frank ist außer sich.«

»Scheiße«, knurrte Wollnick. »Dann muss ich mir wohl einen neuen Job suchen.«

»In dem Punkt kann ich dir leider nicht widersprechen«, antwortete Sievert. »Jetzt bringe ich dich erst mal ins Hotel. Und dann sehen wir weiter.«

Um zur richtigen Parkebene zu kommen, mussten sie den Taxistand passieren. Fast wären sie mit einem Rollstuhl zusammengestoßen, der von einem weiß gekleideten Krankenpfleger mit schnellen Schritten zum ersten Wagen in der Schlange gefahren wurde. In dem Gefährt saß ein dunkelhäutiger junger Mann. Begleitet wurde er von einem ähnlich aussehenden Jungen und einer blonden Frau, die sich ständig umsah, als fürchtete sie, verfolgt zu werden.

»Warte einen Augenblick!« Sievert blieb stehen und zog sein Handy aus der Tasche. Er hatte die Journalistin, von der Frank gesprochen hatte, nie gesehen. Aber der Junge im Rollstuhl und sein Begleiter sahen verdammt nach Filipinos aus. Was hatte es zu bedeuten, dass sie mit einer Frau in ein Taxi stiegen? Gerade diskutierte sie mit dem Taxifahrer, wo der behinderte Junge sitzen sollte. Sievert fotografierte die Szene und schickte die Aufnahme an Frank Rottmann. Die Antwort kam wenige Sekunden später. »Verfolgen!«

Er stieß Wollnick in die Seite. »Los! Zum Wagen! Wir müssen uns beeilen.« Hastig zerrte er seinen Kollegen über die Fahrbahn und die Stufen zum unteren Parkdeck hinab.

Als er den Parkplatz verließ, war das Taxi verschwunden. Doch an der Ampel zur Straße entdeckte er es wieder. Der Wagen war in Richtung Stadt abgebogen und bereits einige Hundert Meter entfernt. Sievert gab Gas, der Wagen schoss schlingernd um die Kurve. Wollnick schlug mit dem Kopf gegen die Scheibe und stöhnte auf. »Willst du mich umbringen?«

*

Das Taxi hielt in einer schmalen steilen Straße der Innenstadt vor einer gepflegten Gründerzeitvilla. Die Insassen stiegen aus, die blonde Frau nahm einen Schlüssel aus der Handtasche und öffnete die Haustür. Unterdessen halfen der Fahrer und einer der dunkelhäutigen Jungen dem anderen aus dem Wagen. Die Blonde kehrte zurück und bezahlte. Dann half sie, den jungen Mann zu stützen und zur Tür zu geleiten. Wenig später war sie mit ihren Begleitern im Haus verschwunden. Sievert griff zum Handy und wählte.

»Die Frau ist mit den beiden Jungen in die Innenstadt gefahren«, berichtete er, als Frank Rottmann sich meldete. »Die Straße heißt …« Er warf einen Blick auf das Navigationsgerät. »Rohnsweg.«

»Gut, dann wissen wir wenigstens, wo sie sind. Wir werden sie später da rausholen. Aber vorher müssen wir das Mädchen finden. Sonst spielt der Professor nicht mit. Oder wir schnappen uns seine Frau. Auf jeden Fall brauchen wir einen Plan. Was ist mit Maik? Ist er einsatzbereit?«

Sievert warf seinem Kollegen einen Blick zu. »Bist du okay?«

»So gut wie«, antwortete Wollnick. »Mein Schädel brummt wie ein Bienenhaus, aber in ein paar Stunden wird's wieder gehen.«

»Im Augenblick sieht er nicht gut aus«, sagte Sievert ins Telefon. »Wahrscheinlich muss er erst mal ordentlich pennen.«

»Bring ihn ins Hotel!«, befahl Rottmann. »Aber die nächsten Minuten bleibt ihr noch vor dem Haus. Ich will wissen, ob die Lehnhoff mit den Jungen dort bleibt oder ob sie gleich wieder aufbricht.«

»Behaltet das Haus noch ein paar Minuten im Auge! Nicht dass sie nur schnell was erledigt. Dann kommt ihr her. Ich brauche euch hier dringend.« Rottmann beendete die Verbindung.

Sievert steckte das Handy ein. »Ein Weilchen musst du noch durchhalten, dann kannst du dich aufs Ohr hauen.«

Wollnick stieß einen Grunzlaut aus und ließ die Rückenlehne seines Sitzes nach hinten gleiten.

*

Eine halbe Stunde später empfing Rottmann sie im Hotel. Kritisch musterte er den Kopfverband seines Mitarbeiters, sagte aber nichts.

Mit wehleidiger Miene und zwischendurch leise stöhnend, erklärte Wollnick, was ihm zugestoßen war. »Und dann hat die Schlampe auch noch mein Handy mitgenommen.«

Rottmann war elektrisiert. »Dein Handy? Du hast ein Android-Smartphone. Das können wir orten. Hast du ein Google-Konto? Hast du im Gerät Remote-Ortung und Standortzugriff aktiviert?«

Wollnick bewegte vorsichtig den Kopf. »Ja, ich glaub schon. Hab ich gemacht, als es neu war. Falls ich's mal verliere.«

»Das ändert alles.« Er wandte sich an Sievert. »Du fährst zurück und behältst die Lehnhoff im Auge. Sobald sich eine Gelegenheit bietet, schnappst du dir den Jungen und bringst ihn zu Professor Fabricius. – Nein, warte, erst wenn ich dir grünes Licht gebe. Bis dahin musst du ihn festhalten. Sperr ihn in den Transporter!« Dann stieß er Wollnick in die Seite. »Und du kommst mit rüber zu mir! Hinlegen kannst du dich später.«

Wenig später saßen die beiden Männer vor dem Notebook. Rottmann meldete sich mit den Daten seines Helfers in dessen Google-Konto an und startete die Suche. Nach einigen Sekunden wurde eine Karte mit einem blauen Punkt angezeigt. »Bingo!« Rottmann schlug mit der flachen Hand auf den Tisch. »Die Fabricius-Tochter ist im Harz.« Er beugte sich zum Bildschirm vor. »Wie heißt das? Wildemann? Komischer Name.« Dann notierte er den nächstgelegenen Straßennamen, sprang auf und versetzte Wollnick einen Schlag auf die Schulter, so dass der mit schmerzverzerrter Miene zusammenzuckte. »Jetzt kannst du dich meinetwegen aufs Ohr hauen. Oder gleich verschwinden. Du bist entlassen.«

»Und was ist mit meiner Prämie?«, jammerte Maik Wollnick.

»Die kannst du dir in die nicht vorhandenen Haare schmieren.«

*

»Rottmanns Handy ist nicht mehr in Bewegung. War auch nicht zu erwarten, offenbar hat er es weggeworfen. Zwischen Nikolausberg und Max-Planck-Institut.« Hauptkommissarin Engel stand in der Tür. »Und einen Durchsuchungsbeschluss für das Büro von Professor Fabricius bekommen wir nicht. Wegemann versteht nicht - ich glaube, er will nicht verstehen - dass wir nun auch noch gegen seinen Freund ermitteln. Was das mit dem Tötungsdelikt zu tun haben soll, wollte er wissen. Illegale Organtransplantationen seien ein völlig anderer Tatbestand. Und ob wir überhaupt zuständig seien. Und so weiter. Ein unerfreuliches Gespräch.«

»Dann müssen wir unser Glück so versuchen«, schlug Sabrina Lorenz vor. »Den Professor irgendwie austricksen.«

»Ich glaube nicht«, wandte Sven Petersson ein, »dass der so leicht zu knacken ist. Und ob dir seine Sekretärin noch einmal auf den Leim geht ...«

»Uns bleibt nichts anderes übrig«, entschied Alexa Engel. »Vielleicht gelingt es uns, aus dem zweiten Filipino etwas herauszubekommen. Oder wir befragen jemanden vom Personal.« Sie wandte sich an Sven. »Hast du Frau Lehnhoff inzwischen erreicht?«

Der Oberkommissar schüttelte den Kopf. »Langsam mache ich mir Sorgen. In der Redaktion ist sie nicht. Zu Hause auch nicht. Ich habe ihre Freundin Lissy angerufen, die im selben Haus wohnt. Sie hat bei ihr geklingelt. Ich könnte es höchstens noch bei … ihrem Lebensgefährten versuchen. Aber der ist um diese Zeit in seiner Schule.«

»Probier's trotzdem!« Sabrina nickte Sven aufmunternd zu. »Auch wenn es dir schwerfällt. Bestimmt hat sie es in ihrer Wohnung nicht ausgehalten. Nach diesem Erlebnis finde ich das verständlich. Und jetzt erholt sie sich bei ihm.« Die Kommissarin erhob sich. »Oder wir fahren dort vorbei, und ich rede mit ihr.«

Die Vorstellung, neben seiner Kollegin zu stehen, während sie mit Anna sprach, gefiel Sven nicht. »Ich rufe erst mal an«, sagte er. »Dann sehen wir weiter.«

Hauptkommissarin Engel hob den Arm und deutete mit dem Zeigefinger auf ihre Armbanduhr. »Ich gebe euch eine halbe Stunde. Dann fahren wir ins Klinikum. Auch ohne Durchsuchungsbeschluss.«

Sven nickte stumm und wählte. Nach dem dritten Rufzeichen meldete sich Anna vorsichtig. »Ja?«

»Hallo, Anna, hier ist Sven. Ist bei dir alles in Ordnung?«

»Ja. Alles bestens. Warum?«

»Wir würden gern mit dem philippinischen Jungen sprechen. Hast du dir's überlegt?«

»Es geht nicht«, antwortete sie nach einer kurzen Pause. »Morgen kann ich es dir erklären. Ich bin sicher, du wirst mich verstehen.«

Sven hob seine Stimme. »Morgen? Jetzt hör mir mal gut zu, Anna! Du behinderst unsere Ermittlungsarbeit. Ist dir das eigentlich klar? Komm zur Vernunft! Wir müssen diesen Rottmann erwischen. Bevor er wieder ins Ausland verschwindet. Nicht nur, weil er einen illegalen Organhandel eingefädelt hat, sondern weil wir ihn für den Tod von Lennart Fabricius verantwortlich machen. Die Fahndung läuft zwar, aber wir wissen nicht, wo wir suchen sollen. Wenn wir mithilfe der Filipinos den Professor wegen seiner illegalen Transplantationen überführen können, verrät er uns sicher, wo und wie wir seinen Geschäftspartner finden.«

»Das mag alles richtig sein, Sven. Aber ich kann euch im Augenblick nicht helfen. Und jetzt würde ich unser Gespräch gern beenden, denn ich habe zu tun.«

Sven kochte innerlich, aber er wusste, wie gering seine Chancen waren, Anna umzustimmen. Jede andere Zeugin hätte er vorladen lassen, um sie in der Dienststelle zu befragen, aber ihm war klar, dass Anna ohnehin nichts von dem preisgeben würde, was sie für sich behalten wollte. »Dann bis morgen«, murmelte er resigniert und legte auf, ohne eine Antwort von ihr abzuwarten.

*

Nachdem sie das Gespräch mit ihrem Ex beendet hatte, wandte Anna sich wieder dem Computer zu. Von Frankfurt aus gab es einen Flug mit China Airlines um 10.40 Uhr und einen mit Thai Airways um 14.10 Uhr. Sie sah auf die Uhr. Mit dem ICE um 09.17 Uhr würden sie den späteren Flug bequem schaffen. Zur Not würden sie einen Zug später fahren und am AIRail-Terminal einchecken. Sie buchte zwei One-Way-Tickets mit Thai Airways nach Manila, anschließend drei Bahntickets nach Frankfurt und druckte sie aus. Dann drehte sie sich um. »Wir müssen sofort aufbrechen«, rief sie Danilo und Honesto auf Englisch zu. »Zum Bahnhof. Ich bringe euch nach Frankfurt zum Flughafen. Honestos Sachen sind ja in seiner Tasche aus dem Klinikum. Danilo, du musst deine …«

Sie brauchte nicht auszureden, Danilo hatte verstanden. Während er seine wenigen Habseligkeiten zusammenpackte, bestellte Anna ein Taxi.

*

Als Stefan Sievert in den Rohnsweg einbog, wiederholte sich die Szene, die er schon einmal beobachtet hatte, nur andersherum. Der Taxifahrer und der eine Junge halfen dem zweiten Filipino in den Wagen. Die Lehnhoff stand daneben und redete auf sie ein.

Er kalkulierte seine Chancen. Dann wendete er und fuhr rückwärts die schmale Straße hinauf, bis er das Taxi fast erreicht hatte. Er zog die Handbremse an, ließ den Motor laufen, stieg aus und öffnete den Kofferraumdeckel. Mit freundlich-hilflosem Gesichtsausdruck näherte er sich dem Wagen. Bevor er die Lehnhoff ansprechen konnte, rief sie ihm bereits zu: »Hallo, wir sind in Eile. Würden Sie freundlicherweise den Weg freimachen?«

Sievert nickte. »Selbstverständlich. Sofort. Ich habe nur eine kurze Frage.« Inzwischen hatte er sich dem Taxi auf Armlänge genähert. Der Wagen stand bergauf in Richtung Rohns, würde also noch wenden müssen. Sein Fahrer saß bereits hinter dem Steuer, die Jungen auf der Rückbank, die Lehnhoff stand in der offenen Beifahrertür.

Blitzschnell zog er eine Pistole aus dem Gürtel, riss die hintere Tür auf und richtete die Waffe ins Innere. Dann packte er Danilo am Oberarm und zerrte ihn aus dem Wagen. »Keiner rührt sich, jeder bleibt auf seinem Platz!«, brüllte er. »Sonst ist der Junge tot.« Er schleifte den Filipino zu seinem Wagen, öffnete eine der hinteren Türen und stieß ihn hinein. Im nächsten Augenblick saß er hinterm Steuer und gab Gas. Hinter ihm schrie die Frau irgendetwas Unverständliches und gestikulierte, der Taxifahrer glotzte mit offenem Mund. Sievert grinste in den Rückspiegel. Am Heck des Wagens wippte der offene Kofferraumdeckel auf und ab, als er mit quietschenden Reifen in die nächste Querstraße einbog.

*

Die Jagdhütte befand sich am Hohen Berg, in der Nähe der Auerhahnsklippen. Rottmann musste den Wagen abstellen und die letzten Meter zu Fuß zurücklegen. Zwei ähnliche Hütten hatte er bereits überprüft. Sie wirkten verlassen. Als sei seit Wochen niemand mehr dort gewesen. Während er sich dem dritten Unterschlupf näherte, wuchs seine Zuversicht, das Mädchen hier zu finden. Zwei Fensterläden waren geöffnet, aus einem Kamin kräuselte eine dünne Rauchfahne empor. Rottmann zog seine Pistole aus der Tasche und entsicherte sie. Vorsichtig näherte er sich einem der Fenster und sah hinein.

19

»Los! Drehen Sie um! Verfolgen Sie den Wagen!«, brüllte Anna. Sie war in das Taxi gesprungen und hatte ihr Smartphone aus der Tasche gezogen. Jetzt konnte nur noch einer helfen. Während sie versuchte, Svens Kurzwahl auf dem Display zu treffen, wendete der Fahrer den Wagen. »So richtig verfolgen?«, fragte er und grinste. »Wie im Film?«

»Genau so«, bestätigte Anna. »Geben Sie Gas!«

»Sie müssen sich anschnallen.«

»Okay.« Anna griff zum Gurt und ließ das Schloss einrasten. »Erledigt. Haben Sie die Nummer des Wagens gesehen?«

Der Fahrer beschleunigte rasant und bog am Ende der Straße nach rechts in den Düstere-Eichen-Weg ein. »Wie denn? Der hatte doch den Kofferraumdeckel oben. Da war kein Nummernschild zu sehen.«

Auf der Rückbank stieß Honesto einen gedämpften Schreckensschrei aus. Anna wandte sich um und griff nach seiner Hand. »Are you okay?«

Der Junge nickte ängstlich.

»Mist, verdammter!« Weil der Wagen schwankte und schlingerte, gelang es Anna nicht, Svens Nummer zu wählen. Sie starrte nach vorn, doch das Auto des Entführers war nicht zu sehen. »Scheiße, und jetzt haben wir auch noch Rot. Hoffentlich ist er nicht am Nikolausberger Weg abgebogen.«

»Unwahrscheinlich.« Trotz der roten Ampel raste das Taxi weiter auf die Kreuzung zu. Anna hielt den Atem an.

»Vorsicht!«, rief Anna, stemmte die Füße gegen das Bodenblech und deutete nach vorn.

»Wird gleich Grün.« Der Fahrer bremste ab, beschleunigte aber sofort wieder, als das gelbe Licht aufleuchtete.

Im Kreuzbergring wurde der Verkehr so dicht, dass sie nur noch mitrollen konnten. »Ich glaube, ich habe ihn gesehen«, sagte der Taxifahrer. »Da vorn. In der Reihe vor der Ampel zur Robert-Koch-Straße ist einer ausgestiegen und hat den Kofferraumdeckel zugeschlagen. Von hier aus ist jetzt nur noch das Dach zu sehen.«

Anna erwog ihre Chancen, den Wagen des Entführers zu Fuß zu erreichen. Doch schon rollte die Schlange wieder an.

Noch einmal wurden sie vom Rotlicht gestoppt. »Danilo!«, rief Honesto von hinten und deutete hektisch voraus. Sein Freund war gut zu erkennen. Der Wagen stand nun an der Ampel ganz vorn. Wahrscheinlich fährt er sofort weiter, wenn ich ihn erreiche, dachte Anna, auch bei Rot. Während sie Svens Nummer wählte, fragte sie: »Schaffen wir es, bei der nächsten Phase dran zu bleiben?«

Der Taxifahrer nickte zuversichtlich. »Wenn vor uns keiner schläft.«

Nur knapp, bei leuchtendem Gelb, passierten sie die Ampel. Gerade rechtzeitig, um zu erkennen, dass der Entführer nach rechts in die Weender Landstraße einbog. Sie folgten ihm, so schnell es der Verkehr zuließ. Hier waren weniger Fahrzeuge unterwegs, so dass sie aufschließen konnten. »Nicht zu dicht«, warnte Anna. »Ihr Taxi fällt zwischen den anderen Wagen auf.« Noch immer lauschte sie auf das Rufzeichen von Svens Handy. Er schien es nicht zu hören oder war zu beschäftigt, um ranzugehen. Sie legte auf. Sollte sie die 110 alarmieren? Sie entschied sich dagegen; dem diensthabenden Beamten hätte sie zu viel erklären müssen.

Wenig später bog der Entführer erneut ab. Nach links auf die B 3 in Richtung Autobahn. Wollte er die Stadt verlassen?

*

Um ihre innere Unruhe zu überwinden, hatte Franziska sich mit der Vorbereitung eines Frühstücks beschäftigt. Obwohl ihr Vater ihr versichert hatte, dass sie in der Jagdhütte seines Freundes sicher sei, hatte sie unruhig geschlafen und war früh aufgewacht. Als Erstes hatte sie den gusseisernen Ofen angeheizt. Es gab reichlich Holz, so dass sie nicht würde frieren müssen. Aber etwas zu essen hatte sie nicht gefunden. Der kleine Kühlschrank war leer, und der Vorratsschrank enthielt ebenfalls keine Lebensmittel, nur eine Blechdose mit einem Rest Kaffeepulver. Zum Glück trug sie aus alter Gewohnheit einen Zehn-Euro-Schein in der Gesäßtasche mit sich herum. Also hatte sie sich auf den Weg ins Dorf gemacht, um wenigstens ein paar Brötchen und etwas Milch und Käse für ein kleines Frühstück einzukaufen.

Obwohl der Kaffee kaum noch etwas von seinem Aroma bewahrt hatte, brachte sie in einem kleinen Aluminiumtopf Wasser zum Sieden und schüttete das Pulver hinein. Schließlich goss sie die braune Flüssigkeit in einen Porzellanbecher, nahm einen Teller aus dem Schrank und setzte sich an den Tisch.

*

Ein kurzer Blick durch eines der Fenster brachte ihm Gewissheit. Die Frau war darin. Er hatte sie zwar nur von hinten gesehen, aber ihren raspelkurzen Haarschnitt wiedererkannt. Lautlos umrundete er die Hütte. Der Eingang befand sich auf der Rückseite. Leider ließ die Tür nicht erkennen, ob sie sich mit einem kräftigen Stoß aufbrechen lassen würde. Vorsichtig drückte er die Klinke hinunter, doch erwartungsgemäß war das Schloss verriegelt.

Rottmann sah sich um. Neben dem Eingang, unter dem vorspringenden Dach, war Brennholz gestapelt. Kräftige trockene Scheite in handlicher Größe. Daneben stand ein offensichtlich häufig benutzter Klotz zum Holzhacken. Seitlich gab es einen niedrigen Anbau, dessen Tür durch ein Vorhängeschloss gesichert war. Vielleicht fand er dahinter ein Werkzeug, mit dessen Hilfe er in die Hütte eindringen konnte. Von seiner Waffe wollte er nach Möglichkeit keinen Gebrauch machen. In dem engen Tal zwischen hohen Bergen, würde ein Schuss wie ein Donnerschlag rollen und den einen oder anderen Dörfler aufmerksam werden lassen.

Das Vorhängeschloss erwies sich als stabil, aber die Befestigungsschrauben hatten kaum noch Halt in der morschen Umgebung. Mit einem kräftigen Griff entfernte er den Riegel und zog vorsichtig die Tür auf. Die Scharniere gaben ein wehklagendes

Geräusch von sich. Rottmann bückte sich und schlüpfte rasch ins Innere des Anbaus. Es dauerte ein paar Sekunden, bis sich seine Augen an das Dämmerlicht gewöhnt hatten. Dann entdeckte er etwas, das ihm helfen würde, zu Franziska Fabricius vorzudringen.

*

Franziska erschrak, sie glaubte ganz in der Nähe ein Geräusch gehört zu haben. Mit pochendem Herzen eilte sie zum Fenster und sah hinaus. Dort war niemand, es bewegte sich auch nichts, das auf ein Tier schließen ließe. Schließlich kehrte sie zu ihrem Frühstück zurück. Der Kaffee schmeckte scheußlich, aber die heiße Flüssigkeit tat ihr gut. Hungrig biss sie in ihr Käsebrötchen. Während sie kaute, fragte sie sich, wie lange sie in dieser unwirtlichen Umgebung ausharren sollte. Ihr Blick fiel auf das Smartphone, das sie ihrem Bewacher abgenommen hatte. Kurz flammte in ihr die Frage auf, ob sie den Mann sehr schwer verletzt hatte, aber dann beruhigte sie sich mit dem Gedanken an den Notarzt, der sicher rasch zur Stelle gewesen war.

Wie gern hätte sie jetzt Chris angerufen. Aber seine Handynummer war in ihrem Smartphone gespeichert, nicht in ihrem Kopf. Ihr wurde bewusst, dass sie kaum eine Telefonnummer auswendig kannte. Nur die ihres Vaters und die des Festnetzanschlusses ihrer Eltern. Beide hatte sie in jungen Jahren oft genug gewählt, indem sie die Ziffern selbst eingetippt hatte. Vielleicht konnte sie Chris mit dem fremden Handy eine E-Mail schicken. Sie nahm das Gerät zur Hand und betrachtete die Symbole auf dem Display.

Während sie noch auf das Smartphone starrte, vernahm sie wieder ein Geräusch. Sie legte das Telefon ab. Mit dem Kaffeebecher in der Hand stand sie auf und ging zum Fenster. Auch diesmal war nichts zu sehen. Doch plötzlich gab es hinter ihr ein ohrenbetäubendes Krachen, die Tür schlug auf, dann stand ein Mann im Raum, in den Händen hielt er eine Axt. Brodsky! Reflexartig schüttete sie ihm den heißen Kaffee ins Gesicht, ließ den Becher fallen und drehte sich zum Fenster um. Brodsky brüllte. Franziska riss das Fenster auf, schwang sich auf die Fensterbank, schob die Beine hinaus und sprang.

Sie fiel ins Laub, rappelte sich auf und stürzte davon. Der Waldboden war feucht und glitschig. Mit Mühe hielt sie sich aufrecht, versuchte rennend und stolpernd das nahe Unterholz zu erreichen. Hinter sich hörte sie Brodsky keuchen. Offenbar war er ihr durch das Fenster gefolgt und nur wenige Schritte von ihr entfernt. Sie wurde noch ein wenig schneller, zum rettenden Gehölz fehlten ihr noch zwanzig oder dreißig Meter. Doch dann erkannte sie, wie undurchdringlich das Dickicht vor ihr war. Sie schlug einen Haken und rannte bergauf. Oberhalb der Hütte begann ein Waldstück aus dichten dunklen Kiefern. Wenn Sie es dorthin schaffte, konnte sie ihrem Verfolger vielleicht entkommen.

*

Endlich meldete Sven sich. Hastig schilderte Anna ihm Danilos Entführung und den Verlauf der Verfolgung. »Wir fahren jetzt auf der B 3 stadtauswärts. Richtung Autobahn.«

»Hat der Wagen ein rotes Kennzeichen?«, fragte Sven.

Anna gab die Frage an den Taxifahrer weiter. Der schüttelte den Kopf. »Ganz normale Aachener Nummer. Jetzt blinkt er links. Der will auf die Autobahn, Richtung Kassel.«

»Seid vorsichtig«, riet Sven. »Haltet Abstand! Wenn der Mann bewaffnet ist …«

»Er *ist* bewaffnet, Sven. Als er Danilo aus dem Wagen gezerrt hat, hatte er eine Pistole in der Hand.«

»Bist du des Wahnsinns, Anna? Hör sofort mit der Verfolgung auf! Das ist zu gefährlich.«

»Wir behalten ihn nur im Auge«, versuchte Anna, ihn und sich selbst zu beruhigen. Hätte Sven sie gefragt, was sie machen wollte, wenn der Typ anhielte, aus dem Auto stiege und seine Waffe auf sie richtete, hätte sie keine Antwort gewusst.

»Er biegt tatsächlich ab«, meldete der Taxifahrer. »Wir folgen ihm.« Er gab Gas, um den Anschluss nicht zu verlieren. »Hoffentlich dreht er nicht zu sehr auf. Zweihundert oder mehr schaffen wir nicht.«

»Haltet Abstand!«, wiederholte Sven, der offenbar die Worte des Fahrers mitgehört hatte. »Wo seid ihr jetzt?«

»Auf der A 7 in Richtung Süden.« Der Fahrer verringerte die Geschwindigkeit und deutete nach vorn. »Wir müssen zurückbleiben, jetzt ist kein anderer mehr dazwischen. Außerdem wird er langsamer. Er blinkt rechts. Will er schon wieder abfahren?«

»Ich glaube, er verlässt die Autobahn«, berichtete Anna. »Ja, und er blinkt links. Richtung Dransfeld. Gleich sind wir beim GT.«

»Aha!«, rief der Taxifahrer, »jetzt wieder links. Zum Hotel Freizeit In. Nein, doch nicht. Er fährt am Parkplatz vorbei. Ich glaube, er hält.«

»Ja«, sagte Anna ins Telefon, »er bleibt stehen. Steigt aus. Rennt zu einem Lieferwagen. Öffnet die hintere Tür. Läuft zu seinem Auto zurück und zerrt Danilo heraus. Er schleift ihn zu dem Transporter und stößt ihn hinein. Verriegelt die Tür. Mit der Fernbedienung verschließt er den Peugeot. Kommt zu Fuß zurück.«

»Er geht ins Hotel«, warf der Taxifahrer ein.

»Hast du gehört, Sven? Er ist jetzt dadrin. Wir holen Danilo aus dem Transporter.«

»Nichts macht ihr!«, rief Sven. »Bleibt, wo ihr seid! Überlasst alles uns! Wir kommen. Ende.«

*

Unter den Kiefern war es dämmerig, aber die Stämme boten weniger Schutz, als Franziska erwartet hatte. Im Zickzackkurs rannte sie weiter bergauf, in der Hoffnung, die Kondition des älteren Manns würde nicht ausreichen, um ihr auf den Fersen bleiben zu können. Dabei keuchte sie selbst auch schon, ihre Lungen brannten wie Feuer, und ihr Herz hämmerte heftig. Da sie hinter sich kein Geräusch mehr hörte, wagte sie einen Blick zurück. Brodsky war nicht zu sehen. Franziska ließ sich auf den Waldboden fallen, versuchte, gleichmäßig zu atmen und sich zu orientieren. Sie wusste nicht, wo sie war, und hatte keine Vorstellung, in welche Richtung die Hütte und das Dorf jetzt lagen. Aber viel wichtiger war, dass sie ihrem Verfolger entkommen war. Sie würde eine Zeit lang warten und sich dann auf den Weg machen. Wenn sie bergab lief, würde sie schon irgendwann das Tal erreichen. Vorerst würde sie ausruhen. Sie richtete sich auf, robbte zu einer Kiefer und lehnte sich mit dem Rücken an den Baumstamm. Dann schloss sie die Augen, um sich vorzustellen, dass dieser Albtraum nicht real war. In Wirklichkeit befand sie sich in ihrem Bett, in ihrer kleinen Wohnung, in ihrem Studienort Essen.

Sie hätte nicht sagen können, wie lange sie ihrem Tagtraum nachgehangen hatte. Plötzlich hörte sie ein metallisches Klicken und spürte etwas Kühles an der Schläfe.

»Schluss jetzt mit den Zicken«, sagte Brodsky leise.

Sie schreckte auf und starrte ihn an.

»Wenn du nicht spurst, schieße ich dir Löcher in die Ohren. Erst eins, dann noch eins. Und vielleicht auch noch durch die Hände. Daran stirbt man nicht. Ich brauche dich lebend. Aber mich stört es nicht, wenn du ein bisschen verunstaltet bist. Los jetzt! Wir gehen.«

Überraschend zielsicher führte er sie zurück zur Hütte. Dort band er mit Klebeband ihre Füße zusammen, fesselte ihre Hände auf dem Rücken und verschloss ihren Mund. Dann steckte er das Handy seines Kumpans ein, trug sie zu seinem Wagen und warf sie in den Kofferraum.

*

»Bekommen Sie die Tür auf?«, fragte Anna den Taxifahrer und deutete auf den Transporter.

»Einen Augenblick.« Er stieg aus, umrundete seinen Wagen und öffnete den Kofferraum. Wenig später beugte er sich zu Anna hinab, in der Hand ein Montiereisen, wie man es zum Reifenwechsel benutzte. »Damit sollte es gehen.«

Anna drehte sich zu Honesto um. »Wait a minute!« Sie verließ das Auto und gab dem Taxifahrer Zeichen, ihr zu folgen.

»Ich sehe mal nach, ob die Luft rein ist«, murmelte Anna, als sie den Transporter erreichten. Sie schlenderte ein paar Schritte in Richtung Hotel. Niemand schien sie zu beachten. Sie kehrte zum Fahrer zurück. »Los! Schnell!«

Der Mann setzte das Eisen am Schloss der Hecktür an. Zweimal musste er nachfassen, dann knirschte es vernehmlich, und die Tür sprang auf. Sichtlich überrascht starrte Danilo sie an, dann ging ein Strahlen über sein Gesicht.

»Komm!«, rief Anna und streckte die Hand aus. Im Laufschritt erreichten sie das Taxi.

»Und jetzt?«, fragte der Fahrer.

»Zum Bahnhof«, antwortete Anna. »Aber schnell. Mit etwas Glück bekommen wir noch unseren Zug nach Frankfurt.«

*

»Programmänderung!«, hatte Sven gerufen. »Alexa, Sabrina, wir müssen sofort losfahren. Neue Gefahrenlage. Entführung mit Geiselnahme.« Verdutzt hatten seine Kolleginnen ihn angesehen. »Im Klinikum?«, hatte Sabrina gefragt. Sven hatte nur den Kopf geschüttelt und seine Waffe eingesteckt. »Ich erzähle euch unterwegs alles. Beeilt euch!« Wenig später waren sie mit Blaulicht und Sirene durch die Stadt gerast. Sven hatte von Annas Anruf berichtet. »Der Filipino befindet sich in einem weißen Lieferwagen. Sein Entführer hält sich offenbar im Hotel Freizeit In auf.«

Bevor Sven die Unterführung unter der A 7 erreichte, stellte er die Signale ab und holte das Blaulicht vom Dach. Dann bog er zum Hotel ab. »Ich sehe den Transporter. Jetzt frage ich mich, wo Anna mit ihrem Taxi steckt.«

»Womöglich hat sie den Jungen mitgenommen.« Alexa Engel deutete auf den Sprinter. »Die hintere Tür ist offen.«

Sven unterdrückte einen Fluch. Er ließ den Wagen ausrollen und hielt hinter dem Lieferwagen. »Und jetzt?«

»Wir beide gehen ins Hotel«, entschied Alexa. »Sabrina, du kümmerst dich um den Transporter. Mach die Tür zu und sag der

Spurensicherung Bescheid! Und fordere eine Streife als Verstärkung an! Falls wir auf Widerstand stoßen.«

Kurz darauf zeigte Hauptkommissarin Engel einer verschreckten Rezeptionistin ihren Ausweis und eröffnete ihr, dass unter den Gästen drei Männer waren, die polizeilich gesucht wurden. »Sie sind wahrscheinlich vor ein paar Tagen gemeinsam angereist. Schauen Sie bitte nach! Einer von ihnen nennt sich Janusz Brodsky.«

»Ja«, bestätigte die Frau. »Herr Brodsky und zwei weitere Herren sind gemeinsam angekommen. Herr Sievert und Herr Wollnick. Sie bewohnen drei nebeneinanderliegende Zimmer.« Sie warf einen Blick auf ihren Monitor. »Herr Brodsky selbst ist allerdings nicht anwesend.« Sie zögerte. »Der Herr Wollnick«, fuhr sie schließlich fort, »scheint einen Unfall gehabt zu haben. Er hat einen Kopfverband. Und er hat darum gebeten, nicht gestört zu werden, weil er schlafen muss.«

»Damit kommt er uns entgegen«, kommentierte Sven. »Aber wenn er schläft, brauchen wir eine Schlüsselkarte für sein Zimmer.«

Die Rezeptionistin machte ein bedenkliches Gesicht. »Ich habe nur die Generalkarte. Ich weiß nicht, ob ich die …«

Sven streckte wortlos die Hand aus. Die Frau zog eine Karte aus einem Fach unter dem Tresen und ließ sie hineinfallen, als wäre sie glühend heiß.

»Welche Zimmernummer hat Sievert?«, fragte Sven.

»Acht«, antwortete die Angestellte. Alexa Engel nickte. »Den holen wir uns zuerst.«

Der Trick war uralt, aber er funktionierte wie immer als Sesamöffne-Dich. Während Sven sich mit der Dienstwaffe in der Hand neben der Tür flach gegen die Wand drückte, klopfte Hauptkommissarin Engel an die Tür und rief mit heller Stimme: »Zimmerservice.« Sekunden später öffnete Sievert die Tür. Beim Anblick der blonden Frau lächelte er. »Ich habe zwar nichts bestellt …«

»Aber wir liefern trotzdem«, ergänzte Sven und drückte dem sichtlich überraschten Mann die Pistole gegen die Schläfe. »Auf Wunsch mit durchschlagendem Erfolg.«

»Machen Sie jetzt keine unbedachte Bewegung!« Alexa trat einen Schritt zurück, zog ebenfalls ihre Waffe und zielte damit auf Sieverts Kronjuwelen. »Ich bin Kriminalhauptkommissarin Engel. Das ist mein Kollege, Oberkommissar Petersson. Sie heben jetzt die Hände und treten einen Schritt vor. Ich nehme Sie vorläufig fest. Wegen des Verdachts der bewaffneten Geiselnahme.«

Zögernd folgte Sievert der Aufforderung und trat auf den Gang hinaus. Im nächsten Augenblick war Sven hinter ihm, packte eines seiner Handgelenke und legte die erste Handschelle an, Sekunden später schnappte auch die zweite zu.

»Bring ihn raus!« Die Hauptkommissarin deutete auf die Tür des benachbarten Zimmers, hinter der sie Sieverts Kumpan vermuteten. »Ich warte hier auf dich.«

Sven geleitete Sievert nach draußen und übergab ihn Sabrina und der Streifenwagenbesatzung, die gerade angekommen war. »Wartet einen Augenblick. Da kommt gleich noch einer.«

Als er zu Alexa Engel zurückkehrte, stand sie mit geneigtem Kopf an der Zimmertür. »Der Wollnick pennt tatsächlich«, flüsterte sie. »Ich höre ihn schnarchen.«

»Na, dann …« Sven grinste und zog seine Dienstpistole. »Den Seinen gibt's der Herr im Schlaf.«

Vorsichtig schob seine Kollegin die Generalkarte ins Schloss und öffnete die Tür. Das Schnarchen wurde lauter. Sven senkte die Waffe. »Ich glaube, hier sägt einer an einem ziemlich dicken Stamm.«

Er trat ans Bett und rüttelte an der Schulter des Mannes, der darauf angezogen lag. Der hörte auf zu schnarchen, grunzte und drehte sich auf die andere Seite. »Hallo, Herr Wollnick, aufwachen! Die Polizei ist da.«

»Der wird sich gleich furchtbar erschrecken«, sagte Alexa Engel, als die Schnarcher wieder einsetzten. »Wir sollten die Gunst des Augenblicks nutzen und ihm ein paar Fragen stellen. Bis wir in der Dienststelle sind, hat er sich von seinem Schock erholt. Sievert verlangt wahrscheinlich nach einem Anwalt. Und dann will sein Kollege vielleicht auch nicht mehr mit uns reden.«

»Gute Idee«, stimmte Sven zu. »Ich muss ihn nur erst mal wach kriegen.« Erneut rüttelte er an der Schulter des Schlafenden.

Plötzlich fuhr Wollnick auf. »Was ist los? Warum lasst ihr mich nicht in Ruhe? Ich bin doch sowieso gefeuert.«

Sven hielt ihm seinen Ausweis vor die Nase. »In der Zelle können Sie weiterschlafen. Aber jetzt hat meine Kollegin erst einmal ein paar Fragen an Sie.«

Verstört glotzte der Mann von einem zum andern. Schließlich bekam seine Miene einen lauernden Ausdruck. »Ihr seid Bullen? Was springt für mich raus, wenn ich rede?«

»Das kommt ganz darauf an«, sagte Alexa Engel scharf, »was Sie uns mitzuteilen haben, Herr Wollnick. Was wissen Sie zum Beispiel über Janusz Brodsky alias Frank Rottmann, zwei philippinische Jungen und eine geplante Organtransplantation?«

»Ich bin ... war nur ein unbedeutender kleiner Angestellter. Die Filipinos hat Frank besorgt, ich meine Herr ... äh ... Rottmann. Und für alles andere ist er auch verantwortlich. Ich war als Fahrer eingestellt. Über die Organ... trans ... dings weiß ich eigentlich gar nichts.«

»Was heißt *war*? Stehen Sie nicht mehr in Rottmanns Diensten?«

Wollnick schob die Unterlippe vor und schüttelte betrübt den Kopf. »Er hat mich gefeuert, der Arsch.« Sein Gesichtsausdruck wandelte sich rasch von traurig zu verschlagen. »Vielleicht fällt mir doch noch etwas ein. Wenn Sie mir zusichern, dass ...«

»Die Entscheidung trifft der Staatsanwalt«, schnitt Alexa Engel ihm das Wort ab. »Aber wenn Sie maßgeblich zu der Aufklärung der illegalen Transplantation und des Mordes an Lennart Fabricius beitragen, lässt er mit sich reden. Ich würde ein gutes Wort für Sie einlegen. Also - was wissen Sie?«

»Das mit dem Sohn des Professors hat Frank ganz allein organisiert. Es war aber ein Unfall, glaube ich. Der junge Mann sollte nur ... Also jedenfalls nicht ins Jenseits ...« Wollnick hob drei Finger. »Einzelheiten weiß ich nicht. Ich schwöre.«

»Sollte Fabricius erpresst werden? Damit er eine bestimmte Transplantation vornimmt?«

»Ja. Für einen von Franks Kunden. Ein reicher Araber. Der zahlt ihm eine Million Euro. Und, wenn alles gut verlaufen ist, nach einem Jahr noch einmal eine Million.«

»Und die philippinischen Jungen sollten als Organspender dienen?«

Wollnick nickte. »Die bieten sich ja förmlich an. Rottmann kauft selbst aber keine Nieren auf den Philippinen. Er hat dort einen Verbindungsmann. Der holt die Leute nach Europa. Belgien, Frankreich oder Deutschland. Hier ist es zwar teurer als in Manila, die Spender kriegen das Zehnfache und noch mehr, aber es lohnt sich trotzdem, weil nur reiche Kunden bedient werden. Scheichs und so. Und Russen.«

»Wie heißt der Mann auf den Philippinen? Kennen Sie seinen Namen?«

»Simon. Ralf Simon. Aber den habe ich nie ...« Er hielt plötzlich inne und starrte die Hauptkommissarin erschreckt an. »Wenn Frank erfährt, dass ich Ihnen das alles ... bin ich tot. Sie müssen mich schützen!«

»Wo ist Rottmann eigentlich?«, fragte Sven.

»Irgendwo im Harz. Er kümmert sich um das Mädchen.«

»Welches Mädchen?«

»Die Tochter von Professor Fabricius. Sie ist mir entwischt. Aber wir haben sie gefunden. Sie hat nämlich mein Handy geklaut und mitgenommen. Das haben wir geortet. Die Ortschaft hat einen komischen Namen. Wilder Mann oder so ähnlich.« Wollnick warf einen Blick auf seine Uhr. »Er müsste bald wieder hier sein.«

Sven und Alexa Engel sahen sich an. »Los, aufstehen!«, rief Sven und zerrte Wollnick hoch. »Wir müssen hier raus.« Er legte ihm Handschellen an und schob ihn aus dem Zimmer.

Hinter ihm verschloss die Hauptkommissarin die Tür. »Wir nehmen Rottmann in seinem Zimmer in Empfang. Die Kollegen sollen so schnell wie möglich von hier verschwinden und die Männer zur Dienststelle bringen. Sabrina wartet draußen und informiert uns per Handy, wenn er ankommt.«

»Okay«, antwortete Sven und schubste Wollnick voran. »Schneller!«

Während er mit dem Mann im Schlepptau den Flur entlanghastete, fragte er ihn nach Rottmanns Wagen.

»Schwarzer Peugeot 508 RXH.«
»Belgisches Kennzeichen?«
Wollnick nickte. »Rote Buchstaben.«

20

Sabrina Lorenz hatte eine Streifenwagenbesatzung angewiesen, sich in der Nähe bereitzuhalten, aber nicht in Erscheinung zu treten. Nun schlenderte sie vor dem Hotel auf und ab, warf hin und wieder einen Blick zur Dransfelder Straße, behielt aber hauptsächlich die Hotelparkplätze im Auge. Rottmann kam aus dem Harz, also würde er den Weg über die Autobahn und die B 3 nehmen. Sie hatte einen Bluetooth-Ohrhörer an ihr Handy angeschlossen und eine Verbindung zu Sven hergestellt. Ihr Kollege wartete zusammen mit der Hauptkommissarin in Rottmanns Zimmer, um ihn dort in Empfang zu nehmen.

»Ich glaube, er kommt«, sagte sie ins Mikrofon. »Ja, das muss er sein. Großer schwarzer Wagen mit belgischem Kennzeichen. Marke ... Peugeot.«

»Sag mir, was er macht!«, forderte Sven.

»Er fährt sehr langsam und beobachtet die Umgebung. Rollt im Schritttempo zum Hotel-Parkplatz. Er hält an. Steigt aus. Geht um das Auto herum. Sieht sich um. Öffnet die Tür vom Kofferraum, schaut hinein und schließt sie wieder. Mit der Fernbedienung verriegelt er den Wagen. Jetzt geht er in Richtung Hotel. Schätze, er wird in zwei Minuten bei euch sein.«

»Gut«, sagte Sven. »Folge ihm! Aber mit Abstand. Ich bleibe auf Empfang. Bis wir ihn an der Tür hören. Melde dich nur, wenn etwas Unerwartetes passiert!«

»In Ordnung«, bestätigte Sabrina. »Wir sehen uns gleich.«

Oberkommissar Petersson stand hinter der verschlossenen Tür, die Hauptkommissarin lehnte an einem Schreibtisch.

»Er muss jeden Moment kommen«, flüsterte Sven.

Alexa Engel nickte. »Hauptsache, er setzt sich jetzt nicht an die Bar und bestellt ein Bier. Im Restaurant sind noch andere Gäste, da möchte ich keine Festnahme mit Waffeneinsatz riskieren.«

Sven hob die Hand. »Ich höre Schritte.« Er trat zur Seite, zog seine Dienstpistole und entsicherte sie.

Kurz darauf wurde die Schlüsselkarte ins Schloss gesteckt. Im nächsten Augenblick schwang die Tür auf, und Rottmann trat ins Zimmer. Seine Hand fuhr unter die Jacke, als er die fremde Frau entdeckte.

»Denk gar nicht erst daran!«, rief Sven und stieß ihm seine P2000 gegen den Hals. Rottmann erstarrte. »Und jetzt nehmen wir ganz langsam die Hände hoch.« Dann zog er Rottmanns Pistole aus dessen Gürtel und warf sie seiner Kollegin zu.

Alexa fing sie geschickt auf. »Sieh mal an, FN Browning GP aus Belgien, fast schon eine Antiquität. Mit neun Millimeter Parabellum. Das nenne ich ein wahrhaft mörderisches Geschoss. – Herr Rottmann, ich nehme Sie vorläufig fest wegen des Verdachts, Lennart Fabricius getötet zu haben. Außerdem wird Ihnen der Handel mit menschlichen Organen vorgeworfen. Einzelheiten dazu erläutern wir Ihnen später.«

»Sie wissen nichts«, knurrte Rottmann. »Und Sie können nichts beweisen.«

»Das sehen wir naturgemäß anders«, erwiderte die Hauptkommissarin. »Aber in dieser Hinsicht halten wir noch die ein oder andere Überraschung für Sie bereit.« Sie nickte ihrem Kollegen zu. »Abführen!«

Zum dritten Mal an diesem Tag ließ Sven Handschellen zuschnappen. In dem Augenblick stand Sabrina in der Tür. Sie nickte anerkennend. »Gratuliere. Erfolg auf der ganzen Linie.« Sie tippte auf das Display ihres Handys und wartete kurz. »Ihr könnt kommen und den dritten Mann abholen.«

Dann griff sie Rottmann in die Jackentasche und zog dessen Autoschlüssel hervor. »Jetzt wollen wir mal einen Blick in den Kofferraum werfen.«

*

Franziska Fabricius blinzelte erschreckt in die Helligkeit, als die Heckklappe geöffnet wurde. Ein Mann beugte sich über sie und schob seine Arme unter ihre Beine und Schultern. Im nächsten Moment stellte er sie auf den Boden und zog den Klebestreifen von ihren Lippen. Es war nicht Brodsky.

»Guten Tag, Frau Fabricius«, sagte er. »Ich bin Kriminaloberkommissar Petersson, das sind meine Kolleginnen, Hauptkommissarin Engel und Kommissarin Lorenz. Wir haben Frank Rottmann festgenommen. Sie kennen ihn vielleicht unter dem Namen Janusz Brodsky. Er kann Ihnen nichts mehr tun.« Während er sprach, zerschnitt eine der Frauen ihre Fesseln.

»Danke!« Franziska rieb sich die schmerzenden Gelenke. »Aber was ist mit seinen Kumpanen? Er hat mindestens zwei Männer, die für ihn ...«

»Sind ebenfalls festgenommen«, antwortete die rothaarige Kommissarin und klappte ihr Taschenmesser zu. »Sie müssen nichts mehr befürchten.«

»Ist einer von denen so ein Kräftiger mit Glatze? Er müsste eine Kopfverletzung haben.«

Die Hauptkommissarin nickte. »In der Tat. Einer trägt einen Kopfverband. Aber woher wissen Sie das?«

Franziska zögerte. »Das war ich«, murmelte sie schließlich. »Ich habe ihm eine eiserne Kaminschaufel über den Schädel gezogen. Die hatten mich in einem Gartenhaus festgehalten. Und dann habe ich ...«

Sven war irritiert. »Im Harz?«

»Nein.« Franziska schüttelte den Kopf. »Irgendwo in Grone. Aber ich konnte abhauen. Und bin nach Wildemann gefahren. Dort habe ich mich in einer Jagdhütte versteckt. Aber Rottmann hat mich gefunden. Ich weiß nicht, wie er das geschafft hat.«

»Sie hatten das Mobiltelefon seines Mitarbeiters dabei«, erklärte die rothaarige Kommissarin. »Das hat er geortet.«

Franziska öffnete den Mund, um ihr Unverständnis auszudrücken, aber ein anderer Gedanke gewann die Oberhand. »Kann ich bitte telefonieren? Ich muss meinen Vater anrufen. Der macht sich bestimmt Sorgen.«

»Selbstverständlich«, antwortete die Hauptkommissarin. »Sie können ohnehin jetzt tun und lassen, was Sie wollen. Wir müssen Sie allerdings noch einmal für ein Protokoll zu uns bitten. Aber wenn Sie uns jetzt zur Dienststelle begleiten, könnten Sie uns die ganze Geschichte gleich erzählen. Und unterwegs rufen Sie Ihren Vater an. Einverstanden?«

»Ja.« Franziska nickte. »Einverstanden.«

Der Oberkommissar reichte ihr sein Handy. »Bitte!«

*

Nachdem sich Franziska Fabricius verabschiedet hatte, wählte Alexa Engel die Nummer des Oberstaatsanwalts. Sie schaltete den Lautsprecher an, damit Sven und Sabrina mithören konnten.

Als Wegemann sich meldete, klang er kurz angebunden. »Ich habe Ihnen doch schon gesagt, verehrte Frau Engel, dass ich bei der dürftigen Beweislage keinen Durchsuchungsbeschluss beantragen werde.«

»Das habe ich verstanden, verehrter Herr Wegemann«, antwortete die Hauptkommissarin spitz. »Aber wir haben eine völlig neue Situation.« Sie berichtete von den Festnahmen, von der Entführung Franziskas und von Wollnicks Geständnis, erwähnte jedoch nicht, dass die potentiellen Opfer des Organhandels, die philippinischen Jungen, als Zeugen nicht zur Verfügung standen. Sie wies darauf hin, dass Brodsky alias Rottmann neben dem Tötungsdelikt an Lennart Fabricius auch bewaffnete Geiselnahme anzulasten sei. Ob es ihnen gelingen würde, ihm die Anstiftung des Professors zu einer strafbaren illegalen Organtransplantation nachzuweisen, hinge wesentlich von dessen Aussage ab. Fabricius und sein Personal müssten in jedem Fall vernommen werden. Die Verbindung zu Rottmann könne er jedenfalls nicht mehr bestreiten. »Die hat uns seine Tochter gerade bestätigt«, schloss Alexa Engel.

Der Oberstaatsanwalt schwieg. Aber man hörte ihn atmen. Sven und Sabrina sahen sich an. Der Oberkommissar streckte den Arm aus, machte eine Faust und spreizte den Daumen waagerecht ab.

»Also gut«, tönte es aus dem Lautsprecher. »Ich werde sehen, was sich machen lässt. Die Haftbefehle gehen natürlich in Ordnung. Über einen Durchsuchungsbeschluss für die Transplantationsabteilung des Klinikums spreche ich mit dem zuständigen Richter. Sie bekommen so bald wie möglich Bescheid.« Svens Daumen ging nach oben.

Alexa Engel bedankte sich höflich und sah ihren Kollegen an. »Na also, geht doch! Wenn der Beschluss da ist, nehmen wir uns Professor Fabricius vor.« Sie warf einen Blick auf die Uhr. »Jetzt würde mich nur noch interessieren, wo Frau Lehnhoff mit den Filipinos abgeblieben ist.«

In dem Augenblick klingelte Svens Handy. »Das ist sie«, strahlte er und strich über das Display. »Anna, wo bist du? Wo sind die …? – In Frankfurt? Aber was …?«

Mit offenem Mund lauschte er den Erklärungen seiner Ex. Schließlich ließ er das Telefon sinken. »Die philippinischen Jungen sitzen im Flugzeug nach Manila. Anna hat sie nach Frankfurt gebracht. Fabricius hat ihr, ich meine den Filipinos, fünfzigtausend Euro gegeben.«

Sabrina verzog das Gesicht. »Da wird sich der Herr Oberstaatsanwalt aber freuen. So großzügige Freunde hat nicht jeder. Ich bin schon gespannt, wie der Professor uns das alles erklären wird.«

*

Illegale Organtransplantation geplant?
Polizei durchsucht Diensträume und Privatwohnung eines Medizinprofessors
Von Anna Lehnhoff

Gestern Morgen hat die Göttinger Kriminalpolizei unter der Leitung von Kriminalhauptkommissarin Alexa Engel aufgrund eines richterlichen Beschlusses das Büro des Transplantationschirurgen Viktor F. durchsucht. Wie Oberstaatsanwalt Wegemann auf Nachfrage mit-

teilte, soll der Professor unter Beteiligung eines international tätigen Organhändlers eine illegale Organtransplantation geplant haben. Unbestätigten Gerüchten zufolge sollte ein saudischer Prinz gegen die Zahlung von einer Million Euro die Niere eines jungen Filipinos erhalten. Der Anwalt von Viktor F., Dr. Wilhelm Holtkemper, betonte hingegen, dass kein Geld geflossen sei und es sich bei dem Spender um einen nahen Verwandten aus der Familie gehandelt habe. Dieser habe aber inzwischen das Land verlassen und könne deshalb nicht befragt werden. Auch der Patient aus Saudi-Arabien sei bereits auf dem Rückflug in seine Heimat. Holtkemper sieht bei seinem Klienten keine Anhaltspunkte für strafbares Handeln.

Im Zusammenhang mit dem gewaltsamen Tod des Sohnes von Viktor F. hat die Polizei unterdessen drei Männer verhaftet, die außerdem im Verdacht stehen, die Tochter des Arztes entführt und als Geisel genommen zu haben. Bei einem von ihnen soll es sich um jenen Organhändler handeln. Hauptkommissarin Engel geht davon aus, dass der Chirurg durch die Ermordung seines Sohnes und die Entführung seiner Tochter dazu gezwungen werden sollte, die illegale Transplantation durchzuführen. Über das Ergebnis der Durchsuchung und eventuelle weitere neue Erkenntnisse berichten wir in der nächsten Ausgabe.

Anna überflog ihren Text. Zufrieden speicherte sie ihn ab und druckte ein Exemplar aus. Sie würde Markus Wille einen Besuch abstatten und ihm den Entwurf zeigen. Inzwischen war sie ziemlich sicher, dass Wille nicht wusste, woher seine neue Niere stammte. Wahrscheinlich hatte Fabricius ihm eine einleuchtende Erklärung für die kurzfristige Bereitstellung des Organs gegeben. Wille ging es von Tag zu Tag besser, und darüber waren nicht nur er und seine Frau glücklich, auch Anna war froh über die gute Nachricht. Honesto schien es gut zu gehen. Er und Danilo hatten ihr Glück kaum fassen können, als sie mit ihrem neuen Reichtum im Gepäck unbehelligt durch die Abfertigung gegangen waren. Mit dem Wissen um Honestos illegale Lebendspende würde Anna leben müssen. Sie hatte den Eindruck, dass es ihr nicht so schwer fallen würde, wie sie vermutet hätte.

Als sie aufstand, um sich einen Kaffee zu holen, signalisierte ihr der Computer den Eingang einer E-Mail. Laut Header kam sie von einem öffentlichen Internet-Terminal im Flughafen Bangkok.

Rasch ließ sich Anna wieder auf den Stuhl fallen und öffnete die Mail. In Bangkok mussten Danilo und Honesto das Flugzeug verlassen und einige Stunden auf den Anschlussflug nach Manila warten.

In der Nachricht befand sich nur ein Foto. Ein Selfie mit zwei braunen Gesichtern, die glücklich in die Kamera strahlten.

ENDE

Vom selben Autor

Wolf S. Dietrich, Grobecks Grab
255 *Seiten, Paperback*
7. Auflage, 2013
ISBN 978-3-935263-05-4 / 12,00 EUR

Die Journalistin Anna Lehnhoff gerät an einen mysteriösen Fall. Im Keller einer Göttinger Bank wird bei Umbauarbeiten eine Leiche gefunden. Die Gerichtsmediziner können keinen Anhaltspunkt für einen unnatürlichen Tod finden. So zeigt die Polizei wenig Interesse an der Aufklärung dieses Falls. Doch Anna will wissen, warum der Tote nicht beerdigt worden ist. Sie glaubt an ein Verbrechen und beginnt, in der Göttinger Vergangenheit zu recherchieren. Schon bald stößt sie auf den unaufhaltsamen Aufstieg eines Geschäftsmannes, späteren Ratsherrn und Bürgermeisterkandidaten. Ihm gehörten Haus und Grundstück am Kornmarkt, bevor 1964 die Westbank dort ihre Filiale errichtete. Hatte schon er die Leiche im Keller?

Vom selben Autor

Wolf S. Dietrich, Die Tote im Leinekanal
222 Seiten, Paperback
5. Auflage 2015
ISBN 978-3-935263-18-4 / 12,00 EUR

Im flachen Wasser des Leinekanals entdecken zwei Obdachlose eine prall gefüllte Plastiktüte. Mit einiger Mühe hangeln die bezechten Männer die Beute aus dem Wasser. Mit einem solchen Fund haben sie jedoch nicht gerechnet. Als sie die Tüte umstülpen, fallen ihnen menschliche Gliedmaßen entgegen, eingewickelt in blutgetränkte Handtücher. Anna Lehnhoff, Redakteurin beim Göttinger Tageblatt, berichtet über den Fund und begibt sich, gegen die Beschwörungen ihres Freundes, der als Kommissar bei der Göttinger Kripo mit dem Fall befasst ist, auf Spurensuche – und riskiert nicht nur ihr eigenes Leben.

Vom selben Autor

Wolf S. Dietrich, Johannisfeuer
233 Seiten, Paperback
3. Auflage 2013
ISBN 978-3-935263-40-5 / 12,00 EUR

Eine Serie von Bränden versetzt Göttinger Bürger seit Monaten in Unruhe. Nach dem verheerenden Feuer, das im Januar 2005 den Nordturm der Johanniskirche zerstörte, brennen im Lauf des Jahres mehrere Häuser im Stadtgebiet. Im Dezember steht der naturwissenschaftliche Trakt eines Gymnasiums in Flammen. Im Zentrum der Brandstelle wird eine Leiche gefunden. Kriminalkommissar Sven Petersson glaubt an einen Mord und ermittelt gegen einen Kollegen des Verstorbenen. Damit fordert er seine Freundin, die Journalistin Anna Lehnhoff, heraus, die von der Unschuld des Verdächtigen überzeugt ist und auf eigene Faust nachforscht. Sie kommt auch dem Brandstifter in die Quere, der bereits das nächste Großfeuer plant.

Vom selben Autor

Wolf S. Dietrich, Rote Straße
248 Seiten, Paperback
6. Auflage 2015
ISBN 978-3-935263-63-4 / 12,00 EUR

1968. Rainer zieht in eine Studenten-WG in der Roten Straße. Dort stehen auch freie Liebe und der Kampf für eine bessere Welt auf dem Studienplan. Doch bald muss er erleben, dass einer von ihnen rücksichtslos ganz eigene Ziele verfolgt. Geht er auch über Leichen? Vierzig Jahre später. Professor Aschenbrandt steht auf dem Gipfel seiner Hochschulkarriere - und wird Opfer gemeiner Intrigen. Er wird in die Enge getrieben, verfolgt von einem Schatten aus seiner Vergangenheit. Die Journalistin Anna Lehnhoff spürt seine Verzweiflung und macht sich auf die Suche nach der Wahrheit.

Vom selben Autor

Wolf S. Dietrich, Altstadtfest
247 Seiten, Paperback
5. Auflage 2015
ISBN 978-3-935263-99-3 / 12,00 EUR

Polizisten bewachen ein Krankenhauszimmer im Weender Krankenhaus. Sofort ist die Neugier der Journalistin Anna Lehnhoff geweckt. Sie erfährt: Ralf Hebestreit liegt dort zur Behandlung, ein wegen Mordes verurteilter Insasse der JVA Rosdorf, der behauptet, einem Justizirrtum zum Opfer gefallen zu sein. Anna glaubt an eine heiße Story und stellt Nachforschungen an, die sie zurückführen in das Jahrzehnt von Dallas, Michael Jackson und Madonna. Während des Göttinger Altstadtfestes wurde eine junge Frau ermordet, für deren Tod man Hebestreit verantwortlich machte. Anna gelingt es, ein Dokument ausfindig zu machen, das den Fall in einem neuen Licht erscheinen lässt. Doch ihr fehlen die Beweise. Bis das Blatt sich unerwartet wendet. – Altstadtfest ist Wolf S. Dietrichs zwölfter Krimi im Prolibris Verlag und der fünfte, der in Göttingen spielt.